KB230529

악역 영애의 긍지

당신이 마주한 절망에, 악의 꽃으로부터 희망을.

【악역 영애의 긍지】

메리 도
illust.
쿠가 후나

장혜영 | 옮김

2

이오라

양아버지와 양어머니가 모두 처벌당해 일시적으로 에르네스트 여백작이 된 소녀. 의붓동생 웰미와는 동갑. 강한 마력을 나타내는 진보라색 눈동자를 가진, 재능 넘치는 완벽한 숙녀.

레오니엘

라이오넬 왕국의 제1왕자. 정의감 넘치는 성격. 귀족학교 재적 당시에 이오라를 만나 사귀게 되었다. 웰미와는 앙숙인 사이.

에이데스

공작가에 필적한다고 말해지는 오르밀라주 후작가의 당주. 통칭 마도경. 절세의 미모와 당대 최고의 마력을 지닌 것으로 알려져 있다.
양어머니와 누나를 잃은 사고로 인해 스스로에게 엄격하게 살아왔지만, 같은 처지인 웰미와의 만남을 통해 마음의 구원을 얻었다.

후처로 들어간 어머니를 따라 백작가의 일원이 된 평민 출신의 웰미 에르네스트. 그런 그녀는 집에서도, 귀족학교에서도 동갑내기인 의붓언니 이오라를 학대해, 후계자 지위와 약혼자까지 모조리 빼앗고, 급기야는 냉혹하기로 유명한 마도경 에이데스 오르밀라주 후작에게 언니를 팔아버렸다.

그조차도 기억 속에서 희미해져가던 어느 날, 마도경으로부터 야회 초대장이 도착한다.

양친과 함께 야회에 참석한 웰미였지만, 그곳에서는 화려한 파티가 아니라 '이오라를 학대한' 죄로 백작가에 대한 단죄가 시작되었다.

하지만 그것도 전부 웰미의 책략대로였다.

양친의 재혼 후, 부당하게 학대당하는 이오라를 지켜보며 마음 아파한 웰미는, 이 에르네스트 가문에서 이오라를 구해내기 위해 인생을 바쳐왔다.

계획대로 자신의 파멸을 계기로 이오라가 구원받는다…. 그렇게 생각하고 있었지만, 사태는 웰미의 예상과 다르게 흘러간다.

웰미는 백작의 친딸이 아니라는 사실, 그리고 마도경이 이오라와의 약혼을 파기한 일.

자신은 양친과 함께 나락에 떨어지고, 마도경에

CHARACTER

웰미

어머니의 재혼으로 백작가의 일원이 된 평민 출신의 소녀. 양친과 함께 의붓언니인 이오라를 학대하는 것처럼 행동하면서, 자신의 파멸을 각오하고 언니를 집에서 탈출시키기 위해 홀로 계획했다.
그후 에이데스에게 단죄당하는 듯했으나, 그 기개를 높이 평가받아 그의 약혼녀가 된다.

STORY

맡긴 이오라만이 구원받는 시나리오를 생각하고 던 웰미에게 있어, 마도경의 약혼 파기는 가장 있서는 안 뇌는 결말이었다.

게다가 처벌을 각오하고 있던 웰미는 악행을 고한 증인으로서 단죄를 면제받는다.

인생을 걸고 이오라를 구하고 싶었을 뿐인데, 자의 의도와는 다르게 사태가 진행되어 당황하는미.

자신이 할 수 있는 일이라면 뭐든지 하겠다고 간하는 그녀에게, 마도경은 이렇게 말한다. "——그네가 내 아내가 돼라, 웰미 에르네스트."

웰미가 아내가 되면, 이오라는 구원받을 수 있다고,

도망칠 곳은 없었다. 웰미는 마도경의 손바닥 위에서 놀고 있었음을 통감하고, 고개를 끄덕일 수밖에 없었다. 완패였다.

한 가지 오산이 있었다면, 홀로 언니를 구하기 위해 고군분투하는 자세와 지성, 두려움 없이 모험에 나서는 과감함을 지닌 웰미를, 마도경이 매우 마음에 들어해 그 후 더없이 사랑받는 나날을 보내게 되었다는 것뿐이다.

contents

PRIDE OF A VILLAINESS

{겉}

당신이 마주한 절망에

PRIDE OF
A VILLAINESS

1. 악역 영애의 농락

―웰미 리로우드는 역시 마성의 여자다….

그런 소문이 퍼지기 시작한 것은, 그녀가 다시 사교계에 모습을 드러내기 시작한 후의 일이었다.

웰미의 악랄함은 유명하다.

우선 그녀는, 에르네스트 백작가에서 양친과 함께 의붓언니인 이오라를 학대했다고 한다.

급기야 언니의 약혼자에게 눈독을 들여 유혹해서 졸업식에서 약혼을 파기하게 만들고.

이오라로부터 백작가의 계승권까지 빼앗고, 잔인무도하다는 소문의 오르밀라주 후작에게 언니를 팔아넘겼다.

하지만 그녀의 영화는 거기까지였다.

오르밀라주 후작가에서 개최된 【단죄의 야회】에서, 타고난 아름다움을 되찾은 언니에게 맞서다가… 오히려 후작에게 단죄당하고, 양친과 약혼자와 함께 그녀는 사교계에서 한 번 자취를 감추었다.

에르네스트 백작가는 정당한 후계자인 이오라에게 계승되었고, 아버지는 처형, 어머니는 북방의 수도원행, 웰미는 행방불명… 이라는 소문이었다.

단죄극 이후, 사교계에는 온갖 소문이 난무했지만 언니 이오라도 그 후 사교계에 모습을 드러내지 않았고, 오르밀라주 후작에게 직접 그 일에 대해 물어볼 용기를 가진 자는 아무도 없었다.

훗날 후작가의 지원을 받는 극장에서, 미담으로 각색된 그녀들의 사연이 연극으로 공연된 모양이지만, 민중은 지지해도 대부분의 귀족들은 신용하지 않았다.

하지만 연극에 묘사된 웰미의 모습으로 미루어, 아마도 후작 자신은 그녀에게 악의를 품고 있지 않은 것 같다는 사실만 어렴풋이 짐작할 수 있었다.

그 사건 이후로 반년, 다시 사교 시즌에 접어들려고 할 무렵.

웰미는 돌연, 공식무대에 다시 돌아왔다.

왠지 리로우드 백작가의 딸이 되어—왕태자 전하의 약혼녀 후보로서.

전보다 더 눈부시게 반짝이는, 시뇽 스타일의 플래티나 블론드 머리카락과 선명한 주홍색 눈동자.

자그마한 체구에, 앳되면서도 앙칼진 미모의 소녀.

남자를 매료시키는 그녀의 매력과 오만불손한 태도는 더욱 강렬해져 있었다.

심지어 웰미는 현재 후작가의 별저에 살고 있고, 후작 본인도 빈번하게 그곳을 드나들고 있다고 한다.

'대체 무슨 일이 있었단 말인가?' 라는 귀족들의 전율과 혼란을 무시하고, 웰미는 마음껏 남자를 사냥하기 시작했다.

난봉꾼으로 소문난 백작 영식도.

불세출의 용사로 칭송받는 기사작도.

재기 넘친다는 평가를 받는 재상 영식도.

국가의 곡물창고를 관리하는 후작가의 후계자도.

왕태자 전하의 동생인 제2왕자까지도, 눈 깜짝할 사이에 그녀의 포로가 되었다.

게다가 웰미의 자유분방하고 악랄한 행동은 거기에 그치지 않고.

어느 야회에서는, 남작 영애의 손을 부채로 때리더니 중정으로 끌고 나가 기어이 울리고.

또 다른 야회에서는, 왕태자 전하의 약혼녀 후보 중 하나인 공작 영애의 드레스에 와인을 끼얹고.

게다가 그녀의 추종자가 된 청년의 약혼녀가 불만을 토로하자 싸늘한 비웃음으로 답했다.

왕태자 전하도, 오르밀라주 후작도 왠지 그런 웰미의 행동을 묵인하고 있다.

그리고 예의 단죄극과 관련 있는 마지막 한 사람… 후작의 약혼녀인 언니 이오라가, 왠지 모습을 드러내지 않는 가운데.

마침내, 【왕태자 전하 약혼 피로연】 개최가 공포되었다.

소문은 더욱 확산되어간다.

웰미는 언니에게서 약혼자를 빼앗는 데 그치지 않고, 마도경의 칭호를 가진 오르밀라주 후작과, 나아가 왕태자 전하까지도 유혹한 게 분명하다고, 절망적인 얼굴로 이야기하는 자.

왜 왕가에서는 웰미의 행동을 방관하는가, 라고 반발하는 자.

실은 이 모든 게 후작의 책략이고, 그녀를 이용해 왕국을 뒤에서 조종하려고 하는 게 아닌지 의심하는 자.

그리고 약혼 피로연 당일…, 그곳에는 경사스러운 자리에 어울리지 않게 잔뜩 긴장한 두 소녀가 있었다.

둘 다 웰미에게 피해를 입은 소녀들이다.

한 명은 성교회에서 인정한 성녀 후보로, 핑크색 머리에 은색 눈동자를 가진 남작 영애 테레사로.

다른 한 명은 예쁘게 컬을 넣은 금색 머리에 초록색 눈동자를 가진 공작 영애 달리스테아.

그녀들의 시선 끝에 있는 것은, 왕태자 전하 외에 다섯 영식들과 환담을 나누고 있는 웰미였다.

이윽고 국왕의 입장과 함께, 표면적으로는 온화하게【왕태자 전하 약혼 피로연】이 시작되었다.

자연스럽게 그 자리에 녹아들어 이제부터 일어날 일을 상상하고 몰래 웃는 인물이 한 명.

세 영애와, 다섯 영식의 경연.

―주인공은 당연히 웰미 리로우드다.

극적 장치를 더한, 절망이 소용돌이치는 희극의 막이 오른다.

한 어릿광대의 계획대로.

2. 백작 영애 웰미의 재래

―【왕태자 전하 약혼 피로연】석 달 전.

오르밀라주 후작가 별저의 침실에서 에이데스의 무릎 위에 앉은 웰미는, 플래티나 블론드 머리카락을 빗어주는 그의 긴 손가락에 머리를 맡기고 있었다.

때때로 목덜미를 장난스럽게 건드리는 그의 손길에, 아직 부끄러움을 느낀다.

오르밀라주 후작가에서 행해진【단죄의 야회】.

웰미가 자신의 파멸을 대가로 언니를 해방하기 위해 일으킨 그 일은, '웰미가 에이데스의 약혼녀가 되는' 결과로 마무리되었다.

'뭐든지 시키는 대로 하겠다' 라고 약속해버린 데다.

그 후 반년 동안, 뒤처리가 일단락될 때까지, 웰미는 꼭 필요할 때 말고는 외출을 하지 않았다.

―뭐, 불편하기는커녕 더 바랄 게 없는 생활이지만….

아련히 그런 나날을 되돌아보고 있었기 때문일까.

"슬슬, 사교계로 돌아가는 게 어때?"

"헤…?"

갑작스러운 에이데스의 제안에, 얼빠진 목소리로 대답하고 말았다.

그런 웰미의 모습에 무슨 생각을 했는지, 그는 뒤에서 재미있다는 듯이 고개를 기울여 그녀의 얼굴을 들여다보았다.

푸른 기가 도는 보라색 눈동자의 절세 미모가 별안간 시야에 나타나자, 웰미의 얼굴은 더욱 화끈거렸다.

"사사, 사교계?"

민망함을 얼버무리며 황급히 되묻는 웰미를, 에이데스는 옆으로 고쳐 안았다.

"내 약혼녀님은 요즘 완전히 얼이 빠져버렸군."

그 미소에 심술궂은 기색을 더한 그는, 웰미의 턱에 손가락을 가져간다.

"나에게 그렇게까지 마음을 허락해주다니 기쁠 따름이야."

"차… 착각하지 마! 자, 잠시 딴생각을 한 것뿐이야!"

"흐음?"

슥, 에이데스의 눈이 날카롭게 가늘어져서, 웰미는 아차 싶어 시선을 피했다.

그저 장난일 뿐인 건 알지만, 에이데스 앞에서는 왠지 무심코 반박하게 된다.

그래서 이런 상황을 초래하고 마는 것이다.

"내 앞에선 거짓말하지 말라고 몇 번을 명령해도 이해를 못 하는 모양이군. 벌을 줘야 알아들으려나?"

웰미는 얼른 고개를 돌리려 했지만, 에이데스가 턱을 잡고 있던 오른손 검지로 턱을 슥 들어 올려 위를 향하게 했다.

그가 얼굴을 바짝 들이대고 왼손으로 쇄골을 애무하자, 웰미는 파르르 몸을 떨었다.

"에, 에이데스…! 아…!"

"나에게 몸을 맡기는 게 기분 좋아서 넋 놓고 있었지? 안 그래?"

"으… 마, 맞아…! 그러니까, 그만…!"

부끄러움에 몸을 움츠리며 눈을 질끈 감자, 에이데스가 다시 말을 잇는다.

"누가 눈감아도 된다고 그랬지? 나를 봐, 웰미."

"그치만, 그치만 에이데스가…!"

"웰미, '뭐든지 시키는 대로 하겠다'고 하지 않았나?"

"~~!"

에이데스는 언제나 이런 식이다.

살금살금 실눈을 뜨자, 만족스럽게 고개를 끄덕인 에이데스가 비로소 장난을 멈춰주었다.

"착해, 웰미. 언젠가 익숙해질 걸 생각하면, 솔직히 아깝기도 해."

―빨리 익숙해지고 싶어….

단순히 웰미의 반응을 즐기기 위한 심술인 걸 알지만, 부끄러운 것은 어쩔 수 없다.

다른 사람을 상대로는, 절대 이렇게 되지 않는데.

일방적으로 혼자만 부끄러운 게 약이 올라서, 눈을 들어 에이데스를 노려본다.

하지만 그는 아랑곳하지 않고 오히려 기분 좋은 듯이 쿡쿡 웃었다.

"그런 촉촉한 눈빛으로 노려보면 유혹하는 걸로밖에 안 보여. 그런 주제에 침대에서는 새근새근 잘만 자고. 무방비한 주제에, 너는 밀당의 천재야."

"그, 그렇게 노골적인 행동은 한 적 없어!"

"하지만 그런 연기를 하라고 하면, 오히려 자신 있지?"

그 말에 웰미는 반박할 수 없었다.

악랄해 보이는 언동이 주특기인 건 사실이다.

실제로, 진상을 공표하지 않은 야회의 전말에 관해서는 황당한 소문이 퍼지고 있다고 들었다.

사람들 왈, 동생은 언니에게서 빼앗은 약혼자와 함께 벌을 받아 변경으로 추방되었다.

사람들 왈, 동생은 오르밀라주 후작의 덫에 걸려, 노예나 다름없는 취급을 받으며 혹사당하고 있다.

사람들 왈, 동생에게 두 번이나 약혼자를 빼앗긴 언니는 질리지도 않는지 이번에는 왕태자 전하에게 꼬리를 치고 있다.

사람들 왈, 언니는 여백작이 되었지만 능력이 없어서 일에 치어 꼼짝 못 하고 있다….

이러쿵저러쿵.

—아주 멋대로 소설을 쓰고 있네.

실제로 단죄극을 지켜본 사람들 중에서도, 눈치 빠르고 총명한 자들은 입을 다물고 있다.

어쨌거나 이 건에는 왕가에 필적하는 영향력을 가진 필두 후작가와 왕태자 레오가 관련되어 있는 것이다.

함부로 입을 놀려 그 두 사람의 심기를 건드렸다간 자신의 입장이 위험해진다.

그런데도 소문이 나쁜 방향으로 부풀려진 것은, 귀족학교에서 웰미를 추종하던 소녀들이 질투와 시샘을 양념삼아 속닥거린 '우리끼리만 하는 이야기'가 퍼진 탓이다.

덧붙여 좋은 쪽의 소문은, 연극의 효과이거나, 혹은 소동과 관계없는 사람들 사이에 퍼지고 있는 듯했다.

주로 언니를 통해 알게 된 일이지만, '그 냉혹비정한 후작이, 언니를 구하려 한 동생의 아름다운 마음에 감동해 반려자로 삼기를 원했다' 라는 일대 러브 로맨스로서.

—그건 그것대로, 참을 수 없이 부끄러워.

웰미는 그 연극에서 묘사된 것처럼 맑고 순수한 정신은 가지고 있지 않다.

오히려 연기로 아바인을 농락하고 양친까지 함정에 빠뜨린, 음흉한 악녀에 가깝다.

웰미의 현재는 그런 상황이지만.

"…으음, 그래서 왜 이 타이밍에 사교계에?"

간신히 이야기를 원점으로 되돌린 웰미에게, 에이데스는 엄청난 이야기를 꺼냈다.

"네가 레오를 농락해줬으면 해."

"…무슨 뜻이야?"

웰미는 무심코 눈살을 찌푸리고 말았다.

농담으로라도, 농락할 대상이 레오라는 건 상상하기도 싫은 일이다.

왜 그런 이야기가 나왔는지를 생각하고 있을 때.

"이오라를 위해서야."

"그럼 할게!"

웰미는 내용도 듣지 않고, 손바닥 뒤집듯이 태도를 싹 바꾸었다.

레오를 농락하는 게 왜 언니를 위하는 일이 되는지는 전혀 알 수 없지만, 에이데스가 그렇다면 뭔가 이유가 있을 것이다.

어차피 진심이 아니라는 것은… 이만큼 애지중지 사랑받고 있으면 당연히 웰미도 알고 있지만.

그래도 조금…, 정말로 아주 조금 불안해져서, 질문을 던진다.

"…설마 그걸 시키려고 나에게 잘해준 건 아니…지…?"

상대를 이용하기 위해 상대의 감정을 이용하는 것은… 자신도 익히 써먹은 수법이니까.

그러자 에이데스는 또 쿡쿡 웃고 나서, 이번에는 다정하게 머리를 쓰다듬었다.

"너는 자신의 약혼자를 얼마나 나쁜 놈으로 생각하는 거지? 웰미."

"냉혹비정한 후작 각하로 사교계에서는 아주 유명하답니다."

그것은 평소에도 농담처럼 오가는 대화.

실제로 나쁜 계략에 관해서는, 타의 추종을 불허하게 머리가 잘 돌아가는 사람이 에이데스니까.

웰미는 즐거운 기색이 역력한 그에게, 자신도 의미심장한 미소를 지으며 묻는다.

"그래서? 난 이번에 대체 어떤 가면을 쓰면 되는 거야?"

※ ※ ※

"…저는 반대예요."

왕비 폐하가 거주하는 궁정의 중정에서 열린 다과회.

그 자리에서 웰미의 미끼 이야기를 들은 후, 난색을 표한 것은 다름 아닌 언니 자신이었다.

"왜 동생이 저 대신 미끼가 되어야 하는 거죠?"

"리로우드 양은 사교적인 처신에 능해. 사람을 멀리할 줄도 알고, 끌어들일 줄도 알아. 보는 눈도 확실하고, 상대의 악의에도 민감하니까."

이오라의 말에 레오가 어깨를 으쓱하면서 대답한다.

국왕 폐하와 왕비 폐하가 계시는 자리인지라 이름 대신 성으로 부르고 있지만, 딱히 웰미를 존중하는 것은 아니다.

"우리의 약혼을 정식으로 발표할 때까지, 적의 눈길을 끄는 데 이보다 더 적임은 없어."

그렇게 말한, 장래를 맹세한 상대를 언니는 냉담하게 노려보았다.

"악의에 노출될 걸 알면서 웰미에게 부담을 강요하는 건 있을 수 없는 일이에요."

"언니, 뒷담화 정도라면 귀여운 수준이지만, 왕태자비가 되기 위해 수단을 가리지 않는 사람도 있을지 몰라. 그리고 야회나 다과회에 참석하려면, 언니의 귀중한 시간을 뺏기잖아."

에르네스트 여백작이 되었지만, 언니에게는 뒷배가 없는 것이나 마찬가지다.

언니 자신이 왕실과 국가에 도움이 되는 인재임을 주위에 보여주고 싶어도 아직은 실적이 부족하다.

지금은 그 가치를 증명할 준비를 하고 있는 단계다.

그리고 어쩔 수 없었다고는 해도, 언니는 아바인과 에이데스에게 두 번이나 약혼을 파기당한 흠 많은 경력을 가지고 있다.

미끼 건은, 언니가 대외적인 '가치'를 얻을 때까지 시간을 벌기 위한 수단이다.

그러나.

“뒷담화로 끝나지 않는다면 더더욱 맡길 수 없어. 그리고 시간을 뺏기는 건 너도 마찬가지잖아.”

―완강하네.

그런 언니도 좋지만, 하고 생각하면서 웰미는 말을 잇는다.
“내가 심심해서 그래. 그리고 에이데스가 지켜줄 거야, 덤으로 언니가 ‘사랑하는’ 레오니엘 왕태자 전하께서도 신경 써주실 테니까.”
사랑하는, 을 강조하자 언니는 얼굴을 약간 붉혔지만, 레오는 못마땅한 기색으로 이쪽을 쳐다본다.
“말에 가시가 있군. 나에겐 ‘전혀 신용도 기대도 없다’고 에둘러 말하는 것 같은데?”
“어머나, 그게 무슨 말씀이세요. 피해망상이에요, 왕태자 전하.”
“거짓말 마.”
“물론 에이데스만큼 신용하고 기대할 수 없는 건 사실이지만요. 아니면 전하께서는 저에 대해 이 사람보다 더 적극적인 대응이 가능하신가요?”
호호호, 하고 웰미가 입가에 손을 대고 웃자, 끙 하고 레오가 신음했다.

―흥, 누가 언니를 가로챈 남자를 의지할 줄 알고!

그런 대화를 어쩐지 즐거운 기색으로 지켜보던 국왕 폐하가, 옆에 앉은 왕비 폐하에게 말을 건넨다.
“레오에게 이렇게 허물없는 친구가 생길 줄은 몰랐군.”

"네, 정말로요."

""누구랑 누가요?""

항의하는 웰미의 목소리에 레오의 목소리가 겹쳐져, 둘은 다시 서로를 노려보았다.

그러자 한바탕 껄껄 웃고 난 폐하는, 갑자기 정색하고 말했다.

"하지만 에르네스트 여백작. 그대는 이 제안을 받아들여야 해. 사정을 모르는 영애를 레오 곁에 두었다가는 자칫 오해를 초래할 수 있으니까. 리로우드 양의 말대로 그대에게는 연구 시간이 필요해."

"그건…."

"연구의 성공 자체가 장래의 사교를 위한 것이기도 하고…, 나 개인적으로도 가급적 조속한 성공을 바라고 있다."

그러면서 폐하가 보인 쓸쓸한 얼굴은, 어쩐지 양심의 가책을 느끼게 하는 것이었다.

웰미는 자연스럽게 왕비 폐하에게로 눈길을 향했다.

그녀는 이 자리에 온 뒤로, 얇은 베일을 벗지 않고 있었다.

이유는 왕비 폐하의 피부에 있다.

삼 년 전쯤부터, 높은 마력을 가진 자에게 드물게 발병하는 난치병에 걸려, 피부가 짓물러버린 것이다.

재학 중에 레오에게 왕비 폐하의 병 이야기를 들은 언니는, 당장 그 연구에 착수했다고 한다.

─난치병에 효과적인 약과 마도구를 개발하기 위해.

언니의 '마력부담 경감'에 관한 졸업논문은 그 연구의 부산물이었다.

모습을 초라하게 위장하는 마술도, 개인적인 목적 이외에, 왕비 폐하가 사람들 앞에 나설 때만이라도 피부 상태를 '숨길' 수 없을까, 하는 의미에서 진행했던 연구였다.

그것이 레오와 언니의 약혼이 물밑에서 순조롭게 진행된 이유 중 하나였다.

'연구'를 성공시키면, 확실하게 언니의 무기가 된다.

언니가 이론을 제창한 마술약 개발에 성공하면, 상위 국제 마도사 자격을 얻을 수 있는 것이다.

그 지위는 이 나라의 마도경…, 그러니까 마도 분야에서 두드러진 지적·실무적인 위업을 달성한 사람에게 부여되는 칭호에 필적한다.

덧붙여 에이데스는 이미 둘 다 가지고 있으므로, 새삼스럽지만 웰미의 약혼자님은 괴물이다.

"폐하께서 말씀하시는 바는 알지만…, 그것과 이건 이야기가…."

언니가 난처한 표정을 하자, 왕비 폐하가 후후 웃었다.

"괜찮아요, 에르네스트 여백작. 연구도 서두를 필요는 없고, 미끼 건도 정말로 위험한 건 아니에요. 다만 그녀를 내세우면 오르밀라주 후작의 협조를 얻을 수 있으니까, 뒤에서 움직이는 자들에 대한 대처가 용이해진다…, 그냥 그런 정도의 이야기예요."

아마도 사적으로는 폐하보다 발언력이 셀 것 같은 왕비 폐하까지 그렇게 말하자, 언니는 마지못해 고개를 끄덕였다.

그러자 잠자코 있던 에이데스가 홍차를 한 모금 마시고 나서, 이쪽을 보고 가볍게 입꼬리를 올린다.

웰미가 불길한 예감을 느낀 것과 거의 동시에, 그가 입을 열었다.

"에르네스트 여백작, 걱정 안 해도 돼. '사랑하는' 나의 웰미를 해코지하려 드는 놈이 있으면, 왕가의 손을 빌리지 않고도 처단할 준비가 되어 있으니까."

"윽!"

아까 레오를 두고 한 말이 고대로 돌아와, 웰미는 얼굴이 불붙은 듯 화끈거렸다.

동시에 폐하가 경악한 표정을 하고, 왕비 폐하가 웃음을 참는 것처럼 어깨를 가늘게 떨었다.

"어머나, 뜨겁기도 해라."

"……설마 에이데스 오르밀라주 후작의 입에서 그런 말이 나올 줄이야."

두 사람의 반응에 웰미는 몸 둘 바를 모른 채 어깨를 움츠리고… 그 후, 약간의 시일을 두고, 이번 시즌 처음으로 야회에 참석하게 되었다.

이때는 정말로, 단순히 언니의 약혼이 정식으로 발표될 때까지 시간을 버는 게 목적이라, 부담 없이 편한 마음이었다.

3. 공작 영애 달리스테아의 무모함

―【왕태자 전하 약혼 피로연】개최 한 달 전.

그녀의 행동이 몹시 눈에 거슬린다.

그렇게 생각하며, 공작 영애 달리스테아 아바컴은 매우 불쾌한 기분으로 눈앞의 광경을 바라보고 있었다.

시선 끝에 있는 것은, 왕태자인 레오니엘 라이오넬 전하.

그 파트너로 함께 춤추고 있는 여성은 악명 높은 백작 영애 웰미 리로우드였다.

달리스테아 자신은 학생 시절에 그녀와 직접적으로 교류한 적은 없지만, 좋은 인상은 없다.

웰미 양은 귀족학교 시절, 의붓언니인 이오라 여백작의 약혼자였던 아바인 슈나이거 백작 영식과 붙어 다니며, 숙녀로서 예절에 어긋나는 행실을 보였기 때문이다.

전하의 소꿉친구인 달리스테아에게는, 그의 약혼녀 후보로서 오랫동안 친밀하게 지내온 자부심이 있었다.

그렇기에 지금 웰미 양이… 전하를 포함해 여러 남자를 유혹하며, 숙녀로서 있을 수 없는 행동을 하는 것을 더욱 간과할 수 없었다.

학생 시절보다 더 심하다.

심지어 그녀는 사교계에서 모습을 감춘 동안, 왕비 폐하의 개인적인 다과회에도 초대를 받았다고 한다.

한동안 초대를 받지 못했던 달리스테아로서는 내심 복잡한 심경이었다.

　게다가 달리스테아의 입장을 잘 아는 귀부인들과 영애들은, 웰미 양과 전하가 함께 야회에 모습을 드러낼 때마다, 이쪽을 향해 의미심장한 시선을 던진다.

　물론 겉으로는 의식하지 않는 척했지만, 거슬리는 것은 부인할 수 없다.

　달리스테아는 어릴 때부터 아버지인 아바컴 공작에게 '반드시 왕태자 전하의 약혼녀로 선택받도록 해라' 라는 말을 들으며 자라왔다.

　'안 그러면 너에게는 가치가 없다'라고,

　─이오라 여백작이라면.

　안팎으로 궁지에 몰린 달리스테아는 속으로 자주 중얼거리던 말을 떠올린다.

　이오라 여백작의 인품은 잘 알고 있다.

　학생 시절, 그녀가 남몰래 왕태자 전하와 마음을 나눈 일도.

　그녀에게라면 져도 어쩔 수 없다고, 그렇게 생각하고 있었는데.

　─왜, 웰미 양이죠? 저도, 이오라 여백작도 아니고, 왜!

　달리스테아는 두 사람의 모습을 쏘아보면서, 손에 든 부채를 힘껏 움켜쥐었다.

　웰미 양이 처음으로 모습을 보인 것은, '레오니엘 전하의 약혼녀를 결정하기 위한 파티'라고 모두가 수군거리던, 왕가 주최의【사교 시즌 개막의 야회】.

그 자리에 전하의 에스코트를 받으며 나타난 것이 그동안 모습을 감추었던 웰미 양으로, 신분이 더 높은 다른 영애들을 제치고, 왕태자 전하와 퍼스트 댄스까지 춘 것이다.

사교계에 격진이 지나간 순간이었다.

그 후, 야회에 참석하는 웰미 양의 에스코트는 언제나 왕태자 전하.

게다가 그녀의 행동은 나쁜 방향으로 점차 도를 더해갔다.

여러 야회에서, 매번 다른 영식에게 말을 건네고, 함께 테라스나 정원의 어둠 속으로 사라진다는 소문이다.

그중에는 휴게실에서 함께 나오는 웰미 양과 다른 영식을 봤다는 목격담까지 있었다.

심지어 그후, 왠지 그들은 왕태자 전하와 함께 그녀 주위를 떠나지 않게 되는 것이다.

하지만 웰미 양은 영애들에게는 냉담해서, 테레사로라는 이름을 가진 남작 영애의 손을 부채로 때리는 모습을 달리스테아는 목격했다.

또한 추종자 중 한 명인 재상 영식의 약혼녀 힐덴트라이 양이 찾아와 항의하자, 그녀를 도발한 끝에 오르밀라주 후작의 권세를 등에 업고 쫓아버렸다는 이야기도 들었다.

그리고 달리스테아 자신도, 급기야 한 고위 귀족이 주최한 야회에서 웰미 양에게 와인 물벼락을 맞고 말았다.

"어머, 죄송해요, 달리스테아 님. 손이 미끄러져서 그만…. 전하, 얼룩지면 큰일이니까, 안쪽으로 안내해주세요."

"응."

눈을 초승달처럼 가늘게 뜨고 아무리 생각해도 일부러 그런 것 같은 태도로, 레오니엘 전하에게 여봐란 듯이 명령하는 웰미 양를 보고 달리스테아는 분개했다.

—레오니엘 전하를 턱짓으로 부리다니!

"괜찮아요!"
저도 모르게 화난 목소리로 쏘아붙이고, 몸을 돌려 회장을 나가려고 하자, 레오니엘 전하의 동생인 제2왕자…, 달리스테아보다 세 살 아래로, 지금 귀족학교 2학년인 타이글림 전하가 말을 건네주었다.
"달리스테아 양, 이쪽으로."
그리고 별실에서 고용인에게 와인 얼룩 제거를 명해준 보라색 머리의 그에게, 감사인사를 하고 불만을 털어놓았다.
그러자 타이글림 전하는 잠시 생각한 뒤에, 레오니엘 전하와 꼭 닮은, 그러나 은색 눈동자를 가진, 분위기가 조금 다른 얼굴에 진지한 표정을 지으며 이렇게 말해주었다.
"확실히 리로우드 양의 행동은 묵과할 수 없긴 합니다. 내가 형님에게 넌지시 말씀드려보지요."
"잘 부탁드립니다."
그 무렵에는 이미, 달리스테아 외에도 웰미 양을 비난하는 목소리가 고조되고 있었다.
하지만 레오니엘 전하와 영식들이 늘 옆에 붙어 있고, 힐덴트라이 양의 전례도 있어, 아무도 직접적으로 불만을 제기하지 못한 채 시간이 흘러.
어느 순간, 불온한 소문이 퍼지기 시작했다.

─아무래도 타인을 조종하는 마술약과 저주의 마도구가 나도는 것 같다….

그 소문을 듣고, 달리스테아의 머릿속에 어떤 의심이 떠올랐다.
겨우 두 달만에 부자연스러울 정도로 많은 남자들의 마음을 사로잡은 한 소녀.

─설마, 웰미 양이…?

의심이 확신에 가까운 것으로 변한 건, 그로부터 얼마 지나지 않아서였다.
레오니엘 전하에게 고언하겠다고 말해준 타이글림 전하까지… 웰미 양 곁을 떠나지 않게 된 것이다.
걱정이 된 달리스테아는, 그가 혼자 있는 타이밍을 신중하게 노려 다가가서 말을 건넸다.
"…타이글림 전하."
"아아, 달리스테아 양. 무슨 일이죠?"
왠지 아주 차가운 눈빛으로 이쪽을 응시하는 그의 모습에, 저도 모르게 숨을 삼킨다.
그는 달리스테아가 머뭇거리는 사이, 실례, 라고 말하고 자리를 떠버렸다.
어안이 벙벙해져 있을 때, 그녀에게 팔찌를 찬 손을 내밀고 말을 건네 온 빨간 머리 청년이 있었다.
"달리스테아 양, 무슨 일입니까?"
트루기스 델트라테 후작 영식.

웰미 양과 교우가 없는 영식 중 한 명으로, 전에 그녀에게 손을 얻어 맞고 울었던 남작 영애 테레사로 님과 야회에서 자주 함께 있는 모습을 보여, 사랑하는 사이라는 소문이 있는 분이다.

후작가의 후계자인 그와 테레사로 양은, 신분의 차이로 인해 맺어지는 일은 없겠지만, 그런 이야기는 악의의 표적, 혹은 비련의 소문으로 영애들의 입방아에 오르내리게 마련이다.

그런 트루기스 님에게서는 은은하게, 처음 맡아보는 꽃향기 비슷한 향수 냄새가 풍겼다.

그의 상냥한 목소리에, 달리스테아는 어쩐지 울고 싶은 심정이었다.

그대로 둘이 함께 벽 쪽으로 이동해, 띄엄띄엄 이야기를 나눈다.

"…당신은 정신을 조종하는 저주의 마도구 소문을 알고 있습니까?"

잠시 후, 웰미 양을 노려보면서 트루기스 님이 내뱉은 그 말에 달리스테아는 헉 하고 숨을 삼켰다.

"혹시 트루기스 님도….."

자신과 똑같은 의심을 품고 있구나 싶어 넌지시 물어보자, 그는 심각한 표정으로 말을 이었다.

"거기에 어떤 악의가 있다면, 그걸 폭로하지 않으면 안 됩니다."

달리스테아는 조심스럽게 고개를 끄덕였다.

"맞아요. 웰미 양은 원래부터 정신 간섭 마술에 능하다고 들은 적이 있어요. 사람을 조종하는 마도구를 개발해, 영식들을 마음대로 조종하고 있다고 해도 이상하지 않아요….."

애당초 여자를 싫어하기로 유명한 오르밀라주 후작이 갑자기 한 소녀에게 빠진 것도 말이 안 된다고 트루기스 님은 말했다.

그의 말은 달리스테아의 의심을 뒷받침하기에 충분했다.

역시, 아무리 생각해도 이상하다고.

자신말고도 그렇게 생각하고 움직이려 하는 분이 있다는 사실에, 달리스테아는 용기를 얻었다.

"제가 뭘 하면 될까요…?"

말을 걸어온 이상, 어떤 목적이 있으리라.

안 그러면 지금까지 전혀 교류가 없었던 자신에게, 이런 이야기를 할 리 없다.

"…이걸 웰미 양에게. 마도성의 심문관이 자백을 받아낼 때 사용하는 것인데, 의식을 몽롱하게 만들어 질문에 거짓말을 할 수 없게 만드는 마도구입니다."

그렇게 말하고 그가 건네준 것은, 보옥으로 장식된 목걸이였다.

달리스테아는 재빨리 그것을 소매 안에 감추었다.

"그걸 사용해 '사람을 조종하는 마도구를 사용하고 있느냐'고 물으면, 대답이 나올 겁니다. 그녀는 영애와 귀부인들은 꼭두각시로 만들지 않지만, 남자인 내가 섣불리 접근했다간 조종당할 위험이 있습니다."

"알겠습니다. 언제 실행할까요?"

트루기스 님과 의논한 결과, 일시는 【왕태자 전하 약혼 피로연】으로 결정되었다.

그 자리에는 참석 가능한 모든 귀족들과, 국왕 폐하 부부도 참석하시기 때문이다.

달리스테아에게 약혼 타진이 오지 않았다는 점에서, 자신은 레오니엘 전하의 약혼녀 후보에서 제외된 게 확실하다.

그런 탓에, 집 안 분위기는 그야말로 바늘방석이었다.

지금 가장 유력한 약혼녀 후보는 당연히 웰미 리로우드.

—당신 멋대로 하게 놔두지는 않겠어.

대략적인 계획이 정해졌을 때, 왕태자 전하가 이쪽으로 다가오는 모습이 보였다.

"그럼 저는 이만."

슬며시 트루기스 님이 그 자리를 떠났다.

무슨 이야기를 했느냐는 질문에, 그저 사소한 이야기를요, 라고 달리스테아는 얼버무렸다.

왕태자 전하는 웰미 양에게 조종당하고 있는 것이다.

대화를 거부하는 게 느껴졌는지, 전하는 그 이상 캐묻지 않았지만.

"…웰미를 건드리지 마, 달리스테아 양."

마치 경고하는 듯한 그 말에 달리스테아는 오히려 결의를 다진다.

이 나라의 미래를 짊어질 자들을 조종해 나라의 근간을 뒤흔들려 하는 웰미 양의 죄상을 폭로해야 한다.

그렇게 때를 기다려, 목걸이를 하고 왕성으로 향한 달리스테아는… 국왕 폐하의 개회 선언을 듣고, 폐하와 왕비 폐하의 퍼스트 댄스를 지켜본 후에, 웰미 양에게 다가갔다.

"웰미 리로우드 백작 영애."

주위를 지키던 영식들이 자연스럽게 앞을 가로막았지만, 그래도 이미 마술이 닿는 거리였다. 목걸이의 마술을 웰미 양을 향해 발동시킨 달리스테아는 질문을 던졌다.

"대답해주세요. 당신은 사람을 조종하는 마도구를 사용하고 있나요?"

어쩐지 초점이 맞지 않는 눈으로 웰미 양은 질문에 짧게 대답했다.

“―네.”

그 대답에 두 사람의 대화를 들은 모양인지, 주위의 몇몇 사람들이 술렁거렸다.

『역시…!』

『어쩐지 이상하더라니….』

그런 수군거림을 들으며, 달리스테아가 마음속의 분노를 그녀에게 퍼부으려고 했을 때.

―웰미 양을, 부드럽게 누군가의 망토 자락이 감싸 안았다.

그곳에 서 있는 사람은 마도경, 에이데스 오르밀라주 후작이었다.

뼛속까지 얼어붙을 듯한 그의 눈빛에, 달리스테아가 저도 모르게 주춤하자….

“클라테스!”

오르밀라주 후작은 날카롭게 한 남성의 이름을 불렀다.

앞으로 걸어 나온 사람은 웰미 양을 양녀로 맞아들인 일급 해주사, 클라테스 리로우드 백작.

웰미 양과 똑같은 색의 눈동자를 가진 그는, 그녀의 눈가에 살며시 손을 가져다 대고 조그맣게 주문을 외웠다.

“괜찮니? 웰미.”

클라테스 백작이 손을 떼고 걱정스러운 표정으로 얼굴을 들여다보자, 눈동자의 초점이 돌아온 웰미 양이 정신을 차린 듯 눈을 몇 번 깜빡거렸다.

그리고 주위를 둘러본 후… 그녀는 매혹적인 미소를 지으며 작은 목소리로 중얼거렸다.

"에이데스, 성공한 거지?"

"응."

친밀하게 이름을 부르는 그녀의 물음에 고개를 끄덕인 오르밀라주 후작은, 감정 없는 눈동자로 달리스테아를 내려다보았다.

"대답해, 달리스테아 양. …그 마도구를 누가 줬는지."

―들켰다? 어째서?

―아니, 하지만 웰미 양은 마도구의 질문에 '네'라고 대답했어.

―그럼, 그걸 고발하면.

달리스테아가 결의를 다진 순간, 누군가가 그 어깨에 손을 올렸다.

깜짝 놀라 올려다보자, 거기에는 낯익은 얼굴이 있었다.

"이게 무슨 소동이지?"

"오라버니….'

말레피덴트 아바컴 특무경.

금색 머리카락에 자주색 눈동자를 가진, 달리스테아의 오빠.

그는 '법무성 국가치안유지 특무과'라고 불리는, 주로 외국의 첩보원이나 대역죄를 꾀하는 정치범 등, 치안을 위협하는 중대한 범죄를 단속하는 부서의 수장으로.

라이오넬 왕국 건국 당시, 전 왕가의 혈통이면서 의(義)를 중시해 전 왕가에 반기를 들어 유일하게 처단을 면한 아바컴 공작가의 후계자이다.

오르밀라주 후작과 나란히, 마도 분야에서 큰 공적을 쌓은 또 한 명

의 마도경이기도 했다.

"에이데스, 내 동생이 무슨 실례라도?"
미소를 띤 오빠의 말에 대조적으로 무표정한 얼굴인 오르밀라주 후작이 대답하기 전에.

"―조용히."

웅성거림으로 가득한 홀에 낮고 침착한, 그러면서 강인한 목소리가 울렸다.
국왕 폐하의 음성에 그 자리에 있던 자들이 일제히 고개를 숙였다.
달리스테아도 같은 타이밍에, 커트시 자세를 취했다.
"모두 고개를 들라. …오르밀라주 후작, 무슨 일인가."
옆에서 마찬가지로 예를 취하고 있던 오르밀라주 후작이 천천히 고개를 들었다.
왕을 상대로 허위 사실을 말하는 것은 용납되지 않는다.
"설명 드리겠습니다. 폐하께서도 아시다시피, 웰미는 이번에….."
이어지는 오르밀라주 후작의 설명에 달리스테아는 머릿속이 하얘졌다.

"…왕태자 전하의 진짜 약혼녀가 위험에 노출되지 않도록, 미끼 역할을 하고 있었습니다."

"…뭐?"
달리스테아뿐 아니라, 홀 안에 있던 다른 귀족들도 일제히 술렁이며 눈빛을 교환하고 있다.

침착함을 유지하는 사람은 당사자인 웰미 양과, 그녀 주위에 있는 분들뿐이다.

폐하는 오르밀라주 후작에게 다시 질문을 던졌다.

"리로우드 백작 영애의 역할에 대해서는 들어 알고 있다. 그 역할과 이번 건이 무슨 관계가 있는가."

"순서에 따라 설명 드리겠습니다. 일의 시작은, 웰미가 미끼 역할을 수행하는 동안 우연히 정신조작 마술약과 마도구가 나도는 건에 관한 정보를 얻은 일이었습니다."

거기서 오르밀라주 후작이 오빠에게 힐끔 눈길을 향했다.

"그 후 특무경과 정보를 공유하며 조사를 진행해왔습니다."

"아바컴 특무경, 오르밀라주 후작의 말에 틀림이 없는가?"

"틀림없습니다."

오빠, 말레피덴트는 부드러운 미소를 띤 채로 폐하의 질문에 대답한다.

"저희는 만약의 사태가 발생하지 않도록, 비밀리에 왕태자 전하의 안전 확보에도 주력하고 있었습니다. 리로우드 백작 영애 주위에 있던 영식들은, 그 사실을 알고서 벽 역할을 해주고 있었던 것입니다."

―말도 안 돼⋯. 거짓말⋯!

그럼 전부 자신의 오해였다고? 달리스테아는 등골이 서늘해졌다.

웰미 양을 못마땅하게 여기던 다른 귀족들도, 드러난 진상에 놀라 숨을 삼키는 걸 알 수 있었다.

그러자 폐하가 달리스테아에게 직접 하문했다.

"아바컴 공작 영애, 달리스테아."

"…예."

달리스테아는 떨리는 목소리를 간신히 억누르며 대답했다.

"타인에게 국가의 승인 없이, 더구나 왕족이 있는 자리에서 마술을 거는 일은 화급한 경우를 제외하고 금지되어 있다."

그 말에 비로소 달리스테아는 그 사실을 깨달았다.

방금 전까지도 그게 위법 행위라는 의식조차 아예 없었던 것이다.

화급한 경우란 기본적으로 큰 부상과, 화재 같은 재해, 혹은 마수나 습격자가 출현하는 등의 소동이 발생한 경우를 말한다.

또한 그 법은 주로 치유마술과 방어마술, 대항하기 위한 공격마술에 적용되는 것으로, 저항하지 않는 타인에게 불이익이 되는 마술을 사용하는 일은, 대개의 경우 해당되지 않는다.

"해명할 말이 있는가."

"…저는, 웰미 리로우드 백작 영애가, 사람을 조종하는 마술과 마도구를 사용하고 있다고, 전해, 듣고…."

자신의 목소리가 왕궁의 홀 안에 공허하게 울린다.

"다음 세대를 짊어질 영식분들이, 그런 금주(禁呪) 마술에 자유를 빼앗긴, 거라면, 그건… 왕실에 대한 대역죄에, 해당한다고, 새, 생각하고…."

자신의 귀에도 변명처럼 들리고 만다.

확실히 웰미 양은 평판이 나빴다.

하지만 그녀의 미끼 역할이 사실이고, 영식들이 그녀 곁을 지키는 이유가 오르밀라주 후작이 말한 그대로라면.

달리스테아는 무고한 웰미 양에게, 법으로 금한 바를 어기고 마도구를 행사한 게 된다.

"저는 개인적으로 그녀에게 접근할 방법이 없었고… 위법한 짓을 저지른 분이, 물어본다고 순순히 인정할 리 없을 것, 같아서… 이 자리에서, 자백을 받아내기 위해, 마도성의 심문관이 죄인에게 사용한다고 하는 마도구를… 사용, 했습니다….."

그래도 간신히 끝까지 설명을 마친 달리스테아에게, 폐하는 절망적인 사실을 고했다.

"일단, 그런 마도구는 존재하지 않는다."

"……?!"

"사람을 조종하는 마술과 마술약의 사용은 왕국법으로 금지되어 있다. 그것은 정신에 직접 간섭하는 마술이, 경우에 따라서는 상대를 폐인으로 만들 수 있는 위험한 것이기 때문이다."

"그런….."

트루기스 님의 말이 거짓이었단 말인가.

금주로 지정된 마술을 행사하는 것은, 왕족 어전에서의 마술 사용보다 더 큰 중죄다.

남을 저주하면 자신에게도 재앙이 돌아온다….. 그런 속담이 머리를 스쳤다.

달리스테아는 정의로운 일이라 믿었지만, 그 행동이 자신을 범죄자로 전락시켰음을 깨닫고 숨이 가빠왔다.

어깨로 숨을 몰아쉬고 있자, 오빠의 손길이 등을 쓰다듬었다.

그때… 웰미 양이 폐하를 향해 커트시 자세를 취했다.

"무슨 일인가, 리로우드 백작 영애, 웰미."

"폐하께 드릴 말씀이 있습니다."

"말하라."

"네, 달리스테아 님이 이런 행위에 이른 이유는….."

웰미 양은 그렇게 운을 떼고, 달리스테아에게 눈길을 향했다.

그 눈동자에 왠지 상냥한 빛이 떠오른 것처럼 보였다.

"─아마도 그녀는 정신조작 마술약에 조종당하고 있는 것 같습니다."

달리스테아는 웰미 양의 말을 이해할 수 없었다.

─내, 가?

혼란에 빠진 달리스테아 옆에서, 오빠가 입을 열었다.

"설령 그게 진실이라 해도, 누가, 무엇 때문에 내 동생을 조종한다는 거지?"

달리스테아가 옆에 선 오빠를 올려다보자, 그의 입은 웃고 있지만 눈은 웃고 있지 않았다.

"웰미를, 우리가 조사 중인 건의 범인으로 조작하기 위해서겠지."

"흠. 그렇다면 리로우드 백작 영애에게 누명을 씌우려고 한 진범은?"

어디까지나 침착한 태도인 오르밀라주 후작은, 오빠에게서 이쪽으로 시선을 옮긴다.

감정이 보이지 않는, 푸른 기가 도는 보라색 눈동자가 다시 달리스테아를 포착했다.

"그 이름은 달리스테아 양이 알 것 같은데."

웰미 양의 죄를 입증할 증거라고 생각했던, 영식들과 그녀의 행동은 왕태자 전하를 지키기 위한 것이었다.

그런 그녀에게 누명을 씌우려고 한 자가 누구인가, 라고 묻는다면, 그 대답은 하나밖에 없지만… 믿고 싶지 않았다.

—트루기스 님, 이….

"제가 조종당하고 있다고 말씀하셨지만, 저는 약 같은 건 먹지 않았어요…. 제가 언제 저도 모르게 그런 약을 먹었다는 말씀이시죠?"

달리스테아가 의문을 제기하자, 오르밀라주 후작은 담담하게 대답했다.

"와인에 섞을 수도 있고 방법은 얼마든지 있지만…, 애당초 이번에 사용된 위법 마술약은 복용하는 형태가 아니라, 일종의 향 같은 거야."

"향…."

"뭔가 처음 맡아보는 꽃향기 같은 걸 느낀 적 없나?"

있었다.

트루기스 님에게서, 그런 향기가 풍겼다.

—그럼, 정말로?

휘청, 시야가 흔들리지만, 어깨를 잡고 있던 오빠의 손이 굳건하게 지탱해준다.

그 손에 의지하듯이 몸을 맡기며, 달리스테아는 간신히 쓰러지지 않고 버텨냈다.

그러자 상황을 지켜보고 있던 폐하가 오르밀라주 후작에게 물었다.

"위법 마술약은 향인가?"

"예, 이 마술약은 대상자를 자신의 뜻대로 움직이는 강력한 효과는 없습니다. 하지만 화술과 조합해 사람의 사고를 유도할 수 있고, 조종한 증거가 잘 남지 않습니다.”

대상자가 자발적으로 행동을 일으킨 것처럼 위장할 수 있다고 한다.

오르밀라주 후작은 그렇게 설명하고, 다시 달리스테아에게 물었다.

“성공하면, 흑막 자신은 전혀 노출되는 일 없이 타인을 꼭두각시로 만들 수 있습니다. …달리스테아 양, 질문에 대답해. 꽃향기 비슷한 향기를 맡은 적은?”

“…있습니다.”

달리스테아가 간신히 입을 열어 대답하자, 귀족들 사이에 술렁거림이 퍼졌다.

“그 향기를 풍기는 인물은, 당신이 웰미에게 행사한 마도구를 건네준 사람과 동일인물인가?”

“…네.”

오르밀라주 후작의 말은, 단적이고 냉철했다.

필요 없는 말은 일절 없이, 추궁해 온다.

“그 인물의 이름은?”

이 상황에 이르러서도, 달리스테아는.

그를 의심하는 마음보다, 이 상황을 믿기 힘든 마음이 더 컸지만, 폐하 어전에서 발뺌은 용납되지 않는다.

달리스테아는 눈길을 떨구고, 갈라진 목소리로 대답했다.

“델트라테 후작 영식, 트루기스 님입니다….”

귀족들의 시선이 한 점에 집중된다.

달리스테아도 시선을 향하자, 트루기스 님은 입을 꽉 다문 채 얼굴을 찌푸리고 있었다.

※※※

—여기까지는 순조롭네.

웰미는 그렇게 생각하면서, 한 소녀를 흘끔 쳐다보았다.

그곳에는 달리스테아 님 못지않게 파리한 얼굴을 한 남작 영애…, 성녀로서 성교회에 들어올 것을 권유받고 있는 테레사로 트러프가 서 있었다.

핑크색 머리에 은색 눈동자를 가진, 사랑스러운 인상의 소녀다.

웰미의 시선을 알아차린 그녀는, 긴장감에 쓰러질 것 같은 얼굴로 소심하게 고개를 끄덕여 보였다.

그러는 동안에도 이야기는 이어진다.

"아바컴 공작 영애의 마도구를 조사하라. 특무경. 마도구를 수거해 리로우드 백작에게."

"예."

달리스테아 님 옆에 있던 말레피덴트 님은 여동생이 마도구로 지목한 목걸이를 풀어, 웰미의 아버지인 클라테스에게 건넸다.

거기 새겨진 술식을 조사한 그는, 에이데스에게도 그것을 건네주었다.

둘이 같은 결론에 이른 모양인지 고개를 끄덕이고 나서, 아버지는 폐하를 향해 대답했다.

"이 마도구 자체는 최면용 마도구로, 정신조작… 이른바 '매료'의 마도구는 아닙니다. 효과를 강화한 위법물품이기는 하지만, 상대에게 가벼운 암시를 걸어 수긍을 촉구하는 정도의 것입니다."

그 말에, 그 자리에 있던 사람들 사이에 안도감에 가까운 분위기가
퍼졌다.

공작 영애가 단순한 죄가 아닌 '마도구에 의한 정신조작' 같은 금기의
중죄를 저지른 게 되면, 주변에 미치는 파장이 어마어마하다는 사실은
모두가 이해하고 있었다.

아바컴 공작가의 진퇴, 나아가 공작 파벌의 진퇴와 관련되기 때문이
다.

마술 자체는, 마술에 걸린 웰미 자신도 간단한 최면마술일 거라고 짐
작하고 있었다.

안개가 약간 낀 듯한 뿌연 의식 속에 '네, 라고 대답해' 라는 명령을
받은 것뿐이기 때문이다.

—미안해요, 달리스테아 님.

웰미는 속으로 그녀에게 사과했다.

원래 높은 긍지를 지닌 그녀에 대해, 웰미는 호감을 품고 있었다.

귀족학교에서는 정상적인 인물로 판단하고 교류를 피하고 있었던 것
이다.

이번 일은 원래, 달리스테아 님에게도 상황을 설명하고, 비밀리에 사
태 해결을 위해 협조를 얻을 생각이었지만.

흑막이 눈치채지 못하게 움직일 필요가 있었다고는 하나, 드레스에
와인을 끼얹은 건 아무래도 좀 지나친 감이 있었다.

그후 할 수 없이 특무경을 통해 사정을 설명하려고 생각했을 때… 에
이데스와 무슨 이야기가 오갔는지, 계획이 변경되어버린 것이다.

원래대로라면 웰미와 영식들만이 무대에 오를 예정이었던 촌극에 의해, 달리스테아 님의 명예는 상처입게 된 것이다.

웰미는 그 점을 조금 불만스럽게 여기고 있었다.

※ ※ ※

―【왕태자 전하 약혼 피로연】개최 2주일 전.

에이데스는 말레피덴트를 방문 중이었다.

그리고 '이번 건에 대해 달리스테아 양에게 설명해줄 수 있는지'를 묻자, 그는 그 제안을 일소에 부쳤다.

"제발 참아줘. 그 녀석은 감정을 숨기지 못해. 사정을 알고 멋대로 움직이는 게 더 위험해."

"동생이 위법한 마술약의 지배하에 있는 걸 알면서 방치하겠다고?"

"그 마술약 자체에 건강을 해칠 위험성이 없다고 말한 사람은 너 아닌가?"

"그건 사실이야."

말레피덴트는 대외적으로 보이는 호청년의 얼굴을, 에이데스에게는 결코 보여주지 않는다.

오히려 언제나 언짢은 듯 미간에 주름을 잡고 있거나, 냉소를 띠고 있는 일이 많았다.

그쪽이 그의 본성임을 알기에, 에이데스는 신경 쓰지 않는다.

말레피덴트와는 귀족학교 동창이다.

그리고 졸업할 때까지 줄곧 수석과 차석을 독차지해온 관계이기도 해서, 당시에는 일방적으로 라이벌로 여겨지기도 했지만, 지금은 나름대로 양호한 관계를 구축하고 있다.

에이데스와 말레피덴트는 그 시점에 이미 정신조작 마술약의 제조거점 한 군데를 파악해둔 상태였다.

아무도 없었지만 마술약은 확보할 수 있었고, 마도 연구소에 해석을 의뢰하자, 즉석에서 답변이 돌아왔다.

언제부터 있었는지 아무도 모르는 논문과 실험 결과가 이미 존재하며, 그것과 성분이 일치했다고 한다.

마술약, 이라고 한마디로 통틀어 말하지만, 그 효능과 제조법은 다양하다.

'마술적인 효능을 발휘하는 약품'과 '생물의 마력류(魔力流)에 영향을 미치는 약품'의 총칭이기 때문이다.

맹독성 마술약이 있는가 하면, 치유력을 높이는 마술약도 있다.

예를 들면, 이오라가 만들어낸 마력부담 경감약처럼 좋은 효능을 발휘하는 약이라도, 마술적인 영향이 있으므로 '마술약'으로 분류되는 것이다.

'마술약'이 전부 나쁜 것도 아니고, 건강에 악영향을 주는 것만 있는 것도 아니다.

이번 사건의 '마술약'은 '정신조작'이라는 금기의 영향을 주는 것이기는 했지만….

"그 마술약에 관해서는 왠지 안전성이 보증되어 있었어."

구속력이 약하고, 약 기운이 가시면 건강과 정신에는 영향이 없는 그런 종류의 약이었다.

대신 증거가 남기 어렵다.

"…그럼 그냥 이용해. 그쪽에서 원하는 대로 행동을 일으키게 하는 게 더 빨라."

말레피덴트의 심기 불편한 얼굴에 희미하게 괴로운 빛이 떠올랐다.

"상당히 냉정하군. 달리스테아 양의 명예에 흠이 생기는데도?"

"약혼녀를 악녀로 위장시켜 위험한 역할을 떠맡긴 네가 할 말은 아닌 것 같은데."

듣고 보니 맞는 말이다.

웰미 본인은 기뻐하며 연기하고 있지만, 옆에서 보기에는 에이데스도 비슷할지도 모른다.

거기에 관해서는 반박하지 않고, 별개의 위화감에 대해 생각하면서 말레피덴트에게 묻는다.

"공작가의 속사정에 대해, 너는 뭘 숨기고 있는 거지?"

처음에 '정신조작 마술약이 나도는 건에 대해, 치안유지 특무경이 비밀리에 수사 중'이라는 정보를 얻고, 협조를 위해 이야기를 꺼냈을 때도 그랬다.

『이 건의 흑막에 대해 뭔가 알아낸 정보가 있어?』

그렇게 묻자, 그는 말을 돌린 것이다.

『글쎄다. 그보다 우리가 조사 중인 건의 정보가 어디서 너에게 새어 나간 거지? 에이데스.』

『우리에게는 우수한 '그림자'가 있어. 네 부하를 통해 정보를 알아낸 건 아니니까 걱정 마.』

『오히려 그게 더 무서운데.』

말레피덴트의 걱정을 불식시키는 대답을 하자, 그는 대놓고 한숨을 내쉬었다.

오르밀라주 후작가에는 정보와 감시를 전문으로 하는 '그림자'가 있다.

공공연한 비밀로 통하지만, 애당초 숨기지도 않는 것이다.

『왕가의 첩보기관보다 오르밀라주 후작가의 정보수집 능력이 더 뛰어나다는 건 농담거리도 못 돼. 여전히 마음만 먹으면 국가 전복도 꾀할 수 있는 위험분자 녀석.』

『과찬이군. 애당초 옥좌에는 관심 없어. 아바컴 공작가에는 관심 있지만.』

『…넌 정말이지 마음에 안 드는 놈이야.』

그때도 에이데스는 오랜 친구에게 농담처럼 말했지만.

말레피덴트는 그 화제를 입에 올리는 것 자체가 싫은 듯한 반응을 보였었다.

그리고 지금도.

"말해, 말레피덴트. 이 건의 흑막이 아바컴 공작가냐?"

에이데스가 의심하는 것은 그 점이었다.

그래서 말레피덴트가 적극적으로 움직이지 않는 게 아닐까, 하고.

하지만 그는 어처구니없다는 듯이 코웃음 쳤다.

"넌 그래도 눈치가 있는 줄 알았는데, 내가 잘못 안 건가? 라이오넬 왕국에 대한 내 충성심을 의심하다니 어이가 없군."

"그런 의심을 한 기억은 없어."

"그럼 우리 아버지가 흑막이라 치고, 내가 그걸 왜 숨길 거라고 생각한 거지? 우리 가문에 대해 넌 어느 정도 알 텐데 말이야."

"공작의 심중 정도라면."

구 왕실의 피를 이은 아바컴 공작이 현재의 지위에 불만을 품고, 달리스테아 양을 레오의 약혼녀로, 말레피덴트를 정치의 중핵으로 삼고 싶어하는 것은 알고 있다.

두 사람이 거기에 반발하고 있다는 것도.

그런 말레피덴트가 아버지의 불상사를 눈감아줄 이유, 라면.

"…그렇군. 이번 건에서 공작은 흑막이 아니라 이용당하는 쪽인가."

"바로 그거야. 그러니까 신중해진 거고."

즉, 그는 공작 뒤에 있는 인물과 조직을 어느 정도 파악한 상태이며, 달리스테아 양의 명예를 희생하는 한이 있어도 이 건을 조속히 종결시킬 필요성을 느끼고 있는 것이다.

"달리스테아는 마침 좋은 위치에 있어. 표면적으로 이 건이 국내 문제이고, 아버지 선에서 끝난다는 인식을 주기 위해."

"…외국 어딘가에 그렇게 어필할 필요가 있는 건가? 상대국이 어디야?"

"북쪽의 바르잠 제국이야. 거기가 이번 건과 관련 있을 가능성이 높아."

"…그렇군."

원인을 추궁한 결과, 어설프게 해결하려다 잘못되면, 최악의 경우 전쟁이 벌어질 수도 있다는 이야기인 듯했다.

"하지만 아바컴 공작은 괜찮아?"

아무리 미워도, 마술약 사건의 흑막으로 조작할 정도인가, 싶었지만.

"하나만 확인하자. 달리스테아에게 향을 맡게 한 마술약은 정말로 위험하지는 않은 거지?"

말레피덴트의 자주색 눈동자에 어딘지 이글거리는 빛이 떠오른다.

분노와…, 이것은 동생을 걱정하는 빛일까.

"논문과 실험 결과를 나도 읽어봤지만, 효능은 둘째치고 건강면에서는 해가 없는 게 확실해."

"실은 아버지는 이 일 말고도 다른 죄가 더 있어. 국왕 폐하의 용인하에, 지금은 마음대로 움직이게 놔두고 있지만…. 놈은 달리스테아를 지배하기 위해, 그 아이가 자는 동안 방에 마술약을 사용하고 있어.”

그는 어두운 미소를 지으며, 그 사실을 말했다.

“그리고 달리스테아 건이 실패하면, 왕태자 전하를 암살하라고 나에게 명령했어.”

4. 남작 영애 테레사로의 참회

—【왕태자 전하 약혼 피로연】당일.

웰미는 다시 발언 허가를 얻기 위해, 폐하를 향해 숙녀의 예를 취했다.

"무슨 일인가. 리로우드 백작 영애, 웰미."

"국왕 폐하께 아룁니다. 저는 트루기스 님에게 이용당한 사람을 한 명 더 알고 있습니다."

이 자리에는 달리스테아 님처럼 죄를 밝혀야 할 피해자가 있다.

"그자의 이름은?"

"트러프 남작 영애, 테레사로 님입니다."

웰미가 이름을 말하자, 테레사로는 주뼛주뼛 앞으로 걸어 나왔다.

웰미 옆에 선 테레사로가 폐하를 향해 서툴게 숙녀의 예를 취하자, 주위에 있던 영식들이 뒤로 물러섰지만, 단 한 사람, 그녀 뒤에 버티고 선 인물이 있었다.

소포일 엔더렌 기사작.

레오와 웰미를 지키던 다섯 명 중 유일하게 영식이 아니라, 자신의 힘으로 기사작을 취득한 청년이다.

지위가 가장 낮은 동시에, 가장 큰 공훈을 세운 거구의 남자다.

원래는 남작가의 삼남으로, 왕립기사단 선발시험에 합격한 후, 남부

변경백의 눈에 들어 변경으로 파병,

마수 사냥을 행하는 부대에 소속되어 뛰어난 활약을 보였고, 최근 상위마수의 위협으로부터 국토 전체를 수호하는 왕립파병단으로 소속을 옮겼다… 라고 웰미는 소포일 경 본인에게 들었다.

눈길을 든 테레사로에게 용기를 주듯이, 그는 보일락 말락 고개를 끄덕였다.

그는 테레사로의 소꿉친구라고 한다.

게다가 예전에는 그녀의 약혼자였다고 들었다.

소포일 경은 실눈이라 미남이라고는 하긴 힘들지만, 온화하고 포용력 있는 인물이다. 이렇듯 조용한 성격일수록, 한 번 화나면 무섭다는 사실을 웰미는 잘 알고 있다.

"트러프 남작 영애."

"네!"

폐하의 부르심에 테레사로가 고개를 번쩍 들어서, 웰미는 의식을 다시 그쪽으로 향했다.

"조금 전 리로우드 백작 영애가 한 말에 틀림이 없는가."

"네! 저, 저는! 델트라테 후작 영식님에게, 협박을, 당했습니다! 그, 그래서, 저기, 지금 웰미 님에게 협조하고 계신 영식분들에게!"

테레사로는 미리 생각해둔 대사를 최선을 다해 말하고 나서…, 양손을 꼭 맞잡고 바들바들 떨며 눈을 감는다.

아담한 체구에 사랑스러운 인상의 성녀 후보는, 예절면에서는 별로 칭찬할 만하지 않지만, 원래 하위 귀족인지라 이렇게 주목받는 자리에서는 긴장하는 게 당연하기도 했다.

크게 숨을 마신 테레사로는 자신의 죄를 고백한다.

"영식분들에게— '매료의 성술'을 걸었습니다!"

그 말에 이번에야말로 그 자리의 모두가 경악해 숨을 삼킨다.

달리스테아 님도, 뜻하지 않은 고백에 눈이 동그래져 있었다.

'매료의 성술'이란, 성녀를 지키는 수호기사가 만에 하나라도 성녀를 해하는 일이 없도록 여신이 하사한 힘으로 알려져 있는데, 기본적으로는 성교회의 허가 없이 다른 사람에게 사용해서는 안 된다.

금주의 마술인 정신조작이나 '매혹의 마술'과 달리, '성녀를 해하지 않는' 서약의 마술을 거는 능력으로, 사람의 자유의지를 빼앗는 것은 아니지만…, 모두가 놀란 이유는 그녀가 성술을 걸었다는 사실 때문이 아니라.

"그대는 이미 '매료의 성술'을 습득한 것이냐…?!"

"아, 네!"

성녀가 다루는 성술 중에서도 '매료의 성술'은 습득하기가 매우 어려운 것이다.

역대 성녀들 중에도, 그 사용자는 손에 꼽을 정도밖에 없다.

순수한 정신과 뛰어난 재능, 진지한 수련의 삼박자가 갖추어져야만 비로소 터득할 수 있기 때문이다.

제아무리 성녀로서 최고위로 여겨지는 핑크색 머리와 은색 눈동자를 가졌어도, 아직 성녀 후보일 뿐인 테레사로가 그것을 다룰 수 있다는 것은 도저히 믿기 힘든 사실이었다.

—솔직히 테레사로는 숨겨두고 싶었는데….

이 성술을 사용할 수 있다는 사실이 알려지면, 거의 확실하게 성녀로 추앙하고자 하는 움직임이 빨라진다.

그것은 갓 데뷔탕트를 마친 테레사로가 귀족학교를 그만두고, 사랑하는 사람들과 헤어져, 타인을 위해 평생을 바쳐야 한다는 것과 같은 의미다.

―최소한 귀족학교를 졸업할 때까지만이라도.

그런 작은 소망이 그녀를 궁지로 몰아넣고.
웰미와 알게 되는 계기를 만들게 된 것이다.

※※※

―【왕태자 전하 약혼 피로연】석 달 전.

웰미가 테레사로와 처음 만난 것은, 왕성에서 개최된 【친목의 야회】에서였다.

미끼 역할을 시작하고 얼마 지나지 않았을 때라, 레오의 에스코트를 받으며 춤추기 시작했을 때도, 악의와 적개심으로 가득한 시선을 따갑게 느끼고 있었다.

왕태자의 퍼스트 댄스 상대는 원래 같으면 아마 달리스테아 님이거나, 아니면… 고위 귀족 중에는 이미 몇 남지 않은, 약혼녀 후보가 될 만한 영애.

하지만 최근 벌써 몇 차례나 연속으로 웰미가 추고 있는 것이다.

대부분은 '대체 무슨 일이 일어나고 있는 것인가' 라는 회의적인 말을 속삭이고, 일부는 웰미에게 접근하거나 파벌에 들어가는 게 이득이 될지 말지를 따져보는 기색이었다.

예상은 하고 있었지만, 호의적인 반응은 거의 전무.

소문을 들은 자도, 혹은 연극을 통해 일의 경위를 알고 에이데스와의 약혼을 예상했던 자도 모두 레오와 웰미의 친밀한 모습이 불만인 것이다.

더구나 왕가와 오르밀라주 후작가는 표면적으로 거리를 두고 있기 때문에, 웰미를 둘러싸고 내란으로 발전할 가능성을 우려하는 목소리마저 있었다.

—이게 우리의 연기라고는 아무도 생각 못 하겠지.

심지어 레오와는 앙숙이고, 웰미 자신은 에이데스에게 애지중지 사랑받고 있다고는 상상도 못 할 것이다.

주변의 분위기를 재미있어하면서, 저택에서의 생활을 떠올리고 얼굴을 살짝 붉히자.

"뭐야, 나한테 반했어?"

그렇게 레오가 주제도 모르는 소리를 툭 던졌다.

물론 비꼬는 말이다.

왕족과 춤추면서 딴 생각을 하는 영애는, 지금까지 그의 주위에는 존재하지 않았으리라.

웰미도 반사적으로 비꼬는 말로 응수해주었다.

"반했냐고요? 거울을 좀 보고 말씀하시는 게 어떨까요? 왕태자 전하."

"…너, 내가 누구인지 알고 하는 소리야?"

"당연하죠, 왕태자 전하. 죄송하지만 저는 가까이서 보는 에이데스의 얼굴에 익숙하답니다.”

실은 전혀 익숙하지 않지만, 후훗 하고 일부러 레오에게 코웃음을 쳐준다.

금색 눈동자에 윤기 흐르는 보라색 머리카락을 가진 레오는 실제로 상당히 미남이기는 하다.

하지만 그 내면을 포함해, 안타깝게도 웰미의 취향은 아니라서, 한마디 더 쏘아붙여주었다.

“아아, 정말로 내가 왜 왕태자 전하 따위와 춤을 춰야 하는 건지….”

“제대로 후려치기 해줘서 고마워. 불경죄로 감옥에 집어넣어줄 테니까 각오하시지.”

“마음대로 하세요. 하지만 에이데스가 가만 안 있을걸?”

아까부터 나누는 대화는 전부.

겉으로는 서로에게 온화하고 다정한 미소를 보이며 친밀한 거리감을 주위에 과시하면서, 속삭이고 있었다.

대화 내용은 달달한 꿀이라기보다 독설이지만, 들킬 염려는 없다.

웰미도 연기에는 뛰어나지만, 레오도 왕족 교육을 받은 만큼 표정 관리도 완벽해서 얼굴 근육에 경련이 일지 않기 때문이다.

친밀함을 보이기 위해 세 곡을 추고 나서, 웰미는 재빨리 레오 곁을 떠나 칼라에게 다가갔다.

『귀찮은 고위 귀족 상대는 왕족에게 맡겨둬』라고 에이데스가 말했기 때문에, 처음부터 감사히 거리를 두기로 마음먹고 있었던 것이다.

순식간에 추종자들에게 둘러싸인 레오는 잠시 그들을 상대한 뒤에 곧 이쪽으로 올 것이다.

자작영애 칼라는 귀족학교 시절 ‘언니의 살롱’ 멤버이자, 웰미가 처음으로 신용하고 언니를 맡긴 인물이다.

그녀의 본가인 론다트 자작가는 영지는 없지만, 외국과의 폭넓은 교역으로 큰 성공을 거둔 덕분에, 작위에 좌우되지 않는 독자적인 파벌을 구축하고 있었다.

들리는 바에 의하면, 언니의 마력부담 경감 논문에 입각한 각종 약초와 마도구 재료의 조달을 도맡고 있다고 한다.

대신, 완성품의 판매와 외국으로의 수출을 일정기간 동안 독점하는 계약을 맺었다고 들었다.

게다가 칼라는 에르네스트 백작가의 속사정을 아는 소수의 인원 중 한 명이기도 해서, 이번 미끼 건에 관해서도 그녀에게만은 미리 말을 해두었다.

"오랜만이야, 칼라."

"응, 웰미, 요즘 한동안 못 만났는데, 이오라는 어때?"

"예전에 비하면, 언니는 아주 건강하게 잘 지내고 있어."

현재도 언니의 신분은 여백작이지만, 영주 업무의 인수인계는 거의 끝난 상태였다.

우수한 집사인 골드레이의 조력을 받아, 지금은 인수자인 슈나이거가의 장남—아바인의 형제라고는 믿기 힘들 만큼 뛰어난 사람이었다—이 시험 삼아 영지 경영 업무를 맡아 하고 있다.

이대로 특별한 문제가 없으면, 장남이 전면적으로 운영을 맡게 될 예정이라고 한다.

친척과 연을 끊으면서 줄어든 에르네스트령은 장기적으로, 인접한 슈나이거령에 병합된다고 한다.

영지 운영에서 해방되어 생긴 시간을, 언니는 왕비 폐하에게 왕태자비 교육을 받거나 마술약을 연구하는 데 쓰고 있었다.

과로하는 건 아닌지 건강을 염려하는 웰미에게, 언니는 웃으며 '즐거

우니까 괜찮아’라고 말하고 있었지만.

 ─혹시 언니는 근본적으로 일을 좋아하는 걸까?

 잡담 겸 그런 이야기를 칼라에게 하자.
 “너도 남 말 할 입장은 아니야. 매번 자청해서 성가신 일을 떠맡잖아.”
 그렇게 어이없어하는 반응이 돌아왔다.
 “언니를 위해서니까. 당연하잖아? 그리고 난 비교적 한가해.”
 웰미가 고개를 갸웃하자, 칼라는 쯧쯧 혀라도 찰 기세로 고개를 절레절레 흔든다.
 “하여간 둘이 똑 닮았어, 너희는. 자, 슬슬 내가 가깝게 지내는 영애들을 소개해줄게.”
 그리고 잠시 소개받은 상대와 인사한 후 담소를 나누고 있을 때, 미소를 지으면서도 어쩐지 넌더리난 듯 보이는 레오가 합류했다.
 상냥한 인상의 영애들이 환희의 빛을 띠거나 긴장하는 등, 다양한 반응을 보이면서 레오를 향해 커트시 자세를 취한다.
 내심 귀찮다고 생각하면서, 웰미도 그녀들을 따라 예를 갖추었다.
 레오는 작위가 높은 순으로 한두 마디 건네고 나서, 영애들에게 ‘편히 있어도 좋다’고 말했다.
 “서로의 속내를 탐색하는 건 피곤한 일이지요. 반대로 아름다운 꽃들에게 둘러싸여 있으니 마음이 정화되는 것 같군요.”
 “전하…, 발언에 주의하심이 어떠신지요?”
 어머, 하고 기뻐하는 영애들을 의식하면서, 아까와는 다르게 격식 차린 어조로 웰미는 간언했다.

주위에서 누가 귀를 곤두세우고 있을지 모르기 때문이다.

칭찬 전에 쓸데없는 말을 덧붙인 레오는 신경 쓰는 기색도 없이 어깨를 으쓱하지만.

"저도 웰미와 같은 생각입니다, 전하."

아마 이중에서는 웰미보다 더 레오와 친할 것 같은 칼라까지 그렇게 거들고 나서자, 그는 얼굴을 찡그렸다.

"하소연 정도는 할 수도 있는 거잖아."

그러면서 레오가 무슨 말을 계속하려고 했을 때…, 갑자기 이곳으로 다가오는 핑크색 머리카락이 보였다.

똑바로 이쪽을 향해 걸어온 소녀가 말을 건넨다.

"저기…, 레."

거기까지 입에 담았을 때, 웰미는 경악하며 순간적으로 손에 든 부채로, 그녀가 주뼛주뼛 내민 손을 찰싹 쳐버렸다.

날카로운 소리가 울리고, 정적이 흘렀다.

—이 아이는 대체 생각이 있는 건가?!

간발의 차로 레오의 이름을 부르기 직전에 무사히 막아서, 웰미는 내심 식은땀을 흘리면서도 안도했다.

그리고 눈이 동그래진 소녀를, 짐짓 화난 표정으로 다그쳤다.

"무례하군요! 왕태자 전하께 허락도 구하지 않고 먼저 말을 걸다니!"

"……?!"

—이 아이는 아마, 테레사로 트러프 남작 영애였지?

웰미는 머릿속에서 기억을 이끌어냈다.

지금은 16살이고, 그녀가 12살 때 아버지가 남작 작위를 하사받은 영애, 라고 알고 있다.

그녀의 경력을 상세하게 기억하는 이유는 머리색이 눈에 띄는 것과, 성녀 후보라는 지위가 있기 때문.

그리고 자신처럼 평민 출신이기 때문이다.

그녀의 출신과 성녀 후보라는 사실을 감안하면, 예의를 다소 몰라도 그저 비웃음당하는 정도로 끝나겠지만.

공공연한 자리에서 왕족에 대해 그런 태도는 문제가 될 수밖에 없다.

타이글림 전하에게 마력 취급 관련 기초를 배우고 있으니까, 레오하고도 개인적으로는 가깝고 면식이 있으리라.

테레사로가 왕족과 접촉할 수 있는 것은 그녀의 특수한 사정 때문이다.

성교회는 치유마술을 사용할 수 있는 자들을 엄중하게 보호하고 있다.

그들은 희소한 보옥에 필적할 만큼 가치가 있으며 이용할 방법도 얼마든지 있기 때문에, 나라가 혼란스럽거나 할 때는 납치의 표적이 되기 때문이다.

하지만 성녀 후보로 인정받은 테레사로는 이미 귀족학교 입학이 결정된 상태라, 신전에 들어가기를 거부했다.

그렇게 되면. 그녀는 외부인과의 접촉이 기본적으로 금지되는 고위 신관으로부터 성술의 기초를 배울 수 없다.

그래서 특별히 그녀의 스승으로 선발된 사람이, 신관과 접촉할 수 있는 왕족 신분에 은색 눈동자를 가진 우수한 치유사, 타이글림 전하였다.

그와 나름의 시간을 함께 보내온 테레사로는 착각하고 있을지도 모르지만.

눈에 보이는 형태로 왕족에게 무례를 범하면 레오가 용서해도 주위가 용서하지 않는다.

—당장 데리고 나가지 않으면 수습하기 어려울 것 같지?

주위의 분위기에서 그걸 느낀 웰미가 레오에게 눈짓하자.

그는 의도를 즉각 파악하고, 보일락 말락 고개를 끄덕였다.

"이래서 하급 귀족은! 이쪽으로 와!"

"네? 아….”

웰미는 성난 모습을 연기하면서, 테레사로의 손을 꽉 붙잡고 정원으로 끌고 갔다.

'악녀가 성녀 후보인 남작 영애를 호되게 몰아붙이는' 형태로 소동을 키움으로써, 오히려 '테레사로의 무례'를 사람들의 뇌리에서 지우는 방향으로 움직인 것이다.

테레사로를 나무 뒤로 데려간 웰미는, 겁먹은 그녀의 볼을 두 손으로 감쌌다.

"너, 네가 무슨 짓을 할 뻔했는지 알고 있니? 하마터면 불경죄를 저지를 뻔했어."

흠칫, 테레사로가 어깨를 떤다.

"부, 불경죄…요…?"

더욱 겁에 질린 그녀를 보며 웰미는 한숨을 내쉬었다.

"길거리나 귀족학교와 달리 사교의 장에서는 고위 귀족, 더구나 왕족에게는 절대로 먼저 말을 걸어선 안 돼. 규칙을 지키지 않으면 너 자신과 가족이 처벌받아."

"⋯⋯!"

무엇이 문제였는지를 조곤조곤 말해주자, 테레사로의 눈에 눈물이 점차 그렁그렁해졌다.

"죄, 죄송해요⋯!"

"알았으면 됐어. 하지만 조심해. 그나마 일이 커지지 않아서 다행이야."

그런 레오라도, 명색은 왕태자.

이 나라에서 왕비 폐하와 나란히 두 번째로 높은 지위다.

"감, 사합⋯니다⋯."

그렇게 인사하는 테레사로는 결코 나쁜 아이처럼 보이지는 않았지만.

눈동자에 안도와 함께 어두운 빛이 스치는 것을 느끼고, 웰미는 벤치로 그녀를 데려갔다.

코를 훌쩍이는 그녀에게 손수건을 내밀자, 고개를 푹 숙인 채 받아 든다.

"⋯웰미 님은 저기, 소문하고는 전혀 다른⋯ 분이시네요⋯."

"그래?"

"네⋯. 몸을 감싸고 있는 힘의 기운이⋯ 따뜻해, 요."

에헤헤, 하고 웃는 그녀는 매우 사랑스러워서, 웰미도 미소를 지었다.

"속고 있는 걸지도 몰라."

"힘의 기운은 거짓말을 하지 않아요!"

아마도 테레사로는 웰미의 직관과 비슷한, 사람을 판별하는 능력을 가지고 있는 것 같았다.

왠지 몰라도 신뢰받고 있다면, 하고 좀 더 깊은 이야기를 해 보았다.

"대체 왕태자 전하에게 무슨 이야기를 하려고 했었니? …너에게 뭔가 문제가 있는 거지?"

"?! 그, 그걸 어떻게…. 아…!"

테레사로는 실언이라고 생각했는지, 양손으로 자신의 입을 틀어막았지만, 웰미 입장에서는 알기 쉬운 이야기다.

그녀는 정원으로 끌려 나오는 동안, 겁먹으면서도 안도한 기색을 보였던 것이다.

"전하에게 말을 건넨 건 너의 의사가 아닌 것 같았거든. 괜찮다면 이야기해주지 않을래?"

웰미의 짐작은 틀리지 않았던 모양인지.

"저는… 이제 어떡해야 좋을지…."

테레사로는 어두운 표정으로 고개를 푹 숙였다.

※※※

테레사로는 원래, 약간 유복한 평민 장사꾼 집안에 태어났다.

그런 테레사로의 아버지가 남작 작위를 얻게 된 것은 우연히 어떤 인물의 목숨을 구해준 일이 계기였다.

그 인물은 '해주'라는 특별한 소질을 가진 혈통으로, 성교회와 자선가, 치유사와의 연대가 강해 양호원이나 구빈원에 많은 지원을 하고 있었다고 한다.

그 지원에 대한 사례로 식사 대접을 받고 돌아오는 길에, 호위와 함께 마비약이 칠해진 단검에 맞아 납치당할 뻔한 그를, 때마침 그곳을 지나가던 아버지가 구해준 것이다.

체격이 좋고 평소 무술에 취미가 있어, 종종 상인보다는 병사나 기사로 오해받는 일이 많았던 아버지는 판매물품 속에서 해독약을 찾아 그들에게 먹이고, 집으로 데려와 쉬게 해주었다.

그 상대가 바로 선대 리로우드 공작, 나벨라 님이다.

클라테스 리로우드 백작의 부친으로, 웰미 님의 조부에 해당하는 인물.

그는 '반드시 사례하겠다' 라고 말했고, 결과, 아버지는 거액의 사례금과 함께 트러프 남작위를 받게 되었다.

운이 좋았다며 아버지는 웃었지만, 그 일을 계기로 사업상 조금 가까이 접하는 동안, 우연히 마주친 테레사로의 용모를 본 나벨라 님이 그 소질을 알아차린 것이다.

자신이 보기 드문 핑크색 머리와 은색 눈동자를 가진 것은 당연히 알고 있었지만, 설마 성녀의 소질을 가졌을 줄은 상상도 못 했다.

평민 중에는 마술을 사용할 줄 아는 사람이 거의 없어서, 당연히 마술에 관한 지식도 없었기 때문에.

남작가도 되었겠다, 아버지는 지금까지보다 더욱 예의범절과 교육에 힘을 쏟아, 테레사로는 귀족학교에 다니게 되었다.

그걸 받아들이는 대신, 테레사로는 어릴 때부터 길거리에서 함께 놀며 자신을 잘 돌봐주었던 온화한 청년, 소포일과 약혼시켜달라고 졸랐다.

그도 가난한 남작가의 아들이었지만 좋아했으니까.

귀족이 됐으니까, 라고 아버지를 조르자 '소포일의 동의를 받아와라' 라고 해서, 테레사로는 노력했다.

그가 받아들여줘서 무척 행복했지만, 그가 기사가 되어 멀리 파병돼 버려서.

돌아올 때까지 훌륭한 숙녀가 될 수 있도록, 귀족학교에 들어가 제 2왕자인 타이글림 전하에게 치유마술도 배우고, 공부도 열심히 하고, 경건하게 기도를 올리는 동안.

한 영식이 테레사로에게 관심을 보이기 시작했다.

바로 세이파르트 아우르김 백작 영식.

약혼자가 있다고 말하고 거절했지만, 그는 포기하지 않았다.

테레사로가 성녀 후보인 걸 알고는, 의형제인 후작 영식에게 부탁해 성교회에 손을 쓰고, 테레사로의 아버지와 소포일의 본가에까지 압력을 넣어 결국 약혼을 파기시키고 말았다.

그즈음에는 리로우드 본가에도 무슨 일이 있었는지, 나벨라 님이 은퇴하고 차남이 가문을 물려받은 모양이라 도움을 청하지도 못하고.

소포일의 본가에서는 미안하다며 고개를 숙였지만, 굉장히 슬프고 무서웠다.

—왜 나지?

세이파르트 님이 아무리 자신을 좋아한다고 해도, 자신은 좋아하지 않기 때문에 전혀 기쁘지 않다.

얼굴은 잘생겼지만, 테레사로에게는 그냥 그뿐인 사람인데.

줄곧 그를 피해 다녔지만, 운 나쁘게 아무도 없는 곳에서 맞닥뜨려 키스를 당할 뻔했을 때.

"—싫어!"

순간적으로, 타이글림 전하에게 마력 제어를 배우는 동안 터득하게 된 '매료의 성술'을 발동하고 말았다.

그로 인해 세이파르트 님은 테레사로를 건드릴 수 없게 되었지만, 그

현장을 다른 영식에게 들키고 만 것이다.

그게 바로 트루기스 델트라테 후작 영식이었다.

『이 일은 비밀로 해주마. 대신 몇몇 영식들에게 방금 사용한 그 마술을 걸도록 해라.』

그렇게 말하는 그에게서는, 처음 맡아보는 꽃향기 같은 향기가 났다.

테레사로는 그의 요구에 따를 수밖에 없었다.

트루기스 님이 성교회 측에, 테레사로가 '매료의 성술'을 사용할 수 있다는 사실을 폭로하면…, 혹은 세이파르트 님에게 성술을 건 일을 폭로하면.

테레사로는 교회에 끌려가게 되고, 왕도로 돌아왔다고 하는 소포일과도 다시는 만날 수 없게 된다.

그런 공포에 사로잡혀버렸기 때문에.

세이파르트 님은 충성심이 발동돼서, 테레사로에게 불이익이 되는 일은 할 수 없다.

그래서 '제 성술에 관해서는 비밀로 해주세요' 라고 말하자, 그는 정말로 입을 다물어주었다.

지금까지 테레사로가 아무리 거부해도 전혀 들으려 하지 않았으면서.

자신의 힘이 무서워지는 동시에, 이 성술을 다른 사람에게 걸라고 말하는 트루기스 님도 무서웠다.

요구는 점점 도를 더해갔다.

『왕태자 전하에게도 성술을 걸도록 해라.』

급기야 그런 명령까지 받았을 때는, 말 그대로 눈앞이 깜깜해지는 기분이었다.

─그러다 만약 들키면.

─하지만 안 하면 난 성교회에 끌려가 갇혀버리고 말 거야.

그런 두 개의 마음이 싸우는 것을 느끼면서 비틀비틀 레오니엘 전하에게 다가가 말을 걸었을 때.

찰싹! 소리와 함께, 뻗은 손을 얻어맞고 말았다.

거기 있던 사람은, 의지가 강해 보이는 주홍색 눈동자를 가진 플래티나 블론드 머리의 체구가 작은 미소녀.

클라테스 님의 양녀가 되었다고 하는, 악평 자자한 웰미 님이었다.

과거에 아버지가 구해준 공작가의 핏줄인 사람에게, 이번에는 도움을 받았다. 가까이서 보는 웰미 님은 소문에 듣던 그런 사람이 아니라, 힘의 파동이 포근하고 따뜻했다.

그래서 이유를 묻는 그녀의 말에.

─테레사로는 매달리듯이, 모든 것을 그녀에게 털어놓고 있었다.

※ ※ ※

그렇게 그녀의 사정을 알게 된 웰미는… 그 무시무시한 어둠의 깊이에, 내심 얼굴이 굳어졌다.

─아니, 잠깐만.

당장 떠오르는 것만도, 그 이야기 속에 잠재된 온갖 위험 요소가 강하게 느껴진다.

"테레사로, 이 이야기를 혹시 다른 사람에게도 했니?"

"아뇨…."

힘없이 고개를 가로젓는 그녀의 모습에, 웰미는 볼에 손을 대고 한숨을 내쉬었다.

—그보다 '매료의 성술'을 쓸 수 있다는 이야기를 나한테 해도 되는 거야?

짐작컨대, 그 정보 하나만으로도 상당히 중대한 일이다.

"네가 '매료의 성술'을 쓸 수 있다는 사실을 타이글림 전하는…?"

"알고 계세요…. 하지만 국왕 폐하와 레오니엘 왕태자 전하는 모르세요…. 실은 타이글림 전하께서 졸업할 때까지 학교생활을 하고 싶으면 숨기는 게 좋다고 하셔서…."

—그건 그렇지만! 타이글림 전하, 도대체 무슨 소리를 한 거야?!

국왕 폐하나 성교회가 그걸 안다면, 그냥 넘어갈 리 만무하다.

하지만 한 소녀의 작은 소망을 위해, 성교회와의 관계에 금이 갈 수 있는 은폐행위를 위정자의 위치에 있는 사람이 해도 괜찮을 리 없다.

만에 하나 용납될 수 있다면, 그것은 타이글림 전하가 테레사로를 왕족으로 맞아들이려고 하는 경우뿐이리라.

하지만 작위를 받은 지 불과 몇 년밖에 안 된 남작가의 영애를 왕자비로 맞이한다는 것은 아무리 생각해도 무모한 이야기다.

웰미를 약혼녀로 받아들인 에이데스에 버금가는 폭거라 할 수 있다.

게다가 아무리 생각해도, 은폐하는 이익과 들켰을 때의 불이익이 전혀 형평성이 맞지 않는다.

"실례되는 질문이라 미안하지만, 너와 타이글림 전하는 혹시 남녀관계의 교제를…?"

"아, 아뇨! 당치도 않아요! 제 분수에 맞지도 않고요! 그리고 저는 소포일을 좋아해요!"

테레사로는 그 자리에서 부인했다.

"하지만 타이글림 전하와는 사제관계지? 도움을 청할 생각은 안 해 봤니?"

"네? …그런 생각은 안 해 봤는데요."

진심으로 의아한 듯이 고개를 갸웃하고, 테레사로는 다시 어두운 표정이 되었다.

"그리고 전하의 힘을 빌려 해결하면, '매료의 성술'을 쓸 수 있다는 사실을 덮어두라고 말씀하신 일도 밝혀져서, 어느 쪽이든 민폐를 끼치게 되니까…."

아마 그녀는 완전히 평범한 소녀인 모양이다.

그것도 꿈속에 잠겨 있는 타입이 아니라, 확실하게 땅에 발을 딛고 있는 타입.

하지만 협박에 못 이겨, 이미 몇 명의 영식에게 성술을 사용했다면.

—이건 자칫 왕국을 뒤흔들 수도 있는 큰 문제 맞지…?

웰미는 자신의 볼을 손가락으로 톡톡 두드리면서 생각에 잠겼다.

"너는… 적어도 성술 사용을 이유로 중죄 처벌을 받는 일은 없을 거라고 생각해."

"정말, 요…?"

"응, 네가 한 짓을 처단하는 법규나 처벌이 아마 없을 거야. 일단 협박당해서 한 일이고, '매료의 성술'의 경우, 타인에게 악영향은 없으니까…. 다만 문제는 성술을 건 상대인데…."

테레사로의 행동과 영식들의 움직임.

그 모든 게 낱낱이 밝혀지면, 성교회와의 관계를 포함해, 단순히 민폐 정도로 끝날 소동이 아니다.

무엇보다, 원흉인 트루기스 님은 왕국군 군단장의 아들인 것이다.

그의 행동은 명백한 대역죄로, 폐하의 귀에 들어가는 날엔 숙청의 폭풍이 몰아쳐도 이상하지 않다.

게다가 또 하나, 사소하지만 마음에 걸리는 점이 있었다.

백작 영식인 세이파르트 님이 테레사로의 약혼까지 파기시키면서 그녀에게 교제를 압박하고, 강제로 키스하려 했다는 사실이다.

확실히 그는 데뷔탕트 직후부터 가벼운 인물로 유명했고, 소소한 염문을 뿌리는 일도 많았지만… 거부하는 여성에게 강제로 무슨 짓을 하는 타입은 아니었던 것이다.

오히려 웰미가 본 바로는, 서로 뒤끝 없는 관계를 원하는 쪽이다.

―뭔가, 위화감이 있어.

웰미는 생각에 잠긴 채, 테레사로에게 물었다.

"테레사로, 네가 건 매료를 풀 수 있니?"

그러자 그녀는 또 울상을 하고 고개를 가로저었다.

"어, 어떻게 푸는지 몰라요…."

"…음, 그럼 성술을 쓸 수 있다는 건 어떻게 알았어?"

이전에 다른 사람에게 성술을 건 적이 있다면, 아직 그 매료를 풀지 않았다는 의미가 된다.

"귀족학교에서 작은 동물에게…. 그냥 저를 잘 따르게 만드는 힘인 줄 알았는데, 그걸 보신 전하께서…."

"아아, 그랬구나."

아마 동물에게도 효과가 있는 모양이다.

그리고 타이글림 전하도, 본인이 사용할 줄 모르는 성술에 관해서는 지도할 방법이 없었으리라.

둘 다 아직 귀족학교 2학년에 불과하니까.

웰미 자신은 학생 시절부터 해주에 뛰어났지만, 그것은 핏줄과 아버지인 클라테스 덕분이다.

리로우드 가문의 해주 능력은 마술이 아니라 정령에게 바치는 기도이기에, 혈통을 가호하는 정령들의 도움이 있어 가능한 것.

"…내가 한번 해볼까?"

"네?"

"'매료의 성술'의 해주 말이야. 내가 하면 트루기스 님에게도 안 들키잖아. 어쩌면 조종당한 이유를 피해자들에게 직접 들을 수 있을지도 몰라."

"괘, 괜찮으세요? 그러다 웰미 님이 위험해지면…."

"난 아마 괜찮을 거야."

에이데스에게는 미리 의논할 예정이고, 레오도 공격마술에 뛰어난 왕태자.

영애들의 뒷담화까지는 어쩔 수 없지만, 그들이 옆에 있으면 흑막 쪽에서도 섣부른 짓은 할 수 없을 것이다.

무엇보다, 웰미 자신이 이번 일을 그냥 내버려둘 수 없다고 느끼고 있었다.

테레사로가 누구에게 매료를 걸었는지 상대의 이름을 물어보고, 아직 눈물이 그렁그렁한 그녀를 먼저 야회 회장으로 돌려보냈다.

그 뒷모습을 날카로운 눈초리로 지켜보면서, 웰미는 그녀에게는 말하지 않았던 의문에 대해 생각한다.

―테레사로도 좀 이상하지?

손쉽게 사태를 해결하려면, 트루기스 님에게도 '매료의 성술'을 걸어버리면 그만이다.

테레사로가 아무리 착하고 공포에 지배당하고 있었다 해도… 지금 대화를 나눠본 느낌으로는 결코 머리가 나쁜 것은 아닌 그녀가, 타이글림 전하에게 의논할 생각도, 트루기스 님에게 성술을 걸 생각도 못 했다는 게 있을 수 있는 일일까.

―그 아이도, 그런 생각을 못 하게 되어 있었을 가능성이 있어.

세이파르트 님의 성격에 맞지 않는 행동…, 테레사로에게 구애한 것 자체도 의도된 일이라면, 그 역시 트루기스 님의 어떤 마술의 영향 하에 있는 걸지도 모른다.

하지만 현재로서는 테레사로가 말한 내용 이상의 상황은 알지 못하니까, 섣불리 판단하는 건 금물.

일단 에이데스와 의논해서, 가급적 신중하게 움직여야 한다.

어쨌거나 이미 일어나버린 일이 '성녀 후보 협박'과 '왕태자 전하의 세뇌 미수'인 것이다.

　거기에 더해 '고위 귀족 영식들의 세뇌'까지 있다.

　이쯤 되면 웰미 선에서는 감당할 수 없는 이야기다.

　테레사로와 약간의 시간차를 두고 야회 회장으로 돌아오자, 왠지 달리스테아 님이 날카롭게 이쪽을 쏘아보는 걸 느꼈지만, 일부러 모르는 척했다.

　─아마 그녀의 적대감은, 레오와 관련된 일일 테니까.

　그녀를 의식 구석으로 밀어버리고, 웰미는 생각에 잠긴다.

　─에이데스라면 뭔가 알고 있을까?

　트루기스 님에게서 풍겼다고 하는 '처음 맡아보는 꽃향기 같은 향기'라는 게 마음에 걸렸다.

5. 악역 영애 웰미의 책략

테레사로 건을 염두에 두고 【친목의 야회】에서 귀가한 웰미는, 자기 전의 스킨십 시간을 이용해 에이데스에게 말을 꺼냈다.

그러자 그는 웰미의 머리를 쓰다듬던 손길을 멈추고, 날카로운 눈빛으로 '그런 마술약이 있다'고 긍정해주었다.

"성가신 일에 끼어들었군."

"나라고 좋아서 그런 건 아니야. 트루기스 님을 자유롭게 행동하게 놔두고 몰래 감시해줄 수 있어?"

"영리하군, 웰미. 나도 그렇게 제안하려던 참이었어. …그 향기의 출처에 관해, 지금 마도성에서 국가치안유지 특무과와 합동으로 조사 중이야. 좋은 단서를 가져왔군."

담담한 그의 반응에, 웰미는 눈매를 좁혔다.

"역시 알고 있었구나. 그쪽은 어떤 상황이야?"

"기밀이야."

"아, 그래? 그럼 난 아버지를 찾아가서, 우리 힘으로 매료를 해주할 수 있는지 의논해 볼게. 가능하면 비밀리에 해주해서 정보를 얻어내고 싶으니까. 설마 이것도 안 된다고는 안 할 거지?"

"네가 협조해주는 건 좋지만, 나나 레오가 있을 때만 해."

웰미는 에이데스를 올려다보며 살짝 미소 지었다.

"걱정해주는 거야?"

"당연하지."

그 말에 웰미는, 조금 간질간질한 기분으로 에이데스의 품에 얼굴을 묻었다.

※※※

그후, 웰미가 레오하고도 정보를 공유하고, 테레사로가 '매료의 성술'을 걸었다고 하는 영식들에게 접촉하기 위해 신중하게 움직이고 있을 무렵.

에이데스와 함께 중정에 있을 때 다가온 사람은 의외의 인물이었다.

그가 기사의 약식 예… 왼손을 등에, 오른손을 왼쪽 가슴에 대는 자세를 취해서, 웰미는 말을 건넸다.

"엔더렌 경…? 무슨 일이죠?"

"잠깐 괜찮으십니까, 리로우드 양."

그 인물은 테레사로의 전 약혼자였다고 하는 기사 청년, 소포일 경이었다.

그가 웰미에게 정중한 어투인 이유는, 귀족 중에서 지위가 가장 낮은 당대 한정의 기사작이기 때문이다.

당대 한정인 기사작과 준남작은 어떤 무훈이나 공적을 세우면 평민에게도 주어지는 작위다.

그보다 하나 위인 남작, 그 위에 자작이 있고, 여기까지가 하위 귀족.

평민 출신의 초대 귀족이 오를 수 있는 작위의 상한선이다.

그 위에 상위 귀족이라 불리는 백작이 있고, 그 위에 후작, 마지막으로 공작으로 이어진다.

일반 귀족 중 최고위는 후작으로, 에이데스는 그중에서도 필두라 불리는 지위에 있는 것이다.

공작은 기본적으로, 왕가 혈통인 사람이 계승권을 포기하고 신하의 신분이 될 때 주어지는 작위로, 자식이 태어나면 그 아이에게는 왕위 계승권이 주어진다.

만에 하나, 왕의 직계 자녀가 사라진 경우, 혈통이 끊기지 않게 하기 위해서다.

이것이 손자대에 이르면 후작으로 내려가고, 왕위 계승권은 사라지게 된다.

라이오넬 왕국에서는 예외적인 조치로서, 전 왕가의 피를 이은 아바컴 공작가가, 계승권은 없지만 작위가 떨어지지 않는 '영세(永世) 공작'으로 남아 있었다.

이 '영세 공작' 작위는 마술적으로 특별한 혈통에 주어지는 일도 있다.

그중 하나가, 주홍색 눈동자를 가진 해주의 혈통, 리로우드 공작가다.

웰미는 현 리로우드 공작의 조카에 해당하고, 리로우드의 성을 가지고 있지만… 공작가의 일원이 아니라 어디까지나 백작 영애다.

복잡하지만, '리로우드 공작가'의 피를 이은 아버지 클라테스가 한 번 평민이 되었다가 그 후 개인의 공적으로 다시 귀족이 되었을 때, '리로우드 백작'이라는 새로운 작위를 부여받았기 때문이다.

그렇다 해도 소포일 경에게, 자작 이상의 귀족은 모두 하늘 같은 존재이므로, 그 부분은 크게 관계없으리라.

"엔더렌 경이 나에게 무슨 볼일이죠?"

"소포일이라고 불러주십시오. 여기서는 좀 곤란하니까, 조용한 곳으로 자리를 옮기고 싶습니다."

그렇게 말하는 소포일 경의 실처럼 가는 눈에는 진지한 빛이 엿보였다.

집안 사정으로 테레사로와의 약혼을 파기당한 청년.

하지만 서로가 원한 약혼이었다면.

—소포일 경도 테레사로를 좋아하는 게 맞지?

그렇게 생각하고, 오늘의 에스코트를 맡아준 에이데스를 올려다보며 귓가에 속삭인다.

"괜찮아?"

그러자 에이데스는 소포일 경에게 눈길을 향했다.

"방을 준비시키도록 하지. 난 그림자에 숨어 이야기를 듣겠다. 괜찮겠나?"

"뜻대로 하십시오."

"왜 숨어?"

"웰미의 악명을 높이려면, 남자와 단둘이 사라지는 게 더 좋잖아?"

그러면서 한쪽 눈썹을 치켜올리는 에이데스의 말에, 웰미는 납득했다.

야회에 참석하기 시작한 원래 목적은 '언니 대신 레오의 약혼녀처럼 행동해 사람들의 이목을 끌기' 위해서였으니까.

에이데스는 그 목적에 소포일 경을 이용할 작정인 것 같았다.

그의 제안에 의미심장한 미소로 응수한 웰미는, 기다리고 있는 그에게 고개를 끄덕였다.

"그럼 장소를 옮기도록 하죠."

"허락해주셔서 감사합니다."

소포일 경은 정중하게 고개를 숙였다.

"자네만은 결코 그럴 리 없다고 생각하지만…, 혹시라도 그녀에게 불순한 마음을 품는다면 용서하지 않겠다.”

“맹세코.”

에이데스가 모습을 감추자, 웰미는 그와 단둘이 있는 모습을 일부러 모두에게 과시하며 홀을 나가 준비된 휴게실로 이동했다.

소포일과 마주앉아, 어디선가 듣고 있을 에이데스를 의식하면서 웰미는 입을 열었다.

“그래서 나에게 묻고 싶은 게 뭔가요?”

“…전에 【친목의 야회】에서 트러프 양과 무슨 이야기를 하셨는지 여쭤봐도 되겠습니까?”

소포일 경의 실눈이 약간 커지며, 동시에 압력이 느껴졌다.

적대감까지는 아니지만, 진지한 태도다.

아마도 그는 ‘울면서 돌아왔다’고 하는 테레사로를 걱정하는 것이리라.

그 질문에 뭐라고 대답할지… 몇 초간 생각하고 나서, 웰미는 대답했다.

“그녀는 조금 위험한 문제에 휘말렸어요. 그래서 의논 상대가 되어준 것뿐이에요.”

“위험한 문제?”

소포일 경의 압력이 더 강해졌지만, 웰미는 부드럽게 웃으며 대답한다.

예상대로의 반응이라 조금 안심이 되었다.

“걱정마세요. 이쪽에서 감시를 붙였으니까, 크게 위험하지는 않을 거예요.”

“대체 어떤 위험이 있다는 겁니까?”

“혹시 그 아이를 찾아가려고 생각하신다면, 그러지 마세요.”

"리로우드 양."

웰미는 질문에 즉답을 피해도 물러서지 않는 소포일 경을 보고, 얼굴 앞에 부채를 펼쳤다.

─응. 그는 우리 편, 이라고 생각해도 괜찮을 것 같아.

웰미의 '눈'으로 봐도, 순수하게 테레사로를 걱정하는 걸로밖에 보이지 않는다.

게다가 상냥하다.

아까 장소를 옮기자고 한 것도, 만약 웰미가 테레사로에게 뭔가 문제되는 짓을 했다면, 다른 사람이 듣지 못하도록 하기 위한 배려였으리라.

소포일 경의 배려와는 반대되는 형태로 이용하게 되어, 미안하지만.

"내 선에서는 내용을 말할 수 없어요."

"……과연, 말씀하신 위험에는 보라색 피가 흐르고 있다는 의미입니까."

"네, 경비견이 냄새를 맡고 있어요. 그러니까 그녀에게 접근하지 않았으면 해요."

"…그렇군요."

바른 자세로 앉아 있는 소포일 경의 미간에 처음으로 주름이 새겨졌다.

─용맹하고, 머리도 나쁘지 않아….

소포일 경은 이 짧은 대화로, 테레사로 문제에 고위 귀족(보라색 피)

과 국가기관(경비견)이 개입되어 있음을 정확하게 이해했다.

권력은 없지만, 그는 인품과 능력 모두 뛰어난 인물로 짐작되었다.

테레사로가 그에게 마음이 끌린 것도 이해할 수 있다.

웰미는 어떻게 행동할지 고민하는 그의 눈을 살짝 올려다본다.

"나도 질문 하나 해도 될까요?"

"얼마든지요."

"약혼을 파기했다고 들었는데, 왜 트러프 양에게 신경 쓰시는 거죠?"

"그건."

"나에게 사정을 물어보러 올 정도면, 아예 본인을 직접 찾아갈 수도 있지 않았나요?"

"…트러프 양 본인이 약혼 파기를 원했다고 아버지에게 들었습니다. 그렇다면 직접 방문하는 건 폐가 되니까요."

입술을 꽉 깨무는 그를 보고, 웰미는 조금 불편한 기분이 되었다.

소포일 경의 부친은 그에게 거짓말을 한 것 같았다.

그렇게 들었다면, 그가 테레사로에게 직접 말을 붙이기는 확실히 쉽지 않으리라.

실제로는 소포일 경의 부친이―물론 남작가가 백작가의 뜻을 거스를 수는 없으니까 어쩔 수 없는 일이지만―압력에 굴복해 파기에 이른 것인데.

―지금 사실대로 말했다간, 여기서 나가자마자 테레사로에게 돌격할 것 같아….

충동적으로 행동하지는 않을 거라 생각하지만, 어쩌면 부친을 베어버릴지도 모른다.

웰미는 진실을 일단 덮어둔 채, 다시 그에게 자세한 사정을 물었다.

결과, 아마도 그는 자신이 변경 지역으로 파병되어 테레사로를 혼자 내버려두는 바람에 그녀의 마음이 떠났다고 생각하는 것 같았다.

—흐음. …그는 쓸모가 있겠어.

상위마수 퇴치를 행하는 부대에 배속될 만큼 뛰어난 인재가, 자청해서 먼저 접촉해온 것이다.

표적이 된 레오 곁에 두기에 이보다 더 좋은 인재는 없으리라.

은혜를 베풀어 이쪽으로 끌어들이자, 라고 판단한 웰미는 도움을 주기로 했다.

"트러프 양이 평소 귀족학교 여자기숙사에서 지내는 건 알고 있나요? 오해가 좀 있는 것 같으니까, 원하신다면 비밀리에 만날 수 있도록 조처할게요. 거기서 트러프 양에게 직접 사정을 들어보세요."

"사정… 이라고요?"

"네. 하지만 그전에 교환조건이 있어요."

웰미는 초승달 모양으로 눈매를 좁히며, 부채를 탁 접었다.

"사정을 안 후에도 일을 시끄럽게 만들지 말 것. 그리고 우리에게 협조할 것. 이 두 가지를 약속해주실 수 있나요?"

소포일 경은 잠시 말없이 생각에 잠겼다가… 승낙이 아닌 질문을 던져왔다.

"의롭지 않은 일은 할 수 없습니다. 그리고 저는 검을 휘두르는 것밖에 할 줄 아는 게 없습니다. 그래도 괜찮으십니까?"

"충분해요. 우리가 원하는 건 호위니까요."

“그러시다면.”

소포일 경이 고개를 끄덕여서, 웰미는 이야기를 진행시켰다.

“그럼 나중에 자택으로 마차를 보낼게요. 트러프 양과 둘이 이야기한 후에, 오르밀라주 후작가의 별저로 와주세요.”

그리고 며칠.

테레사로가 정신조작을 당하고 있을 가능성이 있으므로, 혹시 몰라 만나서 해주를 행한 웰미는 내친 김에 소포일 경과 있었던 일을 전했다.

그 후, 무사히 이야기를 나누고 오해가 풀렸는지, 소포일 경은 별저를 찾아와 고개를 숙였다.

“이야기는 들었습니다. 테레사로와 왕태자 전하를 지키기 위해, 저도 힘을 보태고 싶습니다.”

웰미는 에이데스와 함께 그것을 승낙하고, 레오와 그를 만나게 해주었다.

레오는 복잡한 표정으로 소포일 경에게 입을 열었다.

“유감스럽게 생각하네, 엔더렌 경. 이번 일에는 내 어리석은 동생도 관련된 것 같아.”

신하에게 고개를 숙여서는 안 되는 왕족으로서, 그것은 최대한의 사죄였다.

“이 일이 마무리되면, 경과 트러프 양이 다시 약혼하도록 왕명을 내려달라고 아바마마께 부탁드리겠네.”

“진심으로 감사드립니다, 전하.”

소포일 경은 무릎을 꿇고, 레오에게 기사의 가장 정중한 예를 갖춰 감사를 표했다.

“일어서게. 인사는 필요 없어. 은폐에 가담한 타이글림에게도 원인이 있으니까.”

그런 대화를 지켜보며, 에이데스는 소파에 앉아 불손한 태도로 다리를 꼬고, 등받이에 기댄 팔로 턱을 괸 채 심술궂은 미소를 지었다.

“일손이 늘었으니, 슬슬 책략을 실행에 옮겨볼까. 어땠어, 웰미?”

“아버지는 리로우드의 힘으로 ‘매료의 성술’을 해주할 수 있을 거라고 말씀하셨어.”

소포일 경의 대답을 기다리는 동안, 해주 가능 여부를 물어보러 방문했던 이야기를 웰미는 간결하게 전했다.

또한 아버지 클라테스는 ‘우리에게 힘을 빌려주는 정령은 여신의 친구니까, 부탁하면 들어주실 거야. 그것이 성녀의 본의가 아닌 서약이라면 더더욱’이라고도 말했다.

“그럼 됐어. 이번에 적에게 조종당하고 있는 걸로 짐작되는 해주 대상은 세 명이야.”

테레사로에게 억지로 교제를 강요한 백작 영식, 세이파르트 아우르김.

재상의 아들이자 두뇌명석하기로 소문난 공작 영식, 시졸다 랑그레이.

바르잠 제국의 왕족 혈통인 어머니를 둔 후작 영식, 즈미아노 오르블랜.

“표적이 된 건 이 셋과 레오⋯. 직접 움직이는 자가 트루기스 델트라테라면, 일을 꾸민 자는 델트라테 후작 같기는 한데⋯.”

“말이 모호하네. 왜, 의심하고 싶지 않아?”

“위화감이 있어. 군단장은 화통한 성품이라 책략을 꾸미는 스타일이 아니야. 오히려 그런 걸 혐오할걸.”

“그럼 굳이 지금 결론을 내릴 필요는 없지 않아? 그보다, 누구부터 먼저 접촉할까?”

“…처음은 세이파르트 아우르김이 좋겠지. 경계가 가장 허술한 것 같으니까.”

에이데스는 손가락으로 턱을 쓰다듬으며 대답하면서, 머릿속으로는 여전히 흑막에 대해 생각하는 눈치였다.

기질이 그런 거겠지만, 생각해도 결론이 나지 않는 문제는 기본적으로 깊이 생각하지 않는 웰미 입장에서는, 걱정도 팔자라고 느끼는 일면이기도 하다.

“달리스테아 양의 움직임에도 주의하는 게 좋아. 원래 왕태자 전하의 약혼녀 후보였던 그녀는 지금 사교계에서 입장이 난처한 상황이야. 이번 건과는 관계없다고 생각하지만, 불만을 품고 뭔가 행동을 일으킬 가능성이 있어.”

그 말에, 웰미보다 먼저 레오가 어쩐지 난처한 어조로 대답했다.

“아, 에이데스. 그녀에 관해 그런 걱정은 안 해도 된다고 생각하는데….”

괴로운 표정인 것은, 자신이 언니를 선택하는 바람에 달리스테아 님이 의심을 받고 있기 때문이리라.

“내가 봐도, 그녀는 비겁한 짓을 할 사람 같지는 않아.”

“그녀 자신은 문제가 없어도, 부친인 아바컴 공작을 신용할 수 없어.”

“그런 거야?”

“응.”

델트라테 후작과 아바컴 공작.

일단 흑막 후보로, 웰미는 두 사람의 이름을 입속으로 중얼거리며 레오에게 눈길을 향한다.

“섣불리 움직일까 봐 걱정되면, 달리스테아 님에게 접촉해서 사정을 설명하면 안 될까?"

"그녀와는 소꿉친구지만, 워낙 민감한 시기라서…. 따로 불러내거나 하면 조금 시끄러워질 것 같아."

"으음~."

턱에 손가락을 대고 생각에 잠겼던 웰미는, 조금 비겁한 방법을 쓰기로 했다.

"내가 달리스테아 님의 드레스에 실수로 와인을 쏟을까? 그걸 레오… 니엘 전하가 휴게실로 안내하면, 원만하게 마무리할 수 있을 것 같은데."

일단, 소포일 경이 있기 때문에 조금 어색하게 레오를 그렇게 호칭하자, 그는 의미심장하게 한쪽 눈썹을 치켜올린다.

"웰미, 악명을 더 높이려고?"

"어머, 마지막에 어차피 다 뒤집힐 건데, 뭐. 딱히 문제는 없잖아?"

웰미는 생글생글 웃으며 대꾸했다.

그 대화를 어떻게 생각했는지, 소포일 경은 뭐라 형언하기 힘든 표정을 하고 있고, 에이데스는 우스워 견딜 수 없다는 듯이 쿡쿡거리고ㅡ.

ㅡ그리하여 웰미 일행은 영식들의 세뇌를 순차적으로 풀어, 어전에서의 이 촌극에 이른 것이다.

"델트라테 후작 영식, 트루기스 …트러프 남작 영애의 발언이 틀림없는가?"

폐하의 그 질문에, 트루기스 님은 입술을 꽉 깨물었다.

"…틀림없습니다…."

"체포하라."

폐하의 명령을 받들어, 말레피덴트 아바컴 특무경이 주위에 눈짓하자, 소리도 없이 모습을 드러낸 특무과 직원이 트루기스 님을 체포했다.

그는 저항하지 않고 순순히 끌려 나갔다.

적어도 달리스테아 님과 테레사로는, 이로써 피해자라는 인상을 주위에 주었을 것이다.

하지만 그가 퇴장하는 모습을, 달리스테아 님이 왠지 불안하게 쳐다보고 있었다.

이런 소동이 일어난 것도, 그녀의 사고(思考)를 트루기스 님이 유도했기 때문인데.

그런 태도의 이유가, 아직 마술약이 효과를 발휘하고 있기 때문인지, 아니면 이용당하는 동안 그에게 호감을 느꼈기 때문인지, 웰미는 판단할 수 없었다.

─일단 여기까지는 예정대로, 진행됐지만.

이 건에는 아직 흑막이 있다.

오히려 이제부터가 진짜였다.

6. 악역 영식들의 어리석은 성실

트루기스 님이 피로연장에서 끌려 나가는 모습을, 세이파르트 아우르김은 조금 복잡한 심정으로 지켜보고 있었다.

—이게, 정말로 괜찮은 건가?

세이파르트는 백작가의 장남이기는 하지만, 실은 서자…, 첩의 아들이었다.

아우르김 백작가는 전형적인 정략결혼으로, 아버지와 양어머니 사이에 사랑은 없다. 사이가 아주 냉랭한 것은 아니지만, 상대가 애인을 뒤도 신경 쓰지 않는… 서로 그걸 용인하는 관계였다.

그래도 정처인 양어머니는 아들을 둘이나 낳아서, 첩의 아들인 세이파르트가 끼어들 여지는 없었다.

하지만 정당한 후계자인 장남이 유행병으로 숨지고, 같은 시기에 같은 병으로 첩이었던 어머니도 세상을 떠난 일이, 아우르김 백작가의 불행의 시작이었다.

길거리에 나앉게 된 세이파르트를 아버지가 정식으로 집에 들인 것이다.

게다가 세이파르트가 강한 마력을 가지고 있고, 당시에는 차남이 어렸기도 해서, 얼떨결에 후계자 후보가 되어버렸다.

세이파르트 자신은 그걸 전혀 원하지 않았지만.

경박한 태도도, 일부러 면학을 게을리한 것도, 후계자 후보에서 제외

되기 위해서였다.

그래서 이번에 '트루기스에게 이용당해 테레사로에게 교제를 강요한 사실을 공표해야 한다' 라는 설명을 들었을 때도, 웃으며 승낙했다.

『그렇게 해서 아버지가 저를 후계자 후보에서 제외해준다면, 어깨의 짐이 사라져 후련할 것 같습니다』라고, 오르밀라주 후작에게도 말했을 정도였다.

양어머니는 피도 안 섞이고, 사랑하지도 않는 남편의 서자인 세이파르트에게 매우 잘해주었다.

이번에 귀족학교에 입학하는 의붓동생과도 다행히 관계는 양호하다.

첩의 아들이라는 이유로 학대받은 적 없는 혜택받은 환경이기에⋯ 본래 양어머니와 의붓동생이 가져할 할 권리를 가로채는 짓은, 자신이 결코 용납할 수 없었다.

따라서 이번 건으로 세이파르트는, 개인적으로는 트루기스 님에게 감사인사를 하고 싶을 정도였다.

―하지만 아직, 이다.

양어머니와 의붓동생 때와, 마찬가지.

세이파르트 자신은 이 일이 드러남으로써 이익을 얻지만.

트루기스 님은 목적조차 달성하지 못하고 벌만 받는 것이다.

어떤 사정으로 그가 이런 짓을 했는지⋯ 세이파르트는 알고 있었다.

※ ※ ※

―【왕태자 전하 약혼 피로연】두 달 반 전.

 웰미 양에게 '매료의 성술'을 해주당한 세이파르트는 '트루기스 님에게 무슨 명령을 받았느냐'는 질문을 받았다.

 "'웰미 리로우드의 추종자가 돼라'…? 그게 무슨 뜻이죠?"

 세이파르트가 받은 단 하나의 명령을 이야기하자, 웰미 양이 미간을 찌푸렸다.
 "무슨 뜻인지 저에게 물어보셔도 저는 모릅니다….."
 그녀 뒤에 선 오르밀라주 후작과 왕태자 전하, 그리고 소포일 경의 압력에 조금 위축되면서 그렇게 대답한다.
 "'테레사로 트러프를 따라다녀라'가 아니라?"
 "네, 아닙니다."
 웰미 양의 확인에, 세이파르트는 다시 한번 고개를 끄덕였다.
 명령을 받았기 때문에, 웰미 양에게 접근하기 위해 야회에 참석한 것이다.
 그녀에게 말을 건네고, 그녀가 이끄는 대로 함께 중정으로 나가자… 이마에 그녀의 손끝이 닿고.

 그리고 펑, 하고 머릿속에서 뭔가가 터지는 듯한 감각과 함께 제정신이 돌아왔다.

 어리둥절해 있는 동안, 숨어 있던 소포일 경에게 납치되어 정신을 차려보니 이 방에 와 있었던 것이다.

의미를 알 수 없었다.

자신이 무슨 짓을 했는지는 기억이 있다.

테레사로 양에게 접근한 것도, 그녀의 약혼을 파기시킨 것도, 그후 '매료의 성술'에 걸려, 그녀에게 트루기스 님이 시키는 대로 하라는 명령을 받은 것도 전부 기억하고 있었다.

하지만.

"테레… 아니, 트러프 양에게 접근한 건 제 의사가 아닙니다…. 대체 뭐가 어떻게 된 거죠?"

애당초 테레사로 양에게 접근한 것도, 트루기스 님이 아닌 다른 누군가에게 명령받은 일이었다.

웰미 양이 난처한 얼굴로 오르밀라주 후작을 쳐다보자, 그가 검은 장갑을 낀 왼손으로 테이블 위에 팔찌 하나를 툭 놓았다.

"웰미가 너를 해주했을 때, 팔에서 빠져 떨어진 팔찌다. 이걸 본 기억은?"

"있습니다…."

그것은 누군가에게 받은 선물이었다.

'끼워봐' 라는 말에, 그 자리에서 팔찌를 낀 순간부터, 기억은 있어도 의식이 없어진 것이다.

"이건 정신조작 마도구다."

오르밀라주 후작의 말에, 세이파르트는 숨을 삼켰다.

"정신조작…?"

"지금 왕국에는 향기로 타인을 조종하는 마술약과, 사람의 의사를 빼앗는 마도구가 유입되고 있어. 아마 이웃나라에서 들어온 것 같다만."

"그게… 요?"

"그래, 이 팔찌. 이걸 너에게 준 사람이 트루기스 델트라테인가?"

"아닙니다…."

"그럼 누구지?"

"…기억이 안 납니다."

정확히 말하면 기억에 안개가 껴서, 그걸 자신에게 준 상대의 얼굴을 떠올릴 수 없는 것이다.

─왜 기억이 안 날까?

아마 이 자리에서 가장 혼란스러운 사람은 세이파르트 자신일 것이다.

자신이 한 짓의 무게와 죄책감에 짓눌려 고개를 들지 못한 채 머리를 싸쥐자, 오르밀라주 후작의 한숨소리가 들렸다.

"기억까지 빼앗는 건가…. 성가시군."

"트루기스 님 말고도, 정신조작 마도구와 마술약을 사용하는 자가 있다는 얘기네…."

"아마도. …세이파르트 아우르김, 트루기스에게서 꽃향기 비슷한 향기를 맡은 적은?"

"없는… 것 같습니다."

웰미 양이 접은 부채를 입가에 대면서 말없이 눈살을 찌푸리고, 왕태자 전하도 손끝으로 관자놀이를 누르고 신음했다.

"트루기스도 조종당하고 있는 건가? 왜 정보를 알면 알수록, 이야기가 더 꼬이는 거지…."

"그러게…. 도무지 모르겠어."

"응. 정신조작 마도구를 사용하는 흑막이 대체 누구일까?"

"지금 그건 중요하지 않아. 내가 모르겠는 건 '흑막의 속셈'이야."

"…대역(大逆)을 꾀하는 게 아닐까? 트루기스도 그것 때문에 조종당하는 거 아냐?"

왕태자 전하의 의문에, 웰미 양이 한숨을 내쉬고 나서 반론을 쏟아냈다.

"대역이 목적이라면, 세이파르트 님을 조종해 접근할 상대는 내가 아니라 암살과 세뇌의 대상인 당신이겠지. '트루기스 님을 조종하는 흑막'이 대역을 꾀하기 위해, 세이파르트 님을 나에게 접근시킬 이유가 있을까? 만약에 전하가 그 입장에서 대역을 꾀한다면, 나를 노릴 거야?"

"아니…, 안 노려. 웰미가 트러프 양을 방해한 이유는 불경죄를 막기 위해서였고, 그 후에 그녀가 너에게 사정을 털어놓은 걸 알 리 없으니까. 다음에 다시 나를 세뇌할 기회를 노리겠지."

"맞아. 그렇게 생각하고 우리는 들키지 않게 움직이기 시작한 거잖아? 그렇다면 상대가 트루기스 님이든 흑막이든, 세이파르트 님에게 내린 명령은 명백하게 이상해."

"듣고 보니 그러네."

"게다가 흑막은 영식들을 세뇌하는 데 트루기스 님을 실행범으로 내세우고, '매료의 성술'을 사용하는 트러프 양까지 이중으로 이용했어. 이렇게까지 용의주도한 흑막이 목적도 없이 그런 명령을 할 리 없잖아."

웰미 양은 접힌 부채로 짜증스럽게 손바닥을 톡톡 두드렸다.

그리고 팔짱을 낀 채 턱 끝을 쓰다듬고 있는 오르밀라주 후작의 얼굴을 쳐다본다.

"에이데스, 뭐 생각나는 거 없어?"

"레오를 세뇌하는 데 실패해서, 장래의 왕태자비로 표적을 바꿨을 가능성은?"

"…진심으로 하는 말이야?"

"아니, 그러면 레오의 세뇌를 포기하는 게 너무 빠른 데다, 애당초 시간적인 순서도 안 맞아. 트러프 양이 웰미의 방해로 매료에 실패하는 것보다 먼저, 아우르김 백작 영식에게 '웰미에게 접근해라'라고 명령한 게 되니까."

오르밀라주 후작은 거기서 일단 말을 멈췄다가, 다시 말을 이었다.

"그리고 트루기스까지 조종당하고 있을 가능성은 농후하지만, 현재로서는 아직 가정에 지나지 않아. 트루기스와는 전혀 관계없는 인물이 움직이는 중이고, 우연히 세이파르트가 둘 다에게 세뇌됐을 가능성도 있어."

"…에이데스, 그런 우연은 솔직히 불가능하지 않아?"

"내가 보기엔, 정신조작 마술약과 마도구를 사용하는 인물이, 우연히 '매료의 성술'을 사용하는 성녀까지 포착한다는 것도 있을 수 없는 일이야."

"아~, 그것도 그렇지만. 일단 방침 정도는 정해두지 않으면 움직일 방법이 없잖아."

"할 일 자체는 정해져 있어. 시졸다 랑그레이와 즈미아노 오르블랜의 해주도 마저 행해 정보를 모으면 돼."

"그래, 그게 제일 빠르겠다."

웰미 양이 납득하고 고개를 끄덕였을 때, 세이파르트는 머뭇머뭇 입을 열었다.

"저어…, 잘은 모르지만, 트루기스 님에 관해서라면, 지금 말씀하신 대로 사촌인 시졸다 님과 죽마고우인 즈미아노 형님에게 물어보시는 편이 정확한 내용을 알 수 있을 거라고 생각합니다."

그보다, 그들은 왜 이런 중요한 이야기를 세이파르트 앞에서 하고 있는 걸까. 왠지 말려들 것 같은 조짐을 느끼고 있을 때, 아니나 다를까, 웰미 양이 생긋 미소 짓는다.

"어머, 그럼 그 두 사람에게 접근하는 걸 도와줄 수 있나요? 당신은 즈미아노 님과 친하죠?"

"에?"

"해주해줬으니까 그 정도는 부탁할 수 있잖아요?"

—해주 건으로 생색을 내기 시작했다.

물론 해주해준 것 자체는 감사하지만.

세이파르트는 어쩌다 이렇게 돼버렸을까 하고 허탈하게 하늘을 올려다보았다.

※ ※ ※

—그리하여【왕태자 전하 약혼 피로연】두 달 전.

웰미가 시졸다 님과 즈미아노 님의 세뇌를 풀고, 트루기스 님에 대해 이야기하기 위해 다시 모두 모인 야회에서 한바탕 소동이 있었다.

소동의 불씨가 된 인물은 시졸다 님의 약혼녀였다.

"리로우드 양, 내 약혼자에게 접근하지 말아줬으면 좋겠는데."

그녀는 가까이 다가오자마자, 대뜸 날카로운 어조로 그렇게 고했다.

힐덴트라이 이사 백작 영애.

검은 쇼트 머리에 키가 큰 중성적인 인상의 여성이다.

복장도 드레스가 아니라, 남장에 가까운 팬츠 슈트에 예장용 로브였다.

힐덴트라이 양은 놀랍게도 레오와 같은 '공격의 금색 눈동자'를 가지고 있다.

—왕국군 마도사 부대의 소대장, 이라고 했지, 아마?

치유사로서가 아니라 마도사로서 전선에 서는 여성은, 여성기사보다 더 보기 드문 존재다.

그녀는 그중에서도 뛰어난 실적으로 출세가도를 달려, 부대 하나를 통솔하고 있다고 한다. 그 정보는 에이데스에게 얻은 것으로, 마도사 부대는 기사단과 달리 마도성 관할.

즉, 그녀는 직속은 아니지만, 에이데스의 부하인 것이다.

—미안하지만, 당신은 좀 퇴장해줘야겠어요.

그녀의 분노는 지극히 타당하지만, 지금은 그게 문제가 아닐뿐더러, 무엇보다 사람들의 이목을 끌기 위해 자신의 '악명'을 높이는 것도, 현재 웰미가 해야 할 일이다.

"어머, 접근이라니요? 시졸다 님은 에이데스와 이야기하러 온 것뿐인걸요."

일부러 성이 아닌 이름을 부르며 시졸다 님의 어깨에 손을 얹고, 그의 귓가에 속삭이면서 힐덴트라이 양을 곁눈질한다.

시졸다 님이 어깨를 가늘게 떨었지만, 웰미는 손에 가볍게 힘을 주고 누르면서 말했다.

약혼녀에게 오해받는 것은 그의 본의가 아니라는 걸 잘 알지만, 상황이 확실해질 때까지 밖으로 말이 새어나가게 할 수는 없기 때문에, 시졸다 님에게는 인내를 부탁할 수밖에 없다.

"그렇죠, 시졸다 님?"

"어, 으음…. 미안해요, 힐데. 자리를 좀 비켜줬으면 고맙겠어요."

재상의 아들인 시졸다 랑그레이 공작 영식은 성실한 청년이다.

외눈 안경을 쓰고, 파란색 머리카락을 깔끔하게 정돈한 그가 곤혹스러운 표정으로 부탁하는데도, 힐덴트라이 양은 싸늘한 표정으로 한쪽 눈썹을 치켜올렸다.

물러설 생각이 없어 보이는 그녀의 기세에, 시졸다 님은 가까이 있는 에이데스에게 눈길을 향했다.

"이사 제3부대장, 마도성 수장의 명령이다. 물러가라."

"흐음…. 후작님께서 그렇게 말씀하신다면."

일단 군 소속인 그녀는, 상관의 명령은 절대적이라는 규율을 깰 생각은 없는 것 같았다.

분노가 이글거리던 눈동자에서 감정을 완전히 지우고 인사한 다음 그녀가 물러가자, 시졸다 님은 조그맣게 한숨을 토했다.

웰미가 몸을 떼자, 재미있다는 듯이 그 모습을 지켜보던 마지막 한 사람, 세이파르트보다 더 경박한 인상인 즈미아노 오르블랜 후작 영식이 어깨를 으쓱한다.

흑발에 거무스름한 피부, 투명하리만큼 푸른 눈동자를 가진 그는 긴 머리를 어깨쯤에서 묶고, 복장도 바르잠 제국 스타일의 정장을 하고

있었다.

오르블랜 후작 부인…, 그러니까 즈미아노의 모친이 제국의 귀족 출신으로, 현 황제 폐하의 조카인 것이다.

그는 제국 귀족과 라이오넬 귀족의 혼혈이지만, 세이파르트처럼 바람둥이라는 소문이 파다해, 웰미도 예전에 한 번 우연찮게 대시를 받은 적이 있었다.

"시즈, 너무 신경 쓰지 마─. 다른 여자와 다정하게 있는 약혼자를 보면 기분이 나쁠 것 같지만, 어차피 오해는 나중에 다 풀릴 테니까─."

"…네, 알고 있습니다."

그렇게 위로인지 상처를 후벼 파는 건지 모를 미묘한 즈미아노와, 더 크게 상심한 시졸다의 대화를 들으면서.

─다른 이성과 다정하게 있는 약혼자….

웰미는 문득 마음에 걸리는 무언가를 느꼈다.

"죄송합니다. 잠시 중단되고 말았지만, 다시 이야기를 계속하죠."

하지만 깊이 생각하기도 전에, 시졸다 님이 트루기스 님에 대해 이야기할 태세가 되었기 때문에, 주위 사람을 물리치고 이야기를 듣고 있는데,

옆에서 말참견하던 즈미아노 님의 입에서 뜻밖의 이야기가 나왔다.

"그러고 보니까, 트루기스는 달리스테아 양을 좋아하잖아─."

그 말에 시졸다 님이 고개를 끄덕이며 어쩐지 침울한 표정이 되는 걸 보고… 웰미는 갑자기 모든 상황이 머릿속에서 하나로 이어지는 것을 느꼈다.

─아니, 근데 잠깐만.

트루기스 님은 흑막에게 조종당하고 있을 가능성이 농후하다.
하지만 에이데스는 세이파르트에게 정신조작 마도구를 채운 인물과
트루기스가 별개로 움직이고 있을 가능성도 있다고 보았다.
그게 어떤 의미에서는 옳았다고 한다면 그가 세 영식을 웰미에게 접
근시키려고 한 이유는.

"트루기스 님의 목적은 혹시⋯."

※※※

─【왕태자 전하 약혼 피로연】당일.

트루기스가 끌려 나간 후, 다시 국왕 폐하가 두 영애를 부른다.
"아바컴 공작 영애, 달리스테아. 그리고 트러프 남작 영애, 테레사
로."
""예.""
웰미와 영식들이 지켜보는 가운데, 폐하의 부르심에 두 사람이 대답
했다.
"그대들에게는 추후에 지시를 내리겠다. 최면 마도구 사용에 관해서
는 법무성과 협의 하에, '매료의 성술'에 관해서는 성교회와 협의 하에
처우를 결정하겠다. 오르밀라주 후작, 의견 있는가?"
"예, 제가 들은 바에 의하면."
발언 허가를 얻은 에이데스가 두 사람에 대해 설명을 보충한다.

"아바컴 공작 영애는 물론이고, 트러프 남작 영애가 '매료의 성술'을 사용한 최초의 목적은 자기방어를 위한 것으로 사료됩니다. 그 점을 감안해주시기를 청하옵니다."

"자기방어라 함은?"

"예. 트러프 양은 엔더렌 경과의 약혼 파기 후, 아우르김 백작 영식에게 원치 않는 행위를 강요당해 힘을 발동했다고 들었습니다."

"…아우르김 백작 영식, 틀림없는가."

"예, 틀림없습니다."

질문을 받은 세이파르트 님은 우아한 동작으로 고개를 숙이고 인정한다.

그도 조종당하고 있었고, 이 일로 평판이 더 떨어지게 되겠지만, 그는 그것을 원하는 바라고 말했었다.

"달리 할 말 있는 자 있는가."

폐하가 귀족들을 둘러보지만, 아무도 이의를 제기하지 않는다.

그래서 웰미가, 아마도 모두가 가장 궁금해하고 있을 내용을 폐하에게 물었다.

"델트라테 후작 영식 트루기스 님의 처우에 관해서는 어떻게 하실 생각이신지요?"

폐하는 감정을 지운 눈동자로 이쪽을 흘끔 보고 나서 선언했다.

"대역죄는, 일족 참수로 법에 정해져 있다."

순간 트루기스 님의 퇴장으로 어딘지 느슨해져 있던 공기가 다시 긴장감으로 팽팽해졌다.

일족 참수, 라면, 현재 왕국군의 중추를 맡고 있는 델트라테 후작가 사람들이, 후작을 포함해 모두 사라지는 것을 의미하기 때문이다.

만약 델트라테 후작이 반발한다면 내란으로 발전할 가능성마저 있다.

순식간에 긴장감이 차오른 공기 속에, 에이데스와, 이번에는 아바컴 특무경까지 입을 열었다.

"폐하, 본건에 있어 델트라테 후작 영식의 소행은 대역에는 해당하지 않음을 마도성의 수장으로서 진언 드립니다."

"국가치안유지 특무과도 같은 의견임을 진언 드립니다."

그러자 폐하의 눈썹이 불쾌한 듯 꿈틀거렸다.

"무슨 뜻인가."

"예, 저희는 이번 마술약 관련 조사를 진행하기 위해, 협조해준 영식들로부터 사정을 청취하다가 거기서 어떤 위화감을 깨달았습니다."

에이데스가 이쪽으로 시선을 향해서, 웰미는 보일락 말락 미소를 지으며 말을 이어받았다.

"왜 이 자리에서 델트라테 후작 영식의 표적이 저였는가, 라는 점입니다, 폐하."

달리스테아 님을 이용해 웰미에게 오명을 씌우려고 한 일.

그것이 그의 목적을 알아내는 데 있어 중요한 단서이며, 에이데스와 특무경이 이 자리에서 여러 사람의 죄를 폭로하기로 결정한 이유 중 하나였다.

"만약 그가 정말로 대역을 꾀했다면, 마술약 사용의 오명을 씌울 상대는… 제가 아니라 왕태자 전하가 아니었을까요."

트루기스 님이 마술약 이야기를 흘렸기 때문에, 달리스테아 님은 폭거에 나선 것이다.

"이 자리에서 제가 단죄당한들 그것이 그에게 어떤 의미가 있을까요?”

웰미가 약혼녀 후보에서 사라져도, 남자인 트루기스 님에게 어떤 이익이 있는 것은 아니다.

“일시적으로 왕태자 전하의 이름에 흠이 생길지도 모르지만, 그뿐입니다. 이 정도 일을 저지른 것치고는 델트라테 후작 영식에게 돌아가는 대가가 너무 작지 않을까요?”

“대역을 꾀한 게 아니라면, 달리 무슨 이유가 있다는 말인가.”

“만약 그가 생각한 대로 일이 진행됐다면 어떻게 되었을까, 하는 이야기입니다. 아마 달리스테아 님은 나라를 뒤흔들 뻔한 범죄를 폭로한 영웅이 되고, 저는 왕태자 전하의 약혼녀 후보에서 제외되었겠지요….”

웰미가 언니 대신 미끼가 되어 화려하게 움직였기 때문에, 트루기스 님은 행동을 시작한 것이다.

그리고 레오의 약혼녀가 발표되기 전에 움직일 수밖에 없었다.

“제가 없어지면, 왕태자 전하의 가장 유력한 약혼녀 후보는 누가 될까요?”

웰미가 고개를 갸웃하며 그렇게 묻자.

달리스테아 님이 놀란 표정으로 입을 틀어막는다.

그렇다.

트루기스 님이 원한 이익은 본인의 이익이 아니었다.

“그의 목표는 대역이 아니라, 달리스테아 님을 왕태자 전하의 약혼녀로 만드는 것이었습니다.”

그것이, 영식들을 조종해 웰미에게 접근시켜 평판을 떨어뜨리려고 한 이유이자… 레오를 조종하려고 한 목적이었다.

트루기스 님의 목적에 대해 처음 추측한 내용은, 흑막으로 지목된 아바컴 공작과 트루기스 님이 '장래의 지위를 대가로, 공작의 딸인 달리스테아 님을 왕태자비로 만드는 데 협조했다'라는 형태였다.

하지만 에이데스의 말로는, 공작과 트루기스 님 사이에 형식적인 관계 이상의 접점은 없다고 하니까, 그렇다면 달리스테아 님에게 지속적으로 마술약의 향기를 맡게 하는 거래를 공작과 행한 사람은 그가 아니다.

하지만 트루기스 님의 목적이 달리스테아 님에게 있다는 가정 자체는 틀리지 않았다.

틀린 건, 그로 인해 '누가' 이익을 보는가, 라는 부분이었던 것이다.

"트루기스는 왜 달리스테아를 레오니엘의 약혼녀로 만들기 원한 것인가."

폐하의 의문에, 웰미는 그 건과 관련된 나머지 두 사람 중 시졸다 님에게 시선을 향했다.

그는 앞으로 걸어 나와 허리를 조금 숙인 후, 귀족들에게 다시 폭탄을 떨어뜨린다.

"폐하, 트루기스가 이 일련의 사건을 일으킨 원인은 저에게 있습니다."

"…무슨 뜻인가, 랑그레이 공작 영식."

"저는 친척으로서 트루기스와 친교가 있었습니다."

랑그레이 공작 부인은 델트라테 후작의 여동생으로, 두 사람은 사촌지간이다.

"그래서 아는 사실이 있습니다. 그는 예전부터… 아바컴 공작 영애를 연모하고 있었습니다."

"!"

그 발언에 달리스테아 님이 숨을 삼킨다.

"하지만 레오니엘 전하의 제1약혼녀 후보인 그녀에게 혼담을 타진해도, 아바컴 공작은 받아들이지 않았을 겁니다."

하지만 연심을 알고 있던 시졸다 님은 '무슨 방법이 없을까'를 고민했다고 한다.

"그 후, 아버지를 통해 왕태자 전하의 약혼녀가 되실 분의 이야기를 듣고, 저는 트루기스에게 말했습니다. '그녀가 약혼녀 후보에서 제외될 것 같아. 너에게도 승산이 있지 않을까' 라고요. —그러자 그는….'

트루기스 님은 달리스테아 님을 차지하기 위해 움직인 게 아니라, 정반대의 행동에 나선 것이다.

즉, 그녀가 주위의 기대대로 왕태자 전하의 약혼녀가 될 수 있도록.

그 계기가 된 것이 시졸다 님의 제안이었다.

"즈미아노 오르블랜 후작 영식과 저는, 최근 한동안 침울해하고 있던 트루기스에게 셋이 함께 바르잠 제국으로 여행을 떠나자고 제안했습니다."

자신의 이름이 나오자, 즈미아노 님은 잠자코 폐하에게 고개를 숙였다.

"그 여행에서 그는 어떤 방법으로 마술약의 원료가 되는 향초(香草)를 손에 넣은 것 같습니다."

여행에서 돌아온 트루기스 님은, 레오가 웰미와 함께 있는 모습을 보고 행동을 개시했다.

그의 계획은, 테레사로를 이용해 웰미가 영식들을 유혹한 것처럼 꾸며 평판을 악화시킨 다음, 마지막으로 죄를 덮어씌워 제거하고…, 동시에 달리스테아 님을 영웅으로 만드는 것이었다.

그는, 과거의 웰미와 같은 일을 하려고 했다.

언니가 행복해질 수 있도록, 웰미가 에르네스트 백작가를 몰락시키려고 한 것처럼.

사랑하는 달리스테아 님이, 어울리는 상대와 맺어질 수 있도록.

그렇기에 그 사실을 안 시점에, 많은 사람이 모인 곳에서 폭로할 필요성이 생기고 말았다.

아직 정체를 알 수 없는, 세이파르트 님을 조종한 인물이 개입할 수 없도록.

이 건과 관련된 모두에 관해 근거 없는 추측을 방지하고, 필요 최소한의 상처로 구원하기 위해.

그래서 테레사로에게는, 레오에게 성술을 걸려고 했던 일은 덮어두게 했다.

아무리 미수라도, 사정이야 어찌 되었든, 왕태자에 대한 폭거는 그냥 넘어갈 수 있는 문제가 아니니까.

시졸다 님은 담담하게 계획대로 사정을 설명해나간다.

"폐하, 저는 아바컴 공작 영애가 약혼녀 후보에서 제외되었다는 소문을 조장했습니다."

달리스테아 님은 일부 파벌로부터, 레오와 웰미 사이를 놓고 '졌다'라고 조롱을 받고 있었다.

그것은 시졸다 님이 트루기스 님을 위해 일부러 소문을 퍼뜨리고, 그녀가 후보에서 멀어지도록 움직인 탓이었다.

"하지만 소문을 퍼뜨린 걸 안 트루기스는 화를 냈고… 저 자신도 트러프 남작 영애에게 '매료의 성술'을 당하게 되었습니다. 트루기스가 벌을 받아야 한다면, 저에게도 같은 벌을 내려주십시오."

시졸다 님은 폐하를 향해 무릎을 꿇었다.

"―트루기스는 죄를 지었으나, 맹세코 대역을 꾀한 사실은 없습니다."

시졸다 님은 그렇게 말을 맺었다.

폐하는 잠시 눈을 감고서, 깊은 한숨을 토했다.

"영애의 명예를 실추시킨 행위에 대해 죄를 묻겠다. 시졸다도 구속하라. 또한 달리스테아에게는 클라테스가 해주 조치를 할 것을 명한다. 그후, 테레사로와 둘 모두 자택에서 근신하도록 하라."

폐하가 세 사람에게 퇴석을 명하자, 시졸다 님은 병사에게, 테레사로는 소포일 경에게, 달리스테아 님은 특무경과 클라테스에게 이끌려 제각기 자리를 떠났다.

―한 건 낙착, 이지만.

거의 모든 귀족들이 모인 이 자리에, 아바컴 공작의 모습이 보이지 않는 게 마음에 걸렸다.

사정은 짐작하는 바이고, 어느 정도 이야기도 들었지만, 에이데스는 '공작 건은 나에게 맡겨' 라면서, 구체적인 설명은 전혀 해주지 않은 것이다.

진짜로 기밀과 관련된 부분은 웰미에게는 밝힐 수 없기 때문이리라.

"자…, 잠시 소동이 있었지만, 오늘밤의 본제로 들어가겠다."

하지만 폐하가 가라앉은 분위기를 불식시키듯 손뼉을 쳐서, 다시 그쪽으로 의식을 향했다.

"이번에 경사스럽게도 내 아들 레오니엘의 약혼이 성립되었다."

정숙한 분위기가 사라진 것을 깨달은 귀족들이 웅성거렸다.
폐하가 그 사실을 이미 결정사항으로 선언한 것도, 놀란 이유이리라.
그것은 '이미 레오가 약혼선서에 서명했다는 것'을 의미하기 때문이다.

—드디어.

이 순간을 위해, 웰미는 몇 달에 걸쳐 연기를 해온 것이다.
솔직히 국왕 폐하까지 용인하지 않았다면, 이 자리에서 촌극 따위는 하고 싶지 않았다.
"상대는 뛰어난 재원이다. 왕비가 앓고 있던 병의 치료약을 개발해, 얼마 전 정식으로 상위 국제 마도사 자격을 얻었다. 또한 그 예의범절은 왕가의 일원으로서 손색없으며, 영지 경영 수완은 명문가의 당주에게도 뒤지지 않는다."
그 상대가 누구인지, 이 자리에 있는 모두가 알아차렸지만… 일단은 폐하가 말씀하신 내용에 따라, 폐하 옆에 선 왕비 폐하에게로 시선이 집중된다.
폐하의 눈짓에 왕비 폐하가 베일을 걷자.
병으로 짓물렀던 피부가 완치되어, 나이 들고도 더 아름다워진 얼굴이 사람들 앞에 드러났다.

오오…, 귀족들이 탄성을 지르는 가운데, 단상 가장자리에서 기다리고 있었던 듯 레오가 모습을 드러낸다.

그가 돌아보며 손을 내밀자, 장갑을 낀 손이 그 위에 놓이고… 보라색과 은색의 의상을 차려입은 여성이 유유히 걸어 나왔다.

달처럼 은은한 광채를 발하는 은회색 머리카락을 나부끼며.

진보라색 눈동자에 상냥한 얼굴을 한, 사랑하는 언니.

"소개하노라. ―이오라 에르네스트 여백작이다."

이 나라에 단 두 명뿐인 마도작에 필적하는 자격을 얻은 언니는, 사람들의 시선을 사로잡는 청순한 미소를 지으며, 레오 곁에 서서 완벽한 숙녀의 예를 선보였다.

홀 안에 울려 퍼지는 환성과 박수 소리를, 만감이 교차하는 심정으로 들으면서.

웰미는 진심에서 우러나온 환한 미소와 함께, 누구보다도 큰 박수로 축복을 보냈다.

―축하해, 언니.

레오와 눈빛을 교환하고 나서, 이쪽을 바라본 언니는.

천천히 더 진하게 미소 지으며, 웰미를 향해 살랑살랑 손을 흔들었다.

7. 악역 영애와 악역 영식의 납치

—【왕태자 전하 약혼 피로연】해산 후.

휴게실에서 기다리는 에이데스를 찾아간 사람은 말레피덴트 아바컴 특무경이었다.

"일단은 정리가 됐군."

"응."

"흑막은 어떻게 처리했지?"

"비밀리에 귀족감옥에 격리해놨어."

말은 감옥이지만, 마술이 통하지 않는 건축자재로 만든 격리용 귀족 방이다. 에이데스는 정신조작 팔찌로 타인을 조종한 흑막의 방을 감시하기 위해, 병사와 마도사 외에도 소포일 경을 배치해두었다.

아바컴 공작과 관련 있는 그 인물을, 에이데스는 이미 파악해놓고 있었다.

"생각보다 쉽게 구속에 성공했군. 설마 제국이 관여됐다는 정보마저 이쪽의 움직임을 늦추기 위한 위장일 줄은 몰랐지만."

"거짓말을 한 건 아니라는 점이 교묘했지."

말레피덴트가 콧김을 내뿜고, 에이데스는 대답한다.

그의 말대로, 제국도 흑막에게 이용당한 쪽이었다.

제국측 인사도 관련되어 있지만, 제국의 중추가 꾸민 일은 아니었던 것이다.

"마도성과 특무과까지 농락할 정도인 놈치고는 마무리가 어설픈 것 같은데.”

“마무리라…. 하지만 놈이 흑막이라는 물적 증거는 없어. 증언과 상황 증거뿐이야.”

“마술약과 관련된 증거는 있잖아.”

“놈이 관여했다는 증거가 없어.”

최근에는 억울한 누명을 방지하기 위해, 물적 증거를 중시하는 쪽으로 국제 정세도 달라지고 있었다.

마술약 제조장까지 확보했지만, 그곳에 흑막으로 연결되는 단서는 존재하지 않았다.

“확신만 있다면, 증거는 날조하면 그만이야. 고문해서 자백을 받아내는 방법도 있고.”

“진심으로 하는 소리야?”

에이데스가 눈매를 좁히자, 말레피덴트는 평소처럼 냉소를 보인다.

“물론 진심으로 한 말은 아니야. 하여간 너는 결벽성이 지나쳐.”

“…아바컴 공작 쪽은 어때?”

“그쪽은 순조로워. 원래부터 언제든지 체포할 준비는 되어 있었으니까.”

부친의 일인데도 불구하고, 말레피덴트는 마치 남의 일처럼 말했다.

“이쪽은 트루기스와 달리 진짜 대역이야. 시녀를 시켜 달리스테아에게 정기적으로 마술약의 향을 맡게 한 일도, 나에게 했던 명령도 모두, 녹음과 영상 마도구로 증거를 확보해놨어.”

“…그래도 괜찮겠어?”

“그 인간도 나와 달리스테아를 도구로밖에 보지 않아. 어차피 그런 관계야. 됐고, 쥐새끼나 만나러 가보자고.”

그리고 말레피덴트와 함께 다른 방으로 이동한 에이데스는… 강제로 잠재워진 인물의 모습을 보고 고개를 가로저었다.

"왜?"

의아한 어조로 묻는 말레피덴트에게, 에이데스는 흑막으로 지목한 인물의 팔에 채워진 두 종류의 팔찌를 가리켰다.

"【변화의 팔찌】와 정신조작 팔찌야. —본인은 이미 도망쳤어."

"뭐라고?"

"클라테스를 불러."

그리고 클라테스가 팔찌를 해주하자…, 흑막의 모습으로 변해 있었던 사람은 세이파르트였다.

팔찌의 마술은 감옥에 들어오기 전에 이미 사용되어 있었던 것이다.

그걸 확인한 에이데스는 그 자리에서 발길을 돌렸다.

"어디 가려고?"

"놈이 있는 곳은, 조건부지만 알아낼 수 있어. —예상은 하고 있었으니까."

에이데스는 탐사 마술을 행사해 웰미의 발자취를 쫓기 시작했다.

"기다려, 대체 무슨 소리야?"

에이데스는, 뒤쫓아 온 말레피덴트에게, 걸음을 멈추지 않은 채 설명한다.

"말했잖아. 물증이 없다고. 놈은 이쪽의 미끼를 물었어. 그대로 얌전히 체포됐어도 좋았지만…, 납치까지 단행했다면 현행범으로 정식으로 죄를 물을 수 있어."

"납치라니? 대체 누구를?"

"—웰미야."

흑막의 노림수에 대해, 에이데스는 사전에 웰미와 의논했다.

"놈은 소동을 일으켰지만, 애당초 놈에게는 소동을 일으킬 이유가 없었어."

정신조작 팔찌가 채워진 사람은 세이파르트만이 아니다.

트루기스도 마찬가지다.

그 사실 자체는, 말레피덴트도 알고 있다.

"달리스테아를 왕태자비로 만드는 것 외에도, 다른 목적이 더 있다는 얘기야?"

"그건 놈의 목적이 아니라 트루기스의 목적이야. '소동을 일으키는 것 자체'가 놈의 목적이라고 우리는 결론을 내렸어. 놈이 행동을 일으킨다면, 거의 확실하게 웰미에게로 향할 거야."

"네 약혼녀가 표적이 된다는 확증이라도 있는 듯한 말투로군."

"…아마 놈은 처음부터 해주의 힘을 가진 웰미를 타깃으로 삼았던 것 같아."

에이데스는 왕궁 밖으로 나온 뒤에, 그 질문에 대답했다.

"그래서 해주 가능한 마술약과 정신조작 마도구를 사용한 거야."

웰미의 미끼 역할은, 아직 계속되고 있다.

그 때문에 일부러 혼자 먼저 집에 보낸 것이다.

예상대로, 왕궁의 외벽 근처에 후작가의 마차가 세워져 있고, 의식을 잃은 시녀만이 혼자 남아 있었다.

마부와 웰미의 모습이 보이지 않는다.

"여긴 너에게 맡길게. 소동을 크게 만들지 마."

"그래. …하지만 너는 왜 쥐새끼가 이런 짓을 하게 놔둔 거지?"

말레피덴트의 눈동자에 분노가 일렁거린다.

"영애를 혼자 놈과 대치하게 만들다니, 무모하다고밖에 할 수 없는 짓이야. 예상하고 있었다면 더더욱.”

그의 마음을, 에이데스는 손에 잡힐 듯이 알 수 있었다.

말레피덴트는 달리스테아를 소중히 여기고 있다.

국가를 위해, 공작을 체포하기 위해, 그녀를 그 자리에 세우는 것을 선택했지만, 집에서도 왕궁에서도 말레피덴트는 동생을 결코 자신의 눈이 닿지 않는 곳에 두지 않았다.

그래서 에이데스가 소중한 존재를 ‘지킬 수 없는 상황’에 둔 데 대해, 그는 분노하고 있는 것이리라.

“탐지 외에도 손은 써놨어. ……그리고 이건 웰미 자신이 원한 일이야.”

더는 상대하지 않고, 에이데스는 웰미의 흔적을 쫓기 시작했다.

흑막이 눈치챘어도, 이 탐지를 따돌릴 방법은 없다.

하지만 놈이라면 애당초 따돌릴 생각도, 웰미에게 위해를 가할 생각도 없을 것이다.

없다고 생각하지만.

─어서 내 이름을 불러, 웰미.

에이데스는 속으로 그렇게 중얼거리면서, 질주하기 시작했다.

※※※

『혼자 대치하겠다고?』

『응, 그 사람을 체포하기 위한 증거가 필요하잖아.』

『네가 굳이 위험을 무릅쓰지 않아도, 놈을 단죄할 증거는 반드시 찾아낼 거야.』

『에이데스가 못 찾아낼 거라고 생각하는 게 아니야. 개인적으로 할 말이 있어서 그래. 안 될까?』

『……。』

『후후. 싫은 모양이네. 정말로 싫다면 알았어. 뭐든지 당신이 시키는 대로 하기로 약속했으니까.』

『난 걱정하는 거야. …위험에 처하면 내 이름을 불러. 반드시, 웰미.』

─응, 알아. 에이데스….

그렇게 속으로 중얼거리면서.

"……?"

어렴풋이 의식을 회복한 웰미는, 낯선 천장을 보고 가볍게 눈을 깜빡거렸다.

머리가 무겁다. 하지만 그래도 서서히 의식이 또렷해지자, 과감하게 몸을 일으킨다.

판자로 둘러쳐진 벽, 높은 천장 밑에 창문이 하나 있는 방 안에는 웰미 혼자뿐이었다.

"여기는…?"

마차 안에서 강렬한 졸음기에 사로잡힌 이후로, 기억이 없다.

의식을 잃기 직전, 뭔가 은은한 꽃향기 같은 향기를 맡은 것 같았다.

웰미가 누워 있던 침대는, 조금 초라한 방에는 어울리지 않는 고급스럽고 포근한 것.

창문으로 빛이 들어오지 않고, 문 옆에 있는 조명 마도구가 은은한 빛을 발하고 있으니까, 시간은 밤.

하루를 꼬박 잠들어 있었다고 하기엔 몸이 별로 안 쑤시니까, 그리 오래 잠들었던 건 아니리라.

웰미는 심호흡을 몇 차례 하면서 가볍게 마음을 가라앉히고, 생각하기 시작했다.

"마술약도 사용한 건가…? 범인은 밖에?"

"여기 있어—."

웰미가 중얼거린 말에 대답하는 목소리가 들려서 그쪽을 본다.

문에서 잠금장치가 풀리는 소리가 나더니, 바깥쪽에서 달칵 열렸다.

모습을 드러낸 것은 한 청년.

"정신이 들었어—? 미이. 아, 시녀도 너도 그냥 잠만 재운 것뿐이니까 안심해—. 마부는 나였으니까 마차는 왕성 근처에 버려두고 왔지만—."

죄책감을 느끼는 기색도 없이, 푸른 눈을 가늘게 뜬 그는 우아한 동작으로 닫은 문에 기대서서 팔짱을 끼었다.

웰미는 예상했던 인물이 나타난 데 대해 긴장하는 동시에 안도하면서, 미소를 지어 보였다.

"어머, 즈미아노 님…. 이게 대체 어떻게 된 일이죠?"

즈미아노 오르블랜 후작 영식.

트루기스 님과 시졸다 님의 죽마고우이자… 웰미가 에이데스와 함께, 이번 건의 흑막으로 짐작하고 있던 인물이었다.

"그런 연기는 안 해도 돼—. 다 알고 있었잖아—?"

태연자약한 그 말에, 웰미는 고개를 가로저었다.

"알고 있었다고? 아니, 의심하고 있었을 뿐이야."

"그 정도면 충분하지 않아—?"

키득키득 웃으면서, 그는 입가에 손등을 갖다 댄다.

아까 왕궁에서 있었던 촌극에 관해, 그에게만은 한마디도 설명하지 않았다.

그런데도 끝까지 침착한 태도를 유지하고 있었기 때문에, 거의 확신하고 있었지만.

"대단하네. 에이데스가 흑막을 체포했다고 말했는데, 그새 도망치다니."

"마도경과 특무경이 직접 체포하러 왔다면, 솔직히 무리였을 것 같지만—."

즈미아노 님은 어깨를 으쓱하고, 가볍게 고개를 갸웃한다.

"운이 좋았던 것 같아—. 덕분에 미이하고 이렇게 이야기할 수 있으니까—."

예전에 웰미에게 접근했을 때부터, 지금에 이르기까지.

전혀 변함없이 어디까지나 경박 그 자체인 태도에, 웰미는 날카로운 눈초리로 질문을 던진다.

"이번 건은 진짜로 당신이 꾸민 일 맞아?"

"맞아—."

"…왜 이런 짓을?"

의심은 하고 있었지만, '그가 흑막'이라는 확신에 이르지 못했던 데는, 물증 외에도 두 가지 이유가 있었다.

하나는, 즈미아노 님이 확실하게 '매료의 성술'에 걸려 있었기 때문이다.

해주한 사람이 웰미 자신이니까, 그것은 틀림없다.

그가 흑막이라면, '자신에게 '매료의 성술'을 걸게 만드는 리스크'를 무릅쓸 이유를 찾을 수 없었던 것이다.

두 번째는, 그의 목적을 정말로 알 수 없었기 때문에.

이번 건에서, 결국 트루기스 님은 조종당하고 있었다고 들었지만, 사건의 목적 자체는 그 자신이 바란 일이었다.

그리고 지금 트루기스 님의 목적에 맞춰 사건을 일으킨 즈미아노 님이 이쪽에서 눈치챈 사실을 알면서 왜 웰미를 납치했는지도 알 수 없다.

미끼 역할을 고집하긴 했지만, 즈미아노 님이 정말로 실행에 옮길지는 미지수였다.

에이데스와 특무경을 속일 정도의 수완이 있다면, 그대로 도망치는 것도 가능했을 테니까.

그런 의문에, 즈미아노 님은 의문으로 대답한다.

"이런 짓, 이란 건 트루기스와 다른 사람들을 조종한 일—? 아니면 미이를 여기로 데려온 일—?"

"둘 다야."

"둘 다 대답은 같지만—."

즈미아노 님은 트릭을 공개하는 장난꾸러기 소년처럼 기쁜 얼굴로 말했다.

"—단순히, 너희에게 도전하면 재미있을 것 같아서 그랬어—."

라고.

※※※

즈미아노 오르블랜의 인생은 따분함으로 점철되어 있었다.

태생은 후작가.

권력도 있고, 제국에도 인맥이 있는 사이좋은 양친에게 사랑받으며 자랐고.

우수한 동생들이 있고, 총명하고 귀여운 약혼녀도 있고, 마음을 터놓을 수 있는 죽마고우들도 있고.

자신에게 주어진, 이국의 피가 섞인 미모와, 조금만 노력하면 뭐든지 금방 배우는 두뇌와, 비교적 뛰어난 편인 신체능력.

여성들마저도 조금만 사랑을 속삭여주면 쉽게 넘어온다.

그런, 혜택받은 모든 것들을.

―재미없는 것 같단 말이지―.

즈미아노는 그렇게 생각하고 있었다.

원하면 모든 것이 뜻대로 이루어진다.

그런 환경이, 어쩐지 전부 남의 일처럼 느껴질 뿐이었다.

즈미아노의 마음은 바닥없는 공허한 구멍과도 같았다.

모든 사물이, 그저 스쳐 지나가 미끄러져 떨어질 뿐인 구멍.

그 구멍의 바닥을 메워줄 무언가를 언제나 찾고 있었다.

찾는 김에 겸사겸사 제국에도 정기적으로 방문했고, 오르블랜 후작가와의 친교를 원하는 얄팍한 자들로부터 얼굴만 잠깐 마주쳐도 혼담이 빗발쳤다.

즈미아노에게는 이미, 약혼녀가 있는데도.

그런 혼담을 부드럽게 거절하면서, 하지만 약간의 여지를 주면서 기대하게 만들면, 영애들은 많은 이야기를 들려주었다.

―쉽네―.

즈미아노는 그녀들을, 정보 수집 대상으로밖에 보지 않았다.

영애들이 가진 정보와 소문은 대부분 시시하고 하찮은 것들이었지만, 그중에 섞인 몇 가지 유익한 정보를 건져 올린다.

그러는 동안, 사고력을 빼앗고 머리를 몽롱하게 만드는 향을 발산하는 약초의 존재를 알게 되었다.

'마음에 둔 상대와 기정사실을 만들고 싶다' 라는 속된 바람을 가진 자들과, '삶의 굴레에서 잠시나마 벗어나고 싶다' 라고 생각하는 자들 사이에, 그것이 은밀하게 퍼지고 있다는 이야기를.

―왜, 겨우 그런 일에?

즈미아노는 그렇게 생각했다.

―잘만 사용하면, 더 많은 일을 할 수 있는데?

어디에 쓸지를 생각하자, 흥미가 생기는 것 같았다.

심심풀이로 먼저 자신에게 시험해 봤더니, 과연, 이 향을 맡고 몽롱해지는 느낌이 기분 좋은 것 같았다.

하지만 머리 회전이 느려지는 게, 동시에 조금 불쾌한 것 같기도 했다.

그 후, 약초를 연구하고 성분을 추출해 효과를 강화한 【유혹의 향수】를 만드는 데 성공한 즈미아노는 영애들과 영식들에게 다양한 실험을 해 보았다.

그러자 사소한 일로 사이가 틀어진 자들이 사이좋게 어깨동무를 하고, 나쁜 짓을 한 자들이 스스로 그 악행을 폭로하는 모습을 보면서, 생각했다.

―이거, 쓸모 있는걸―.

사고의 방향을 유도하는 법을 알아낸 즈미아노는, 향수의 효능을 마술식에 집어넣어 개량해서, 더 강한 구속력을 가진 마도구를 만들어냈다.

【몽유의 팔찌】라 이름 붙인 그것은, 오히려 조종이 너무 잘돼서 재미가 없었다.

하지만 즈미아노에게 결여된 것을 채워주는 '무언가' 같기도 했다.

그래서 조금 위험한 다리를 건너, 그렇게까지 큰 소동이 벌어지지는 않을 만한 장난을 쳐본다.

그것을 알아차리는 사람이 있느냐, 없느냐.

그런 장난을 한바탕 끝낸 후에, 웰미 에르네스트의 재등장이 사교계의 화제가 된 것이다.

그녀에게는 예전에 한 번 흥미를 가진 적이 있었다.

―아아, 이 아이는 나랑 같은 타입의 인간일까―?

처음 봤을 때, 그렇게 생각했기 때문에.

화사하게 차려입고, 바보처럼 한심한 행동을 하는 주제에, 확실한 지성을 가진 영애.

웰미는 언제나 무언가를 찾고 있었고, 추악한 본성을 숨기기 위해서가 아니라, 목적을 가지고 가면을 쓰고 있었다. 사랑스러운 미모를 가진 자그마한 체구의 소녀는 많은 사람들에게 친밀한 모습을 보이면서.

하지만 손에 넣으려 다가오는 자의 손은, 실로 교묘하게, 피하고 있었다.

즈미아노는 왠지 흥미가 끌리는 것 같았다.

그래서 그녀에 대해 조사하고, 관찰했다.

자기 자신을 위한 것이 아닌 그녀의 책략을 꿰뚫어보았을 때, 즈미아노는 한순간이지만.

―재미있어!

그런 감정을, 오랜만에 자신의 감정으로서 이해한 것 같은 느낌이 들었다.

그래서 점점 더 흥미가 생겼다.

예전에, 언니를 맡길 상대를 찾고 있는 그녀의 계획을 안 직후에, 그녀에게 호감을 보이는 척하며 말을 걸어본 적이 있었다.

그녀는 그 주홍색 눈동자로 즈미아노를 물끄러미 쳐다본 후…, 입가에 숙녀의 미소를 띠고, 눈에는 명확하게 거부의 빛을 떠올리면서 이렇게 말한 것이다.

『죄송하지만― 당신은 저에게 흥미 따위는 없지 않나요?』

그렇게 순식간에 자신의 마음을 들킨 건 처음이었다.

"실은 말이야, 미이―."

지금도 납치당한 상황에서도 아름다운 자세로 침대에 앉아, 미소 짓고 있는 그녀에게, 즈미아노는 기분 좋게 대답했다.

"나는 미이가 이오라를 구하기 위해 세운 책략이 전부 끝난 후에, 미이를 감옥에서 빼내 제국으로 데려갈 생각이었어―."

제국으로 도망쳐버리면, 제아무리 능구렁이 국왕이라도 그리 쉽게 손을 뻗칠 수는 없으니까.

"…무슨 뜻이야?"

의아해하면서도, 웰미의 표정은 흐트러짐이 없다.

이것이 그녀의 전투태세다.

―드디어 정면으로 봤다―.

어쩐지 감개무량한 것처럼 느끼면서, 즈미아노는 이야기를 계속한다.

"끝난 후에 하려고 생각한 건 말이지―, 어렵게 세운 계획이 자신이 아닌 다른 사람에 의해 무너지면 기분이 상할 것 같아서 그런 거야―."

스스로를 파멸시키는 그 단죄극은, 그녀가 만든 것이었으니까.

완수한 뒤가 아니면, 건드려서는 안 된다고 생각했다.

"난 아마, 미이를 좋아하는 게 아닐까―? 그래서 지켜보고 있었는데, 눈치 없는 마도경이 계획을 방해하고 나서서, 미이가 불쌍하다고 생각했어―."

그래서 그녀가 사교계로 돌아왔을 때, 생각한 것이다.

이 마술약과 마도구를 이용해, 이번에는 자신이 웰미와 놀아야겠다고.

"이번에는 성공적이라 기분 좋았지―? 네 뜻대로 모든 게 진행됐잖아―."

그렇게 말을 던져보았지만, 웰미는 대답하지 않았다.

그녀는 잠자코 이쪽을 응시할 뿐이다.

"전에는 구해주고 나서 미이를 내 아내로 삼을까도 생각했어―. 같이 있으면 심심하지 않을 것 같으니까―."

한순간이나마, 자신의 감정을 움직인 상대였으니까.

그러자 웰미는 더 진하게 미소 짓는다.

"어머, 그렇게까지 나를 원하다니 기분이 나쁘진 않네."

"그렇지? 그러니까 마도경은 버리고 나에게 오지 않을래―? 조건은 나쁘지 않다고 생각해―."

"오르밀라주 후작가와 대우가 같을 정도야?"

"응."

즈미아노는 이해득실로 따지자면, 정말로 자신은 나쁘지 않은 편이라고 생각하고 있다.

그도 그럴 것이 오르블랜 후작가도 상당히 부유한 집안인 데다, 즈미아노는 마음만 먹으면 웬만한 지위쯤은 맨주먹으로도 얼마든지 얻을 수 있기 때문이다.

하지만 그녀는 고개를 가로저었다.

"아니, 싫어. 즈미아노 님은, 전에 나한테 말을 걸었을 때, 내가 한 말을 기억해?"

"물론이지―."

"당신은 그때 이후로 변한 게 하나도 없어."

웰미는 조그맣게 후후 웃고서, 부채를 얼굴 앞에 펼쳤다.

"당신을 선택해도 아마 심심하지는 않을 거야. 당신은 실은 재치 있고, 놀랍도록 똑똑하고, 표면상으로는 쾌활하니까. 하지만 나는 그 사람을 선택하겠어. 당신과 그 사람 사이에는 명확한 차이가 있으니까."

"흐음, 그게 뭘까—? 가르쳐줘—."

그러자 웰미는 그때와 똑같이 단호하게, 이렇게 말했다.

"나를 좋아한다는 건 거짓말이야. 당신은 나에게 전혀 관심 없어."

그것은, 그때와 똑같은 거절의 말.

"그러니까 아마 싫증나면 버릴 거야. 하지만 그 사람은 나를 사랑해. 나를 최우선으로 생각해줘. 당신은 할 수 없는 일이야."

즈미아노는 그게 사소한 차이라고 생각했지만, 웰미에게는 큰 차이라는 걸 어쩐지 알 것 같았다.

하지만 왠지 대화를 계속하고 싶어서, 반박해 보았다.

"상대가 싫증내지 않도록 노력하는 것도, 함께 살아가기 위해서는 중요한 일 아냐—?"

"맞아. 노력을 게을리할 생각은 없지만, 그 노력을 바칠 상대도 그 사람이 좋아."

"그렇구나—."

즈미아노는 그녀의 대답에, 얼굴 가득 웃음을 지어 보였다.

그리고 화제를 바꾸었다.

"있잖아, 미이. 너는 내가 이 소동을 일으켜서 화났지—?"

그러자 그녀는, 거기서 처음으로 표정을 슥 지웠다.

미인이 그런 표정을 하니까, 대단히 박력 있는 것 같았다.

"당연하지. —이번 일이 나 때문에 일어났다고 한다면, 더더욱."

즈미아노는 이쪽의 의도를 알아차린 웰미에게 박수를 보냈다.
그렇다.
그녀가 이오라를 대신할 미끼가 되어 사교계에 돌아오지 않았다면, 사건은 일으키지 않았을 것이다.
그녀의 재등장을 알고, 그녀와 어떻게 놀지를 궁리하고 있을 때.
『리로우드 백작 영애가 레오니엘 왕태자 전하의 약혼녀가 된다면, 달리스테아 양을 향한 트루기스의 사랑도 이루어지지 않을까?』
시졸다가 그런 의논을 해온 것이다.
솔직히 어찌 되든 상관없다고 생각하면서도, 마침 좋은 기회라 즈미아노는 이야기를 들으러 트루기스를 찾아갔다.
그러자 트루기스는.
『…달리스테아 양이 왕태자 전하와 맺어지기를 원한다면, 그녀의 뜻을 존중하고 싶어.』
그렇게 말해서, 그가 원하는 대로 해주는 형태로 움직이기 시작했다.
다만, 즈미아노는 일이 어떻게 되든 상관없을 뿐이지, 죽마고우들이 싫은 것은 아니다.

—뭐, 만에 하나의 경우가 발생해도, 슬퍼하는 사람은 적은 편이 좋겠지—.

일단 그렇게 생각하고, 웰미에게 이기든 지든 상관없도록 움직였다.
즈미아노가 이기면, 결국 그녀를 구해내 제국으로 갈 뿐이고, 지면 지금의 상황이 되도록 해둔 것이다.

테레사로를 이용하기로 마음먹은 것은, 전에 우연히 그녀가 동물에게 '매혹의 성술'을 거는 모습을 본 기억이 떠올랐기 때문에.

타이글림이 그녀에게 입단속을 한 사실도 알고 있었지만, 그거야말로 아무래도 좋았다.

정신조작 마도구와 마술약 관련 소문을 퍼뜨리고.

그걸 침투시키는 동안, 죽마고우들과 함께 제국으로 여행을 떠났다.

제국과, 중앙대륙 전체에 신도를 거느리고 중립적인 입장을 유지하는 성교회에 '라이오넬 왕국에 내란 조짐이 있다'라는 소문을 퍼뜨려, 두 세력이 '핑크색 머리와 은색 눈동자의 소녀'를 얼마나 중시하는지 확인했다.

아마도 성교회 쪽에서는, 내란이 일어나기 전에 적극적으로 관여해 테레사로를 자신들에게 데려오고 싶어하는 것 같았고, 제국은 반대로, 상황이 안정될 때까지 지켜보는 입장을 취할 것 같다고 파악했다.

그리고 트루기스에게【몽유의 팔찌】를 채우고, 여행에서 귀국한 후.

마침 알맞은 위치에서 여성들과 염문을 뿌리는 의형제 세이파르트에게도 팔찌를 채워, 테레사로에게 접근하도록 조종했다.

그녀와 소포일의 약혼 파기도, 노는 동안, 말을 잘 듣게 만들기 위해 한 것뿐이다.

놀이가 끝나면 원래대로 되돌려놓으면 그만이고, 테레사로가 성교회에 들어간다면 그래도 상관없다는 정도의 가벼운 마음이었다.

성녀의 힘을 이용하면, 마술약과 팔찌만 사용하는 것보다 정보가 복잡해져서, 즈미아노를 추적하기 어려워진다.

마무리로 왕태자 전하와 웰미가 함께 있을 때를 노려, 테레사로에게 말을 걸게 시켰다.

예상대로 웰미는 방해했고, 테레사로에게서 정보를 알아내 즈미아노의 책략을 알아차렸다.

—과연 나에게 도달할 수 있을까—?

그녀와 마도경에게 도전하는 것은, 시시한 자들을 상대하는 것보다
즐거운 것 같은 놀이였다.
그리고 벌어진, 세 영애와 다섯 영식의 경연.

—주인공은 물론 웰미 리로우드다.

극적 장치를 더한, 절망이 소용돌이치는 희극의 막은 올랐다.
한 어릿광대, 즈미아노의 계획대로.
웰미와 그 주변 인물들은 이쪽이 노리는 바를 모조리 간파하고, 멋지
게, 안착시켜 보였다.

—역시 대단해—.

뒤에서 마도경과 특무경이 정신조작 마술약의 제조공장을 알아내 침
입한 것은 그냥 내버려두었다.
그것도 노리던 바였기 때문이다.
'제국측에서 왕국 내에 제조장을 만들어, 라이오넬 왕국의 내란을 꾀
하고 있다'라고 오해하게 만들기 위해, 제국의 문관 한 명에게 팔찌를
채워, 그자에게 만반의 준비를 시켜두었던 것이다.
예상대로 제국의 개입을 암시한 시점에 특무경은 신중해졌고, 즈미
아노가 지면 '제국 문관의 죄'가 왕국에 주는 보수… 즉, 제국에 대한 교

섭 카드가 된다.

　제국과의 파워 밸런스를 유리하게 가져갈 수 있는 기회를 그 능구렁이 국왕이 놓칠 리 없고, 마도경들의 주가도 올라갈 것이다.

　즈미아노는 승패에조차 집착이 없었다.

　어느 쪽으로 굴러가든, 전부 자신의 뜻대로 될 뿐이니까.

　'결과' 따위는 즈미아노에게는 그저 따분한 답.

　한 가지 유감스러운 것 같은 점은, 웰미와 노는 시간은 이미 끝나버렸다는 것, 오직 그것뿐이었다.

※※※

　―진짜로, 까불지 말라고.

　마음속의 분노가 목소리에 묻어나지 않도록 꾹 눌러 참으면서, 웰미는 최대한 냉담하게 묻는다.

　"테레사로를 시켜 당신에게도 '매료의 성술'을 걸게 한 건 일종의 위장술이었어?"

　그러자 즈미아노는 순순히 고개를 끄덕였다.

　"맞아―. 하지만 그 성술에 걸리면 어떻게 되는지에 관해서는 흥미가 있었어―."

　그는 희색이 만면해서 이야기하기 시작한다.

　"직접 걸려 보니까 이해의 정도가 완전히 달라―. 내친김에 '매료의 성술'과 비슷한 효과를 가진 '매혹의 마술'이라는 금기 마술에 관한 문헌도 마도성 도서관에서 모조리 찾아 읽었어. 그때 내친 김에 마술약에 관한 논문도 힌트로 놔뒀는데―. 도움이 됐지―?”

그러나 희희낙락한 것은 겉모습일 뿐, 그에게는 모래처럼 꺼끌거리는 위화감이 있다.

기본적으로 즐거워 보이는 그는, 에이데스처럼 감정을 숨기고 있는 게 아니라, 마치 감정이 없는 것처럼 번들거리는 기분 나쁜 눈빛을 하고 있어서, 그 속을 알 수 없다.

“그래가지고―.”

같은 언어를 사용하는데도 말이 전혀 통하지 않는 듯한, 그런 위화감.

즈미아노는 자신의 위험에도, 타인의 감정에도 완전히 무관심하고.

그의 죽마고우들, 달리스테아 님과 테레사로, 그리고 웰미처럼… 그에게 휘둘린 사람들의 마음도.

모르는 게 아니라, 알면서도 아랑곳하지 않고, 그저 하고 싶은 대로 제멋대로 행동하고 있다.

그런 일종의 천진난만한 행동 끝에.

“정신조작계 마술을 연구해서 완성한 게 바로 이【복종의 팔찌】야―.”

즈미아노는 팔짱을 풀고서, 잘그랑 소리를 내며 ‘그것’을 이쪽을 향해 보여준다.

한눈에 봐도 소름 끼치는 불길함이 느껴지는, 시커먼 팔찌였다.

“트루기스에게 채운【몽유의 팔찌】보다 더 굉장한 거야―, 이건. 만드는 방법이 새어나가면 당장에 금기 마도구로 지정될걸―? 마술이라서 해주도 안 되고, 한 번 차면 주인님의 명령 없이는 뺄 수도 없어―.

정령의 힘도 안 통하는 '흑정석'을 부숴서 만든 거니까—."

그 말에, 웰미는 숨을 삼킨다.

정령의 힘이 통하지 않는다는 것은, 아버지와 자신의 해주도 통하지 않는다는 뜻.

'흑정석' 자체도, 이 나라에서는 수입 금지품으로 지정된 물품이다.

"…그 팔찌를 만들기 위해, '매료의 성술'을 자신의 몸으로 직접 시험한 거야?"

"만들기 위해서는 아니었지만, 그래 뭐. 【유혹의 향수】와 【몽유의 팔찌】도 모두 시험해 봤어—. 뭐니 뭐니 해도 직접 써보는 게 제일 빠르잖아—?"

정말로 상식을 벗어나도 한참 벗어나 있다.

웰미는 분노를 느끼면서도, 왠지 즈미아노에게 조금 연민을 느꼈다.

그는 어째서 이토록.

"당신은 뭐든지 가질 수 있는 입장에 있으면서… 왜 파멸을 바라는 거야?"

"응—? 딱히 바라진 않는데—?"

즈미아노는 웃으며 고개를 갸웃하지만, 마치 인형이 연기하는 것처럼 인간미가 없다.

"그럼 왜 이런 소동을 일으켰어?"

"응? 아까 말했잖아—?"

즈미아노는 문에 기대고 있던 몸을 똑바로 세우고 웰미를 향해 한 걸음 다가왔다.

"너랑 마도경이랑, 진지하게 놀아보면 재미있을 것 같았기 때문이야

—.”

“진지하게…?”

“응, 일단 전부를 건 느낌이잖아—? 친구며, 지위며, 내가 소중히 여길 만한 걸 전부 걸고 도전한 거니까—.”

“그래? 그럼 전부를 건 진지한 놀이는 재미있었어?”

즈미아노는 웰미의 질문에, 생각에 잠긴 표정으로 고개를 갸웃했다.

“그런 것 같긴 한데, 잘 모르겠어—.”

그 말에서만, 비로소 그의 속마음이 아주 조금 보인 느낌이었다.

—모르겠다, 고?

웰미는 슬슬, 마음속의 분노를 억누르기가 힘들어지기 시작했다.

솔직히 언동과 태도보다도, ‘에이데스가 웰미를 방해했다’고 말한 것을 용서할 수 없다.

“자, 너의 기사는 이걸 채우기 전에 너를 구하러 와줄까—?”

즈미아노의 질문에, 웰미는 어금니를 꽉 깨물었다.

“당신에게 이 말만은 꼭 해두겠어.”

“뭔데—?”

“그 사람은 나의 기사가 아니라 킹이야. …구하러 오든 안 오든, 내가 퀸이 되기를 선택한 사람이야.”

그의 가벼운 어조에 맞춰 보드게임에 비유하고 나서, 웰미는 그의 말을 정정한다.

‘뭐든지 시키는 대로 할 테니까’ 라고 에이데스에게 자신의 전부를 바친 것은.

그 자리에서 그의 손을 잡은 것은… 웰미 자신의 의지이자 선택이었다.

"그 사람은 나를 방해하지 않았어. 그 사람은, 구해준 거야."

드레스 자락을 꽉 움켜쥐고, 웰미는 즈미아노를 노려본다.

"언니뿐 아니라, 나의— 나의 마음까지 구해줬어!"

실은 웰미도 언니와 함께 있고 싶었다.

집에서도, 귀족학교에서도.

언제나 함께 웃고, 소소한 이야기를 나누며 함께 지내고.

서로 소중한 사람과 결혼해, 편지를 쓰고, 종종 만나는… 그런 '행복'을 웰미는 한 번은 단념했던 것이다.

각오를 다지고, 모든 걸 버리고.

그것을, 그 사람은.

웰미의 소중한, 웰미를 소중히 여겨주는 그는.

"그 사람은 내 계획을 부수고, 나를 받아들여줬어! 내가 필요하다면서!"

교수대를 바라보고 있던 웰미의 시야에 파고들어, '그런 미래는 보지 않아도 돼' 라고.

그리고 대신— 언니와 함께 웃을 수 있는 미래를 준 것이다.

언제나 원했지만, 손에 넣을 수 없었던 그것을.

"방해했다, 고?! 헛소리하지 마!"

에이데스는 웰미를 품에 안고, 꿈꾸던 풍경을 보여주었다.

"그 사람은 내 전부를 지켜줬어! 내 소중한 것을, 전부! 소중한 존재를 희생시킨 당신 따위가…, 내 긍지를 땅바닥에 처박은 채 허울 좋은 '구원'을 강요하기 위해 지켜보고 있었을 뿐인 당신 따위가—!"

격앙되는 감정을 거침없이 폭발시킨다.

"—나의 에이데스를 모욕하지 마!"

웰미가 내뱉은 말을 듣고.

즈미아노는 눈을 깜빡인 후에… 손끝으로 가볍게 볼을 긁적였다.

"그래—? 미안해—."

그가 입에 담은 사과의 말은, 이쪽을 무시하는 것도, 장난치는 것도 아닌.

어깨를 살짝 부딪쳐 불평을 들은, 그런 정도의 한없는 가벼움이었다.

—아아, 이 사람은.

텅 비었구나, 하고 웰미는 생각했다.

어떤 감정을 맞닥뜨려도, 전혀 개의치 않고.

그건 어쩌면, 언제나 고독한 것과 같은 게 아닐까, 하고 웰미는 생각한다.

좋은 감정이든, 나쁜 감정이든.

타인에게 받은 만큼, 그 감정을 돌려줄 수 없다면… 그것은 매우 공허하리라. 즈미아노가 살아온 시간은 분명, 지금까지 그런 공허함에 지배당해 온 것이다.

그걸 이해했다고 해서, 그를 납득할 수도 없을뿐더러 같은 마음이 될 수도 없지만.

―굉장히 불쌍한 사람이구나.

어떤 말도, 점점 가까이 다가오는 즈미아노에게는 닿지 않는다.

하지만 웰미의 목소리는 그 사람에게는 닿는다.

광원이 차단될 만큼 바짝 다가온 그의 얼굴에 그림자가 드리우고, 그 손이 웰미의 목덜미에 닿은 순간.

『―거기까지다.』

낮게 울린 그 말은, 귀에 익은 에이데스의 목소리였다.

※※※

"…어라―?"

즈미아노가 뭔가 깨달은 것처럼 그렇게 중얼거린 것과 동시에.

그의 몸을, 어디선가 나타난 밧줄이 저절로 칭칭 감아나간다.

닿을 뻔한 팔이 밧줄에 잡아당겨져 뒤로 끌려 내려가, 웰미의 목에서 멀어졌다.

그대로 뒤로 손을 결박당한 즈미아노의 목에… 검이 겨누어졌다.

"…어?"

웰미는 느닷없이 자신의 그림자에서 나타난 청년을 올려다보았다.

하지만 그것은 에이데스가 아니라…… 아까【왕태자 전하 약혼 피로

연)에서 위병에게 끌려 나간 빨간 머리 청년.

"트루기스 님?!"

군단장의 아들인 그가 검을 쥐고 그곳에 서 있었다.

그리고 또 한 사람.

"조마조마했습니다, 마도경. 신호가 있을 때까지 움직이지 말라는 지시는 심장에 매우 안 좋군요."

트루기스 님과 마찬가지로 그림자 속에서 뛰쳐나와, 즈미아노에게 왼손을 내밀고 있는 외눈 안경의 청년, 시졸다 님이 심각한 표정으로 그렇게 말했다.

왼손에 낀 반지가, 보조마술이 발동하고 있음을 알리는 초록색 빛으로 물들어 있다.

밧줄로 즈미아노를 결박하고 있는 사람은 아마 시졸다 님이리라.

"다, 당신들이 어떻게 여기에?"

"만에 하나에 대비해, 네 호위로 붙여놨어."

웰미의 질문에 당연하다는 듯이 대답하는 소리가 들려, 목소리가 난 쪽으로 눈길을 향했다.

어느새, 열린 문 앞에 에이데스가 서 있었다.

"좀 더 빨리 내 이름을 부를 줄 알았는데 말이지."

"…미안해."

심기 불편해 보이는 그의 모습에, 조금 미안하게 생각하면서 웰미는 어깨를 움츠렸다.

"즈미아노 오르블랜, 납치 현행범이다. 그냥 넘어갈 거라 생각하는 건 아니겠지?"

에이데스의 눈에는 얼음장처럼 차가운 분노가 떠올라 있고, 온몸에서 발산하는 마력이 마치 싸늘한 안개처럼 주위에 감돌고 있다.

하지만 즈미아노는 전혀 개의치 않는 모습으로.

"마도경, 그건 무슨 마술이야…? 느닷없이 기척이 튀어나왔는데…."

"…웰미와 나는 서약서에 의해 혼인을 약속하고 영혼의 계약을 맺었다. 이름을 부르면, 그걸 지표로 전이 마술 정도는 행사할 수 있어."

"그렇구나…. 역사 속으로 사라진 마술을 아무렇지도 않게 사용하다니 굉장하네…. 트루기스가 숨어 있었던 건 '그림자 건너기' 마술인가? 기척도 없었는데, 그런 희귀한 마술은 또 언제 터득한 거야…?"

그의 질문에, 트루기스 님은 못마땅한 얼굴로 한숨을 내쉬었다.

"2년 전쯤에."

"숨기고 있었구나. 너무해…. 말해줬으면 경계했을 텐데…."

"원래부터 비장의 무기로 쓰려고 익힌 거야. …정면승부로는 도저히 아버지를 이길 수 없으니까."

"오호라, 그걸로 군단장님을 이겨서 후계자로 인정받은 거구나…. 응, 너다운 기술이라 좋은 것 같아…."

"넌 결박당하고도 어떻게 태도가 변하질 않냐?!"

별 중요하지도 않은 그런 잡담이나 하고 있을 상황이 아닌 것이다.

하지만 즈미아노는 아하하 웃고서, 손을 뒤로 결박당한 채로 재주 좋게 어깨를 으쓱했다.

"안 변하지, 그럼…. 그리고 미이를 구한 건 역시 기사였네…. 호위까지 있을 줄은 몰랐지만, 그래도 내가 이겼어…."

여전히 가벼운 어조로 말하는 그를 보고, 트루기스에 이어 웰미도 깊은 한숨을 내쉬고, 말을 건넬 상대를 바꾸었다.

"두 분은 대체 언제부터 쫓아온 거죠?"

웰미의 질문에, 시졸다 님이 대답해주었다.

"피로연이 끝나고, 당신이 마도경의 휴게실에서 나왔을 때부터입니다."

시졸다 님 일행은 피로연장에서 위병에게 끌려 나가는 연기를 한 뒤, 곧바로 에이데스가 사용할 예정이었던 휴게실의 옆방에 숨어 있었다고 한다.

웰미가 방에서 나온 타이밍에 에이데스가 그들에게 인식저해 마술을 걸었고, 즉시 그림자 속에 숨었다는 이야기였다.

"트루기스, 님은….."

"경칭은 안 붙여도 괜찮습니다. 당신에게는 폐를 끼쳤군요."

"어머나, 그럴 순 없어요. …트루기스 님은 즈미아노에게 조종당하고 있지 않았나요?"

"…그 이야기는 나중에 오르밀라주 후작에게 들으면 안 될까요."

자기 입으로는 별로 말하고 싶어하지 않는 것 같아서, 웰미는 그 이상 캐묻지 않았다.

"자, '체크메이트'다, 즈미아노."

"그런 것 같네…. 고마워…."

"뭐가 고맙다는 거지?"

"미이와 이야기할 시간을 줘서…. 그리고 나를 막아줘서 다행인 것 같기도 하고…."

여전히 남의 일처럼 말하는 즈미아노의 태도에, 에이데스가 한쪽 눈썹을 치켜올린다.

"애당초 너는 웰미를 해칠 생각은 없지 않았나?"

"어라? 그것까지 알고 있었구나…."

또, 아하하 웃은 즈미아노가 가볍게 몸을 움직이자, 찰카닥 하는 작은 소리가 울린다.

"지금 뭘 한 거야?"

웰미가 경계하며 묻자, 즈미아노는 웃으면서 폭탄선언을 했다.

"아아, 【복종의 팔찌】를 나에게 채운 것뿐이니까, 신경 쓰지 마…."

"……뭐?"

"미이에게 접촉할 수 있어서 다행이었던 것 같아…. 안 그러면 마도경을 주인으로 삼을 수밖에 없었으니까…. 어느 쪽이든 상관없지만, 난 역시 미이가 더 좋은 것 같아…."

"대, 대체 무슨 소리야?!"

영문을 알 수 없었다.

그 무시무시한 저주의 물건을, 자기 자신에게.

"아, 이제 좀 놔줘…. 전부 꿰뚫어보고 있었다면, 내가 이제 저항하지 않는다는 것도 알잖아…?"

즈미아노의 말에, 에이데스는 잠시 그의 얼굴을 물끄러미 응시한 후, 조용히 고개를 끄덕였다.

"설마 웰미에게 자신의 목숨까지 바칠 작정인 줄은 몰랐지만…."

"졌으니까…."

여전히 변함없는 즈미아노의 태도에, 트루기스 님과 시졸다 님도 당황하며, 에이데스의 허가를 얻어 결박을 풀어준다.

"그 팔찌는… 뭐야?"

"말했잖아, 【복종의 팔찌】라고…. 처음부터 내가 차려고 만든 거라, 세상에 딱 하나뿐이야. 참, 연구 성과는 다 태워버렸으니까, 복제는 불가능해―."

그 말을 듣고, 살랑살랑 흔드는 그의 손을 보니, 검은 팔찌는 확실히 즈미아노의 손목 사이즈에 딱 맞는 것 같았다.

"자신이 차기 위해?"

"응, 아까 미이에게 접촉했을 때, 주인님으로 지정했어—. 네가 나보고 죽으라고 하면 난 죽을 거야. 그거 말고 나를 죽일 방법은, 음, 팔찌를 억지로 빼면 아마 죽으려나—? 대신 안타깝지만, 마술로 불태워도, 목을 베어도, 물속에 던져 넣어도 죽지 않는 몸이 돼버렸어—."

그러면서, 아주 편리한 노예지? 라고 천연덕스럽게 말해서, 웰미는 경악을 감출 수 없었다.

"나를 죽일 수 있는 건 미이뿐이야."

"보아하니, 정신간섭 마술을 이용해, 금주에 가까운 분령(分靈)의 주술을 사용한 모양이군."

에이데스의 말에 "정답!" 이라고, 즈미아노는 고개를 끄덕였다.

"영혼을 내 몸과 팔찌와 미이 안, 이렇게 셋으로 나눴어. 참, 아까도 말했지만, 해주는 불가능해—. 지배권 양도는 가능하지만—."

"의, 의미를 모르겠어…. 무슨 목적으로 그런 짓을…?"

"미이에게 내 영혼의 조각을 준 것 말이야? 그건 미이가 진심으로 싫어하거나 안 된다고 생각하는 일을 내가 못 하게 하기 위한 제약이야. 일일이 물어보거나 명령하기도 귀찮잖아—?"

"그게 아니라! 왜 자신에게 그런 짓을 했느냐고?!"

웰미의 질문에, 즈미아노는 어리둥절한 것 같았다.

"뭐? 그야 내가 졌으니까—. 붙잡히면 사실 처형밖에 없잖아—? 내 우외환을 유발하고, 금주에 손대고, 법에 저촉되는 정신조작까지 했으니 살 길이 없는걸—."

당연하다는 듯한 그 말에, 웰미는 할 말을 잃었다.

확실히 그가 저지른 죄는, 그 정도로 막중하지만.

"죽어도 상관없지만—. 일단 내가 생각해도 난 죽이기에는 아까운 능력이 있는 것 같고—. 미이를 납치한 이유는 단둘이 이야기해 보고 싶었던 것도 있고, 이긴 미이가 결정해주길 바랐기 때문이야—."

"…뭐를?"

어쩐지, 그 다음에 이어질 말을 알 것 같은 느낌이었다.

솔직히 별로 물어보고 싶지 않았지만, 물어보지 않을 수 없다.

"나를 여기서 죽일지, '그림자'로 써먹을지 말이야."

즈미아노는 머뭇거리는 기색조차 없이 태연하게 말했다.

"말해두지만, 도움은 될 거야—. 그리고 가까이서 지켜보면, 마도경이나 미이처럼 될 수 있는 방법이 떠오를지도 모를 것 같으니까—."

즈미아노는 지금까지처럼 경박한 웃음을 짓고 있었지만.

"난 소중히 여긴다거나, 지킨다거나, 주저한다거나 하는 감정을 알고 싶어도 잘 모르니까—."

그 말에.

웰미는 그가 원하는 바를 어쩐지 알 것 같았다.

동시에 어이가 없기도 했다.

"…바보 아냐?"

그런 것 같아, 그런 것 같아, 라는 말 속에, 자신이 정말로 하고 싶은 게 숨어 있다는 사실을 모르는 걸까.

그리고 지금 말한 이유가, 자신의 행동을 구속하는 이유이자.

처음부터 질 작정이었다고 말하는 것이나 마찬가지라는 사실을.

“소중하게 느껴지는 것 같다면, 그건 이미 이해한 거나 다름없잖아.”

“무슨 뜻이야—?”

“모르면 됐어.”

어리둥절한 즈미아노는, 이 엄청난 소동을 일으켜놓고, 자신에게 족쇄를 채웠다.

그는 아마 스스로는 멈출 수 없었던 것이다.

그래서 외부에, 그것을 원했다.

팔찌는, 그가 멈출 수 없는 자신을 멈추기 위해 만들어낸 억지력 그 자체. 그렇다면 그 목숨을 어떻게 사용할지 결정할 사람은 웰미가 아니라…, 소중하게 느끼고 있었지만, 소중히 여겨지지 않았던 사람들.

“…트루기스 님, 그리고 시졸다 님.”

““네.””

“어떻게 하실래요? 이 사람을. 저는 당신들이 결정할 일이라고 생각해요.”

그들에게 선택을 맡기자, 두 사람은 눈빛을 교환하고 나서 즈미아노를 쳐다본다.

“즈미, 너는… 결국 뭘 하고 싶었던 거지?”

말하기 몹시 곤란한 듯이 묻는 트루기스 님에게, 즈미아노는 태연하게 대답했다.

“미이랑 놀고 싶었던 것뿐이야—. 그리고 달리스테아를 전하의 약혼녀로 만들어주고 싶다고 한 사람은 너잖아—? 그래서 이왕이면 그 바람을 이루어주려고 한 것뿐이야—. 내가 이기면, 트루기스와 달리스테아는 대역죄를 막아 국가에 공헌한 영웅이 되니까—.”

“…질 경우에는?”

"네가 달리스테아에게 사과하러 갈 구실이 되잖아? 내친 김에 고백도 하든가—?"

무슨 문제라도 있어? 라며 고개를 갸웃하는 즈미아노의 모습에, 트루기스 님의 미간에 주름이 한층 깊어진다.

모든 게 전부, 잘못되어 있었다.

특히, 감정적인 부분을 고려하는 것 같으면서 전혀 고려하지 않은 부분이.

"나는 살려둬도 상관없다고 생각한다만."

에이데스는 의미심장하게 이쪽을 보고 나서 말을 이었다.

"실제로 우리에게 복종한다면 아주 쓸모 있어. 웰미를 노린 건 마음에 안 들지만…, 그 행동력과 두뇌는 평가할 만해."

에이데스는 항상, 적의를 거침없이 드러내는 기개 있는 사람이 좋다고 말한다.

웰미에게 관심을 가진 이유도, 실제로 그런 느낌이었다.

즈미아노는 거기서만 약간 불만스러운 표정을 지어 보인다.

"노리긴 뭘 노려. 내가 당신보다 먼저 눈여겨봤는데—."

"그게 뭐? 만난 순서나, 너와 내가 어떻게 생각하지는 크게 중요하지 않아."

"……?"

에이데스가 그렇게 말하는데도, 즈미아노는 의아한 얼굴을 한다.

"중요한 건 웰미가 나를 선택하고 사랑했다는 사실이야."

망설임 없는 어조로, 그는 단언했다.

—단언하지 말아줬으면 좋겠는데.

다른 사람 앞에서 그런 식으로 말하면, 부끄러워 얼굴이 화끈거린다.

하지만 에이데스는 아랑곳없이 말을 이었다.

"선택할 권리는 웰미에게 있어, 그녀에게 선택받은 사람은 네가 아니었고, 단지 그뿐인 이야기야."

"선택권이 미이에게 있다는 건 알아—."

"과연 그럴까? 너는 타인에게 주기만 할 뿐이지, 그게 타인이 원하는 형태인지는 생각하지 않아. 동화 속 악마처럼, 사람의 소망을 그 사람이 원하지 않는 형태로 이루어줄 뿐이야."

"엥—. 목적만 달성되면, 과정은 상관없는 거 아냐—?"

"논리뿐 아니라 감정으로도 움직이는 게 사람이고 세상이야. 대가를 바라지 않고 멋대로 주기만 하려면, 그런 일그러진 너라도 좋다고 말해 주는 여성을 반려자로 만나면 돼."

웰미는 즈미아노를 '주어진 감정에 응하지 못하는 사람'이라고 생각했지만, 에이데스의 생각은 다른 것 같았다.

'주기만 할 뿐 대가를 바라지 않기' 때문에, 수단을 잘못 선택하고 소통이 안 되는 거라고.

"다른 여자에게 목숨을 저당잡힌 너를 받아들여줄 여성이 있을 경우의 이야기지만."

그렇게 마무리하고, 에이데스는 즈미아노의 목숨의 선택을 맡긴 두 사람에게 눈길을 향했다.

"있을까—?"

즈미아노가 여전히 아무래도 좋다는 듯이 고개를 갸웃하자, 트루기스 님이 탄식하고, 시졸다 님은 허탈하게 천장을 올려다보았다.

"…있지, 왜 없어."

"니니나의 고생을 전혀 모르는 것 같군요…. 차라리 죽는 편이 그녀에게는 더 나을지도 모르겠습니다.”

“니니나?”

그 이름은 어디서 들어본 것 같기도 하다.

“아아, 내 약혼녀야—. 신년 인사 때 말고는 일 년 내내 영지에만 틀어박혀 있는 특이한 아이—.”

“엉?! 그럼 당신은 옛날부터 약혼녀가 있었으면서 나한테 추근거린 거야?! 아바인급으로 쓰레기잖아!”

“그치만 내가 죄를 지은 게 밝혀지면, 어차피 약혼은 파기될 테니까—. 그리고 그 아이에겐 나 말고 다른 남자가 더 나을 것 같기도 하고.”

“…너, 그 말은 니니나 앞에서 절대 하지 마라.”

“여기서 더 그녀에게 부담을 주지 말았으면 합니다.”

트루기스 님과 시졸다 님이 다짐을 놓은 것과 동시에, 웰미는 그 이름을 어디서 들었는지 떠올렸다.

“혹시 당신의 약혼녀는 카르크펠트 백작 영애?”

“앗, 알아—?”

“정신치유와 약초연구의 재원이잖아!”

들은 적 있는 게 당연하다.

그녀는 언니보다도 훨씬 먼저 상위 국제 마도사 자격을 얻은 여성이다.

어릴 때부터 다양한 병의 치료법을 발견한 인물로, 교과서에 ‘실리는 쪽’인, 살아 있는 천재.

귀족학교에는 안 다녔기 때문에 면식은 없지만…. 그런 약혼녀가 있으면서 이런 말도 안 되는 소동을 벌이다니.

“당신은 진짜로 지옥에 떨어질 거야.”

“알아—.”

"…정말로 말을 하면 할수록 사람을 기운 빠지게 만드는 재주가 있네…."

자각이 있음에도 말이 안 통하는 상대와 이야기하는 것은 매우 피곤한 일이다.

"그래서 두 분은 결국 이 사람을 어떻게 처리할 작정이죠?"

말투에 조금 짜증이 묻어났지만, 질문을 받은 두 사람은 신경 쓰지 않는 눈치였다.

"…이런 녀석이지만, 악행으로 치달은 원인은 우리에게 있고, 그로 인한 행동이었습니다."

"속죄한다면, 셋이 함께 하고 싶습니다."

트루기스 님과 시졸다 님이 조심스럽게 결론을 내려서, 웰미는 즈미아노에게 선언했다.

"그럼 이제부터 속죄를 위해, 그동안 무슨 짓을 했는지 전부 말해. 그 후에 철저하게 부려먹어줄 테니까. 휴식 따위는 꿈도 꾸지 마. 그리고 내가 당신의 주인 노릇을 하는 건, 기간 한정이야."

"왜?"

"당신의 목숨 따윈 필요 없으니까. 일단 두 가지 명령을 내릴 거야. 하나는, 소중하게 느껴지는 '것 같은' 존재를 소중히 여길 것."

"응, 알았어—."

"나머지 하나는, 니니나 님에게 이야기하러 가. 자신의 죄와 멍청함을 전부 털어놓고, 그녀가 그런 당신이라도 괜찮다고 말하면 나에게 소개해. 알겠어?"

"알았어—."

웰미는 콧방귀를 뀌고, 마치 어린아이 같은 미소로 대답한 즈미아노에게서 시선을 돌렸다.

민폐를 입은 모든 사람이 그를 용서할 때까지.

만약 용서받지 못한다면, 그 죗값을 충분히 치렀다고 판단될 때까지

—웰미는 즈미아노에게 살아 있는 것을 허락했다.

그는 막대한 민폐를 끼쳤지만, 결국 아무의 목숨도 빼앗지 않았으니까.

그것만은 인정해줘도 좋다고, 웰미는 스스로에게 변명한다.

—'사람을 죽이는' 판단과 각오를 하지 못하는 자신을, 슬며시 외면하면서.

8. 손안의 보물

즈미아노를 구속하고 무사히 별저로 돌아온 웰미는 기진맥진한 탓인지, 욕조에 몸을 담근 채 시녀에게 마사지를 받으며 잠들고 말았다.

눈을 떴을 때는 이미 아침이었고, 침대 속에서 에이데스의 품에 안겨 있었다.

그는 웰미를 일단 별저에 데려다준 뒤에, 즈미아노와 함께 왕성으로 향했었는데.

"미안해, 에이데스는 일하고 있는데 혼자 잠들어버려서."

"신경 쓰지 마. 많이 피곤했던 모양이네."

창문으로 비치는 아침햇살이 눈부셔 눈을 찡그리면서 웰미가 사과하자, 그는 고개를 가로저었다.

에이데스의 머리카락이 조금 젖어 있고 비누향이 풍기는 걸 보면, 별저에 돌아온 지 얼마 안 된 것 같았다.

"즈미아노는 결국 어떻게 되는 거야?"

"놈의 개입에 관해서는 당초 예정대로 공표하지 않을 거야."

그럼 역시 표면적으로는 '사랑에 빠진 트루기스 님이 어리석은 짓을 저질렀다'라는 형태로 처리되는 것이리라.

"…트루기스 님과 시졸다 님은 그래도 괜찮대?"

시졸다 님까지 오명을 쓰게 되는데, 즈미아노만이 세간의 차가운 시선을 받지 않게 된다.

"그 두 사람이 그걸 받아들인 이상, 우리가 간섭할 일은 아니야."

에이데스는 약혼 피로연이 열리기 훨씬 전에 트루기스를 구속했고,

그때 그도 팔찌를 차고 있다는 걸 알아차렸다고 한다.

웰미의 아버지인 클라테스에게 해주를 부탁했기에 피로연 날 트루기스는 이미 제정신이었다.

그래서 피로연 날도 곧바로 웰미의 호위에 들어갈 수 있었던 것이다.

"뭐, 본인들이 괜찮다면 상관없지만."

그렇게 말하는 동안 눈이 점차 햇빛에 익숙해져서 그의 얼굴을 올려다보고⋯ 그 볼이 조금 부은 것을 깨닫는다.

"볼이 왜 그래?!"

웰미가 손을 뻗자, 에이데스는 쓴웃음을 지었다.

"아아⋯. 즈미아노를 왕성에 데려다주고 나서, 이오라에게 따귀를 얻어맞았어."

"언니가?! 왜?!"

"레오에게 이야기를 전해 듣고, 너를 걱정하면서 기다리고 있었나 봐. 사정을 설명할 새도 없었어."

그렇게 말하고, 에이데스는 그 사이에 일어난 일을 이야기해주었다.

※※※

"그래서 내가 반대한 거야!"

파티가 끝나고 취침 준비를 하고 있던 이오라는, 레오에게 '웰미가 납치되었다'는 말을 전해 듣고, 얼굴이 새파래졌다.

웰미를 미끼로 이용하는 바람에, 그 아이가 표적이 되어버린 것이다.

더 강하게 말렸어야 했다고, 가슴속에 분노가 소용돌이친다.

"이오라⋯."

레오의 목소리에, 이오라는 조금이라도 냉정을 되찾기 위해 깊이 심호흡했다.

그대로 배 앞에 포갠 두 손을 꽉 움켜쥔다.

"그래서 지금 어떤 상황이야?"

"에이데스가 구출하러 갔어. 아마 위험은 없을 거야."

"그건 모르는 일이잖아."

모든 사람이 자신의 예상대로 움직이는 것은 아니다.

에이데스 님이 보증하든 말든, 웰미를 납치한 인물은 신용할 수 있는 상대가 아니다.

취침 준비를 거들러 온 시녀들을, 올레이아와 시녀장이 재빨리 내보낸다.

―웰미에게 만에 하나의 일이 생긴다면… 그때는 아무도 용서하지 않을 거야.

이오라가 동생의 무사함을 기원하며 기다리는 동안, 날이 밝아올 무렵 연락이 왔다.

"에이데스가 돌아온 것 같아. 만나러 갈 거야?"

"웰미는?!"

"같이 오진 않았다고 들었어."

스읍, 숨을 들이마시고 이오라는 조용히 고개를 끄덕였다.

"…안내해줘."

"응, 이쪽이야."

레오를 따라 귀인옥으로 간 이오라는, 은발의 뒷모습을 보고 가까이 다가갔다.

"에이데스 님."

그가 돌아보는 것과 동시에, 이오라는 그 왼쪽 뺨을 향해 힘껏 손을 휘둘렀다.

철썩! 날카로운 소리가 울리고, 에이데스 님이 고개를 돌렸다.

손바닥이 얼얼해졌다가 점차 뜨거워진다.
"이오라?!"
"저는 반대했어요. 지키겠다고 약속했기 때문에 받아들인 거예요! 이게 대체 어떻게 된 일이죠!"
뒤에서 놀란 목소리로 외치는 레오를 손으로 제지하고, 에이데스 님이 시선을 이쪽으로 되돌린다.
"웰미는 어디 있어요?!"
"무사해. 상처 하나 없이 별저에서 쉬고 있어."
그 말에 이오라는 순간 눈을 감았다.

─다행이다.

그러자 옆에서 에이데스 님과 이야기하고 있던 엔더렌 경이 침울한 얼굴로 입을 열었다.
"죄송합니다, 에르네스트 여백작님. 속은 사람은 저희들이지, 오르밀라주 후작님이 아닙니다….."
"관계없어요, 엔더렌 경. 저는 에이데스 님에게 웰미를 맡긴 거예요."
여전히 그를 노려보면서 이오라가 단호하게 말을 자르자, 에이데스 님도 고개를 끄덕였다.
"변명할 생각은 없어. 걱정을 끼친 건 사실이니까. …미안해."

"각오하세요, 에이데스 오르밀라주 후작. 앞으로 또다시 이런 일이 생기면, 그때는 무슨 수를 써서라도 당신을 바닥까지 끌어내리고 말 거예요."

"두 번째는 없을 거라고 맹세하지. 미래의 라이오넬 왕태자비님."

에이데스 님의 진지한 대답에, 이오라는 심호흡을 하며 마음을 가라앉히다가… 방금 자신이 한 행동을 돌아보고, 서서히 얼굴에서 핏기가 가신다.

―내, 내가 무슨 짓을?!

웰미 일로 아무리 화가 났어도, 아직은 여백작의 신분이면서, 필두 후작의 따귀를 때리고 비난까지 퍼부은 것이다.

"시, 실례했습니다!"

황급히 이오라가 고개를 숙이자, 에이데스 님이 쓴웃음을 짓는다.

"사과는 필요 없어. 왕실의 미래를 짊어질 자가 의연한 모습을 보여줘서 믿음직스러울 따름이야."

이오라에게 얻어맞은 볼을, 검은 장갑을 낀 왼손으로 쓰다듬고 나서, 그는 레오에게 눈길을 향했다.

돌아보니, 레오가 드물게 심각한 얼굴을 하고 있다.

"이오라, 사정도 듣기 전에 손부터 나간 건 지나쳤어."

"…응, 맞아."

"미안해, 에이데스. 나중에 사죄 선물을 보낼게."

"필요 없다고 말씀드렸습니다, 전하. 그녀가 아니면 결코 말할 수 없는 의견을 들었다고 생각해두지요."

다른 사람의 눈이 있기 때문이리라. 레오에게 정중한 어조로 대답한 에이데스 님은.

이오라를 힐끔 쳐다본 후, 다시 레오에게로 시선을 향하고 미소의 종류를 악동의 그것으로 바꾸었다.

"얌전한 얼굴을 한 전하의 연인은 웰미 못지않은 말괄량이인 것 같군요. 부디 잡혀 살지 않으시기를 바랍니다."

"충고는 명심하지. 귀하에게 보낼 사죄 선물을 마련할 돈으로 그녀에게 줄 선물을 사서 비위를 맞추도록 하겠네."

"꼭 그리하시기 바랍니다."

"~~!"

두 사람에게, '다짜고짜 손부터 나간' 행동에 대해 벌을 받고.

이오라의 얼굴은 불붙은 듯 화끈거렸다.

※※※

"너무해! 너무해, 에이데스! 나도 그 멋지고 귀여운 언니의 모습을 보고 싶었는데!"

자초지종을 들은 웰미는 그 광경을 상상하고 몸부림쳤다.

"왜 나를 안 데려간 거야!"

"욕조에서 잠들어버릴 만큼 지쳐 있었잖아."

"그런 건 언니 얼굴을 보면 다 날아가!"

"나도 그녀가 그 시간까지 안 자고 있을 줄은 몰랐어."

"그건 그렇지만!"

곱씹어 생각할수록 아까운 일인 것은 변함없다.

새침해진 웰미의 머리를 에이데스가 다정하게 쓰다듬는다.

"기분 풀어."

“…에이데스. 나, 노력한 거 맞지?”

“응.”

“그럼 나도 상을 받고 싶어!”

“…즈미아노와 대치한 건 네 고집 때문 아닌가?”

“발단은 그렇지만, 아무튼 노력한 건 맞잖아?”

“그렇게 나오시겠다? —그래, 좋아. 뭘 원해?”

웰미는 양보해준 에이데스에게 생긋 웃어 보이고, 팔베개에 머리를 맡기면서 눈을 들어 그를 바라보며 말했다.

“이번 건에는 내막이 있잖아? 그걸 이야기해줘.”

즈미아노가 마술약과 정신조작 마도구만 사용했을 뿐이라면, 굳이 숨길 필요도 없는 일이다.

트루기스 님과 시졸다 님이 아무리 죄책감을 가지고 있어도, 사건에 관해 결정권이 있는 것은 아니다.

그럼 그 권리를 가진 사람은 누구인가 하면.

“진범을 숨기면서까지, 당신과 특무경이 트루기스 님과 시졸다 님의 의견을 들어줄 필요는 없잖아? 더 큰 뭔가가 있는 거지?”

에이데스가 즈미아노의 존재를 숨기고 싶어하는 이유가.

그는 처음에 ‘마술약과 마도구 건에 관해서는 기밀’이라고 하면서, 중요한 부분은 입을 열지 않았다.

“이만큼 협조했으니까, 나에게도 요구할 권리는 있잖아?”

“영리하군, 웰미. 역시 대단해.”

그는 기특하다는 듯이 머리를 쓰다듬어주지만, 웰미로서는 어쩐지 바보 취급 당하는 기분이다.

“말 안 해주면 스킨십도 금지야!”

상을 원한다고 했을 땐, ‘좋다’고 해놓고서.

웰미가 몸을 일으키려고 하자, 에이데스가 끌어안아 저지한다.

"놔!"

"말해줄 테니까 얌전히 있어."

그렇게 말하고, 그가 목덜미에 입맞춤해서, 웰미는 어깨를 움츠렸다.

귀가 빨개진 것을 봤는지, 에이데스가 즐거운 듯 쿡쿡 웃었다.

"너는 정말로 귀여워, 웰미."

"……."

대꾸하지 않고 다시 새침한 표정을 짓자, 그가 이번에는 부드럽게 머리를 토닥거린다.

"그렇게 화내지 마. …이번 건에는 제국이 관련됐다는 말이 있었어. 그래서 그렇게 하는 게 최선의 선택이었어."

"제국?"

약의 출처가 제국인 건 알고 있었지만.

"……앗? 혹시 이번 건에는 내부 분열을 노린 음모가 깔려 있었던 거야?"

"그런 줄 알았지만, …즈미아노가 제국 내부의 인물을 조종하고 있었다고 자백했어. 그걸 제국과의 관계를 유리하게 끌고 가는 협상카드로 쓸 수 있다고 놈이 제안해서, 폐하께서 거래에 응하신 거야."

"흠…. 그럼 어디까지나 제국에 책임이 있는 걸로 이야기를 끌고 간다는 뜻이야?"

"응, 그렇게 되도록 즈미아노가 처음부터 계획한 것 같아."

에이데스는 거기서 웃음기를 지웠다.

"앞으로도 방심하면 안 돼, 웰미. 놈은 머리가 비상해. 어쩌면 너와 나보다 더."

"그렇게까지? 에이데스가 위기감을 느낄 정도야?"

"응, 이번에 이길 수 있었던 건, 놈에게 이길 마음이 없었기 때문이야. 실제로 조작한 제국의 약점을 제시해 온 것만 봐도 알 수 있듯이, 놈의 책모는 상식을 벗어나 있어."

"…조심할게."

웰미가 마음을 다잡고 있자, 에이데스가 갑자기 턱 끝을 간질였다.

"응…, 왜?"

"조금 딴 이야기지만, 너에게 미끼를 제의한 데는 조금 개인적인 이유도 있었어."

"뭐? 에이데스에게?"

"응."

몸을 일으킨 그는, 이번에는 무릎 위에 앉힌 채 웰미를 옆으로 안았다.

그대로 에이데스는, 그 어깨에 머리를 기댄 자세가 된 웰미의 볼을 쓰다듬으며 속삭인다.

"너의 교우관계를 조금 넓혀주고 싶었거든."

"……?"

그가 슬며시 미소 지으며 뜻밖의 이유를 털어놔서, 웰미는 눈을 몇 번 깜빡거렸다.

"으음…, 그게 개인적인 이유야?"

"응, 너는 지금까지 사람을 이해득실로밖에 보지 않았잖아. 게다가 목적을 위해 이용할 수는 있지만, 질은 너무 안 좋은 자들하고만 교류해 왔어."

"그건 맞아. 그래서 뭐?"

"신뢰할 수 있는 친구가, 너에게는 없어."

그 말에, 웰미는 생각했다.

귀족학교 시절부터 지금까지 교류가 있는 상대는 레오와 칼라뿐이다.

언니와 아버지인 클라테스는 가족이니까, 에이데스가 말하는 친구에는 해당하지 않는다.

레오는 언니의 배우자이고, 형부라고는 절대 부르고 싶지 않은 앙숙.

칼라는 언니의 친구라는 느낌에다 그렇게까지 친한 것도 아니고.

"확실히… 없는 것 같기도."

"서로 도우며 오래도록 교류할 수 있는 친구도, 사교계에서 살아가려면 필요한 존재야. 그런 친구를 찾기 위해서는, 네가 움직이는 게 제일이라고 생각했어."

"흐음…. 그래서 아버지에게 안 맡기고 일부러 나에게 영애들의 해주를 맡긴 거야?"

"그런 셈이지."

"뭘 그렇게 번거롭게…."

"친구란 누가 시켜서 사귀는 게 아니니까. 교류하는 동안, 누군가가 네 마음에 들기를 바랐던 거야."

"그랬구나…. 하지만 나에게도, 가족 말고 돕고 싶은 사람이 있어."

"호오?"

모르는 건가? 그렇게 생각하면서 웰미는 고개를 갸웃했다.

"—에이데스야."

그렇게 말하자, 그는 어쩐지 의외인 듯한 얼굴로 물끄러미 웰미를 내려다본다.

"왜, 왜 그래?"

무슨 이상한 말이라도 했나, 생각하고 있을 때, 갑자기 에이데스의 눈이 다정하게 가늘어졌다.

"웰미, 네 마음은 기쁘지만… 나는 네 친구가 아니야. 친구와의 교류를 통해서만 얻을 수 있는 걸, 내가 너에게 줄 수는 없어."

"…잘 모르겠어. 에이데스는 서로 도울 수 있는 상대가 필요하다고 말했잖아."

"서로 도우며 오래도록 교류할 수 있는 친구가 필요하다고 말했어, 웰미."

에이데스의 오른손 손끝이 웰미의 입술을 쓰다듬는다.

"나와 이오라도 어느 정도는 그런 역할을 할 수 있겠지. 하지만 그런 상대는 많을수록 좋아. 특히 앞으로 나는 여성들만 있는 자리에는 함께 있어줄 수 없고, 이오라도 왕태자비가 되면 쉽게 움직일 수 없게 돼."

"…응."

친구에 대해 잘 모르는 게 어쩐지 부끄러워서, 웰미는 반대로 질문해 보았다.

"에이데스는 그런 사람이 있어?"

"물론이야, 웰미. 클라테스도, 레오도, 아까 만난 말레피덴트도, 나에게는 무엇과도 바꿀 수 없는 소중한 친구야. 너라는 손안의 보물을 안심하고 맡길 수 있는 상대지."

그 말에, 웰미는 슬며시 눈길을 피했다.

갑자기 그런 말을 들으면, 어떻게 반응해야 좋을지 알 수 없다.

기쁘고, 부끄럽다.

─하지만 그런 이야기가 아니잖아, 웰미!

에이데스를 맡길 수 있을 만큼 신뢰하는 상대가 있는가, 라는 질문이라고 생각한다.

자신과 친하고, 언니를 맡기기에 부족함이 없는 존재, 라고 하는 편이 더 가까울까.

그렇다면 언니를 맡길 수 있는 상대는 칼라를 비롯해 모두 언니의 친구지, 웰미의 친구는 아니다.

"난 정말로 친구가 없구나…."

"그런 삶을 살 수밖에 없었으니까. 하지만 지금은 아니잖아?"

"그치만 필요 없었기 때문에, 이제 와서 사귀는 법도 잘 모르겠어."

"지금까지는 마음에 드는 사람일수록 일부러 멀리했으니까. 앞으로는 어울리려고 하면 돼. 사람을 보는 네 눈은 확실하니까."

마음에 드는 상대를 친구로서 접한다.

아직은 이해하기 어렵지만, 에이데스가 중요하다고 말한다면, 아마 그럴 것이다.

"…어쩐지 어려울 것 같아…."

"편하게 생각하면 돼. 대화를 나눠보고 싶은 상대나 앞으로가 궁금한 상대. 이번 일에 관련된 자들중에 그런 사람은 없었어?"

"일단… 테레사로…랑 세이파르트, 정도…? 달리스테아 님과 힐덴트라이 양에게도 호감은 있지만, 그 둘은 아마 나에게 좋은 감정이 없을 거야."

테레사로는 어쩐지 내버려둘 수 없다.

소포일과 오해는 풀었지만, 앞으로 괜찮을까?

세이파르트는 웰미와 사고방식이 비슷하다.

주위에서 보면, 그런 삶은 잘못된 게 아닐까 싶은 부분에, 공감을 느낄 만큼은.

다른 두 사람도 가능하다면 한 번쯤은 평범하게 이야기를 나눠보고 싶지만.

"이번 건이 마무리되면 만나러 가보도록 해. 분명히 얻는 게 있을 거야. 특히 테레사로와 달리스테아는 이야기를 나눠보면 '재미있는 걸' 알 수 있을 거야."

"그게 뭔데?"

"본인에게 직접 들어. 기회가 있겠지. 친해진다는 건 그런 거야."

어쩐지 즐거운 기색인, 하지만 애정 가득한 에이데스의 얼굴을 웰미는 잠자코 올려다보았다.

―왜 이 사람은, 이토록 상냥하게 대해주는 걸까?

웰미는 지금까지의 인생에서 늘 어떤 불편함을 느끼고 있었다.

에르네스트 백작가에서는 언니의 자리를, 언니가 가져야 할 것들을 빼앗는 기분이 들어서.

하지만 에이데스 곁은 마음이 편하다.

그것은 이 사람이 웰미의… 웰미만의 자리를 마련해주기 때문이다.

"왜?"

그가 지금 웰미에게 하고 있는 것처럼, 웰미는 가만히 손을 뻗어 조금 부어오른 볼을 쓰다듬었다. 가벼운 열기가 느껴지는 것 같았다.

"치료 안 해?"

"너를 위험하게 만들어서 벌 받은 거니까, 나을 때까지 내버려두는 게 예의겠지."

에이데스는 조금 오만하고 무뚝뚝하지만, 성실하고 진지하다.

어쩐지 가슴이 따뜻해져서, 웰미의 입가에 저절로 미소가 번진다.

“난…… 그런 에이데스가 조, 좋아. 그리고 언니의 오해는 내가 다시 풀어놓을게. 에이데스는 잘못 없으니까.”

웰미가 부끄러움을 참으며 그렇게 말하자, 그는 왠지 더 진한 미소를 지었다.

“그래. …네가 그렇게 말한다면, 나도 굳이 반성하거나 사양할 필요는 없겠군.”

그 눈동자 속에 심술궂은 빛이 떠올라서, 웰미는 화들짝 정신을 차렸다.

볼에서 손을 떼려고 하자, 그가 그 손을 힘주어 잡는다.

“저기, 에이데스?”

“생각해 보니까 말이야, 나도 노력했으니까 상을 받아야겠어. 너만 받으면 불공평하잖아?”

“뭐? 아, 그건…. 뭐, 뭘 받고 싶은데?”

저도 모르게 얼굴 근육을 경련하며 묻자, 에이데스는 즐거운 미소를 지으며 얼굴을 가까이 가져왔다.

“아까부터 자꾸 유혹의 말을 속삭이는 연인에게, 어른의 입맞춤을 받아보실까.”

그렇게 말하고 입술을 빼앗더니…, 입안으로 혀가 미끄러져 들어온다.

“—?!”

처음 느끼는 감각에, 순식간에 얼굴이 달아올랐다.

“읍~! 읍, 아, 에이데, 으응…!!”

그대로 무방비하게 입안을 유린당하며, 웰미는 점차 호흡곤란과 함께 달콤하고 황홀한 기분에 젖어들었다.

부끄러움과 그런 기분이 뒤섞여 의식이 몽롱해질 즈음에야, 간신히 해방되었다.

"후아…."

"네가 난 잘못이 없다고 하니까, 그렇다면 상을 안 받을 이유가 없잖아?"

"바보…. 미워…!"

보란 듯이 혀로 입술을 쓱 핥고서, 만족스럽게 내려다보는 에이데스의 시선을 외면해버리지만.

"틀렸어, 웰미. 여기선 '좋아해'라고 말해야지."

"싫어…. 미워…!"

"웰미, 거짓말은 좋지 않아. …솔직해지게, 한 번 더 할까?"

귓가에 속삭이는 그 말에 웰미는 헉, 숨을 삼켰다.

—그걸 또 당했다가는, 일어서지도 못할 거야…!

지금도 몸에 힘이 빠져 다리가 후들거리는데.

웰미는 단념하고, 조그만 목소리로 "좋아해" 라고 말했지만, 에이데스는 받아들이지 않았다.

"얼굴을 보면서 똑바로 말해야지."

"심술쟁이…!"

웰미는 두 손으로 얼굴을 폭 가려버렸지만.

말은 심술궂게 하는 주제에, 에이데스는 잠자코 기다려준다.

그래서 웰미는 손가락 사이로 그를 쳐다보면서, 용기를 내어, 다시 한번 말했다.

"조, 좋아해. —에이데스."

똑바로 잘 말했는데.
결국 또다시 키스를 당해서, 웰미는 한동안 꼼짝도 할 수 없었다.

{속}

악의 꽃으로부터 희망을

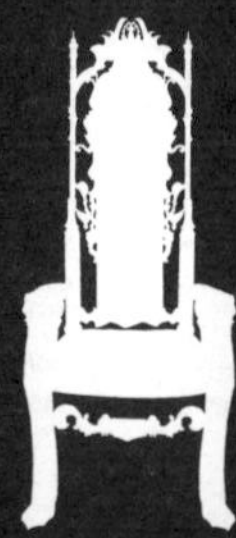

1. 국왕의 의도 

─【왕태자 전하 약혼 피로연】전날.

그날, 라이오넬 왕국의 국왕 코바크는 네테 델트라테 후작에게 사정을 설명하고 있었다.

"트루기스…, 그 멍청한 아들놈이…!"

이마에 푸른 힘줄이 꿈틀거리는 그는, 평소 군단장으로서 '각하'라고 불리는 신분이다.

'붉은 사자'라는 별명을 가진 그는, 새빨간 머리카락과 수염이 곤두선 것처럼 보일 만큼 성이 나 있었다.

검 마술에 뛰어난 그의 박력 넘치는 분노에, 코바크는 쓴웃음을 짓는다.

"네테, 진정해."

그렇게 다독인 사람은 시졸다의 부친이자 코바크의 사촌인 재상 노토르드 랑그레이 공작이다.

아들과 많이 닮은 그는 원래 체모가 별로 없는 체질인 듯, 수염은 기르고 있지 않았다.

하지만 미간에 깊이 새겨진 주름이 그에게 까다로운 인상과 위엄을 부여하고 있었다.

"이게 진정할 일인가! 대역 혐의를 받다니!"

분연히 일어선 군단장 네테가 당장이라도 뛰쳐나갈 기세라, 코바크는 가볍게 손을 들어 제지했다.

"이야기는 아직 안 끝났어. 자네에게 알리지 않고 일을 진행해서 미안하지만, 내일 있을 촌극은 노토르드와 트루기스, 시졸다 모두가 납득한 촌극이야."

"뭐라고?!"

코바크와 나머지 두 사람은 귀족학교 동창이다.

당시 대대로 문관 집안인 랑그레이 공작가와, 무관 집안인 델트라테 후작가는 사이가 좋지 않았지만, 귀족학교에서 절친한 학우가 된 코바크를 포함한 세 사람은, 집안끼리의 관계를 개선하기 위해 획책했다.

결과적으로 노토르드와, 솔직담백한 성격인 당시의 델트라테 양… 즉, 네테의 여동생이 사랑에 빠졌다.

친족들 사이에 약간의 반대가 있었지만, 왕가가 뒤에서 견제해, 결국 어느 쪽에도 불이익은 없으므로 혼인이 성립된 것이다.

따라서 셋만 있는 자리에서는 군신의 예의를 갖추지 않아도 된다고 코바크는 명령했다.

그래서 네테가 이토록 거리낌 없는 태도인 것이다.

"왜 나만 따돌린 거지?!"

"자네에게 말했다간, 이야기를 다 듣지도 않고 아들을 반쯤 죽여놓았을 테니까."

"당연하지!"

"그러면 곤란하니까, 알리지 않은 거야."

성질이 불같은 네테는, 후계자로 낙점한 트루기스에게 특히 엄격하기로 유명하다.

그의 아들은 제2왕자 타이글림처럼 쌍둥이였다.

트루기스가 동생이고, 형은 애덤스라고 한다.

형이 성격도 밝고 검술 실력도 뛰어나고 인망도 있지만…, 근성이 없고 책임감도 부족하다.

덕분에 네테의 지도를 한몸에 받은 트루기스는, 타고난 성격 탓도 있겠지만, 성실하고 참을성은 있으나 자신의 감정을 잘 드러내지 못하는 성격으로 자라고 말았다.

그가 아들의 그런 성격에 대해 투덜거릴 때마다 두 사람은 '자네 때문이지' 라고 말했지만, 별로 고치는 것 같지는 않았고… 그래도 슬슬 뒤를 잇게 하려던 단계에 와서 이번 사건이 터진 것이다.

코바크는 손을 들어 네테를 진정시키고 이야기를 시작했다.

"이번 일에 이웃나라 바르잠 제국이 개입했을 가능성이 있어. 언제부턴가 사람을 조종하는 마도구 관련 소문이 퍼진 걸 기억해?"

"듣기는 했어."

"이게 그 증거야."

테이블 위에 툭 올려놓은 것은, 팔찌였다.

'팔에 차면 특수한 마술이 기동해 사고력을 빼앗는다'고 하는 해석 결과 보고가, 마도성으로부터 올라와 있었다.

"트루기스는 이걸 팔에 차고 있었어. 팔찌를 찬 동안 자신이 한 일은 기억하지만, 본인의 의사는 아니라고 하더군."

"…조종당하고 있었다는 건가?"

네테는 무술은 뛰어나지만, 마술 관련 지식에는 어두운 편이라고 할 수 있다.

강대한 마력은 마법검이라 불리는 검술과 정교하지 못한 공격마술에 활용될 뿐, 마도구에 관해서도 잘 알지 못한다.

그런 그에게, 노토르드는 미간에 더 깊은 주름을 새기며 담담하게 고했다.

"그 원인을 만든 건 내 아들 시졸다야. 트루기스는 달리스테아 양에게 호감을 품고 있어. 그 은밀한 마음과 인내심을 나쁜 쪽으로 이용당한 거겠지.”

함께 소문이 돌고 있는, 사고를 둔화시키는 향수도 에이데스가 제조원을 수색했었다.

“어느 귀족의 영지에 창고로 위장한 공장이 있었다고 하더군.”

“그 배신자 놈이 누구야? 설마 아바컴 공작은 아니겠지?”

네테가 핏발 선 눈으로 쏘아보며 캐묻는데도, 코바크는 빙그레 웃었다.

“예리하군, 네테. 하지만 아바컴 공작은 아니야. 창고가 발견된 곳은 오르블랜령이니까.”

그러자 그는 의외라는 듯이 눈썹을 치켜올렸다.

“뭐라고…? 하비 녀석이 배신한 건가?!”

이 세 사람만큼 돈독하지는 않지만, 나라의 곡물창고를 관리하는 하비 오르블랜 후작은 이 셋보다 한 살 아래로, 종종 함께 못된 장난을 쳤던 사이다.

“나도 처음에 들었을 때는 자네 같은 얼굴을 했었지. 하지만 제국 황제의 조카에게 반해, 불 같은 연애 끝에 거의 강탈하다시피 결혼한 그 녀석이, 이제 와서 자신에게 협조해준 왕가를 배신했다고 생각하기는 힘들어.”

그는 아내 말고는 아무에게도 눈길조차 주지 않고, 결혼 후에는 왕도에도 거의 오지 않는 은둔자다.

아내가 제국으로 친정나들이를 가는 것조차 별로 달가워하지 않을 만큼 익애하고 있다.

그런 남자가, 라이오넬 왕국을 무너뜨리는 귀찮은 일에 관여할 이유가 전혀 없는 것이다.

"…제국에 협박당하고 있을 가능성은?"

"무슨 이유로? 그 녀석의 심기를 건드리면 곤란해지는 건 오히려 그쪽이야."

병충해로 인한 기근이 제국을 덮쳤을 때, 파격적인 가격에 식량을 수출해준 오르블랜 후작가는 제국 국민 사이에도 인기가 높다.

지금도 시세보다 저렴한 가격에 질 좋은 보리를 수출해주고 있기 때문에, 만약 제국 고위층에서 쓸데없는 짓을 해 오르블랜 후작가가 거래를 끊어버리면, 제국은 자국민의 반감을 사게 될 것이다.

"일단 하비와 그 부인이 조종당하고 있을 가능성을 염두에 두고, 그림자를 시켜 알아보게 했지만 수상한 점은 없었어."

노토르드가 느리게 말하고, 눈매를 좁혔다.

"이 사건의 흑막은 하비가 아니라는 게 오르밀라주 후작의 견해야."

"무슨 뜻이지?"

"자네와 같은 상황인 것 같아, 네테. 아들이 독단으로 움직이고 있을 가능성이 높다고 하더군."

"즈미아노가?!"

제국의 피가 섞인 수려한 용모에, 쾌활하고 붙임성 있는 그는 하비를 꼭 닮은 청년이다.

하지만 모든 걸 남의 일처럼 생각하는 듯한 행태를 보이는 청년이기도 하다.

"뭔가가 보이기 시작하지? 트루기스를 제국에 데려간 건 시졸다와 즈미아노야. 트루기스에게 마도구를 채우는 것도, 그리고 영지 내에 창고를 만들어 마술약 생산 공장으로 삼는 것도…."

"가장 하기 쉬운 사람은 즈미아노… 라는 건가!"

네테는 조직 수장의 얼굴이 되어 코바크를 쏘아보았다.

“그럼 왜 체포하지 않는 거지?”

“일단 명확한 증거가 없어. 트루기스는 자신에게 팔찌를 준 상대도, 향수 사용법을 가르쳐준 상대도 기억하지 못해. 아마 인식저해 마술에 걸렸던 거겠지.”

코바크의 말을 노토르드가 이어받는다.

“또 한 가지 이유는, 정말로 제국이 관련되었는지 자세한 동향을 살피기 위해서야. 그러기 위해 ‘어디까지나 트루기스의 연심과, 그것을 부추긴 시졸다를 벌한다’ 라는 형태로 일을 마무리할 필요가 있어. 제국이 내란을 노리고 획책한 일이라면, 소상히 밝혀서 전쟁으로 발전하는 사태만은 막아야 하니까.”

코바크와 노토르드는 그 점에 관해서는 극도로 신중하게 움직이는 방침이지만.

“겁먹을 일인가? 상대가 시비를 걸어오면, 맞서서 때려눕히면 그만이야!”

“그렇게 해서 피해를 보는 게 우리뿐이라면 몰라도, 가장 큰 희생을 치르는 건 국민이야. 일단 이야기를 들어.”

네테의 강경 발언에, 노토르드는 한숨을 내쉰다.

“증거가 모이면, 그걸 빌미로 제국에 손을 써서 제재 조치는 취할 수 있어. 그렇게 수습하기 위해 모두가 움직이고 있는 상태야.”

전쟁도 불사할 작정이었다면, 처음부터 네테에게 이야기했을 것이다.

“내일 자네는 파티에 참석하지 말고 경비를 지휘해줘. 그리고 조만간 인사이동을 단행할 거야.”

“경비 건은 알겠는데, 인사이동? 누구를 갈아치우려고?”

“외무경이야. 평시 상황이라면 지금 이대로도 괜찮지만, 제국뿐 아니라 대공국 쪽에도 조만간 큰 움직임이 있을 거야. 유사시에 가까운 형태로 외교가 불안정해지면, 그 온화하지만 평범한 외무경 체제로는 대응할 수 없어."

"후임은?"

"에이데스야. 지금, 가장 적임이잖아?"

"…마도성은 어떡하고?"

"말레피덴트에게 맡길 생각이야. 그 녀석이라면 잘해낼 거야."

"아바컴의 아들 말이군. 아비보다는 훨씬 낫지만…, 특무경 쪽은 어떡하고?"

"일단 레오니엘에게 맡겨볼까 해. 그 녀석은 조금 더러운 쪽으로 단련될 필요가 있어."

코바크의 인재 선정에, 네테는 콧김을 세게 내뿜었다.

"과연 잘될까? 그렇게 해서."

"에이데스와 레오니엘이 유능한 자매를 반려자로 얻었으니까. 그 아이들은 뜻밖의 수확이었어."

나이는 어리지만, 외교와 내정의 보좌를 맡기기에 그만한 적임자는 드물다.

동생 웰미 리로우드는 혈통 고유의 해주 능력을 가진, 타고난 재주꾼.

우수한 인재를 알아보는 눈을 가지고, 왕족을 포함한 타인을 마음대로 농락하는 화술과 연기력, 그것을 다른 사람에게 들키는 일 없이 자신의 뜻대로 유도하는 훌륭한 외교수완을 지니고 있다.

정이 많은 성격도, 오기가 강한 것도 일급이다.

언니인 이오라 에르네스트는 보라색 눈동자를 가진, 백년에 하나 나올까 말까 한 두뇌를 가진 재원.

국제 마도 연구소에서 손쉽게 상위 마도사 자격을 취득하고, 영주로서도 혀를 내두를 정도의 수완과 마술에 대한 깊은 조예를 겸비하고 있다.

그리고 무엇보다, 사랑하는 왕비를 병마에서 구해주었다.

"우리나라는 다음 세대가 되면 완전히 반석 위에 오를 거야. 그녀들을 배우자로 얻은 그 녀석들이 어떤 활약을 보여줄지 벌써부터 가슴 설레지 않나?"

"여전히 속 시커먼 사내로군, 코바크. 며느리와 그 동생까지 이용하려고?"

"그게 어때서? 아무도 불행해지지 않잖아."

태연하게 대꾸해주자 네테는 고개를 설레설레 젓고 나서 노토르드에게 눈길을 향했다.

"트루기스와 시졸다는 어쩔 셈이지?"

"당분간 근신하는 형태로 숨겨뒀다가 다른 신분을 줘서 움직이게 할 예정이야. 능력적으로 그 녀석들을 썩히기는 아까워. 그렇게 해서 다시 일어설 수 있을지는 그 녀석들에게 달렸지만."

아들이 저지른 짓에 대해 북받치는 바가 없을 리 없는데도, 노토르드는 재상으로서의 냉정함을 보여주고 있었다.

"요컨대 그 정도의 죄로 마무리하겠다고?"

"대역이 아니라면, 시졸다는 소문을 펴뜨렸을 뿐이고, 트루기스는 심신상실이었어. 어떻게든 되겠지."

킬레인 법무경은 법에 충실하기는 하지만, 법의 테두리 내라면 융통성을 발휘하지 못할 만큼 도량이 좁지는 않다.

"그리고 우리 두 사람의 집안을 어떻게 할지는 폐하의 뜻에 달렸지만."

그렇게 노토르드가 화살을 돌리자, 코바크는 쓴웃음을 지었다.

"배상금과 위자료를 지불해줘. 이번 일에 말려들어 피해를 입은 사람은 아우르김 백작 영식, 아바컴 양, 트러프 양 정도야. 각자에게 돈 외에도 원하는 걸 들어주면 되겠지."

"그걸로 될까?"

"표면적으로는 그 정도 일밖에 일어나지 않았어. 모두에게 내란죄를 물으면, 오히려 인재를 잃고 국가의 안녕을 위협하게 돼. 나머지는 교황 성하의 태도에 달렸지."

성교회의 본거지는 제국에 있지만, 여신을 최고신으로 추앙하는 성교도는 중앙대륙 전체에 퍼져 있어, 말 그대로 '국토 없는 왕국'이라 불리는 입장이다.

그들의 교의와 권위에 근간을 이루는 것이 바로 성녀라 불리는 존재다.

강한 치유의 힘을 가진 성녀는 세상에 한 명만 있는 것은 아니다. 성교회는 언제나 많은 성녀들을 거느리고, 민중에게 널리 그 힘을 환원함으로써 권위를 키워왔다.

그중에서도 특히 마왕도 퇴치할 수 있는 힘을 가졌다고 하는 최고위의 성녀— '핑크색 머리와 은색 눈동자의 소녀'인 테레사로는 중요한 존재이므로, 이 소동을 틈타 빼가기 위해 사태를 더욱 키우려 들지 어떨지에 따라 이야기가 달라진다.

"그걸 파악하기 위해서도, 에이데스와 리로우드 양이 움직일 필요가 있어. 그게 이오라와 레오니엘을 위한 일이라면, 그 두 사람은 거절하지 않을 거야."

코바크는 그렇게 말하고, 빙그레 웃으며 턱을 쓰다듬었다.

2. 왕자들의 결단

라이오넬 왕국의 왕자와 왕녀는 모두 합쳐 다섯 명이다.

위에서부터 순서대로 장남 레오니엘, 장녀 하온, 쌍둥이 차남 타이글림과 차녀 나냐오, 그리고 삼남 티그다.

【왕태자 전하 약혼 피로연】이후로 한 달이 지나, 그 소동의 뒤처리도 일단락된 어느 날, 제2왕자 타이글림 라이오넬은 중정에서 조용히 지금까지의 일을 되새겨보고 있었다.

어린 시절, 형인 레오니엘은 영리하고 유연하지만 병약했다.

다행히 형은 커가면서 점차 건강해져 무사히 왕태자가 되었지만, 당시, 속은 시커멓지만 공평하고 거짓말은 하지 않는 부왕에게 분명하게 설명을 들은 적이 있다.

『너희는 서로 어려운 입장에 있다. 레오니엘은 몸이 약하지만 영리하고, 타이글림은 제2왕자의 입장이지만, 마찬가지로 총명하다. 누가 왕태자가 될지는 지금 시점에는 알 수 없다. 따라서 너희는 각자 자신이 나라를 짊어진다고 생각으로 살게 되겠지만, 어느 한쪽은 결국 그 길에서 벗어나게 될 거다.』

부왕도, 어마마마도 타이글림을 형의 대용품 취급은 하지 않았다.

부왕은 적어도, 레오니엘과 타이글림에 관해서는 진실을 숨기지 않았다.

『그때, 너희는 서로를 미워하는 일도 있을지 모른다. 장남인데도 옥좌를 얻을 수 없다고, 자신은 총명한데도 왕제(王弟)에 만족해야 한다고. 그런 마음을 서로 앞에서 숨기지 마라. 내뱉지 않는 생각은 언젠가 마음을 좀먹기 때문이다. 너희는 국가의 미래와 안녕을 위해 늘 생각하고, 함께 의논할 필요가 있다. 알겠느냐?』

형과 타이글림은 제각기 고개를 끄덕였다.

그 이후로 자신보다 세 살 위인 형은, 부왕처럼 타이글림에게 뭔가를 숨기지 않게 되었다.

『난 네가 왕이 되어도 원망하진 않겠지만, 가능하면 중책을 떠넘기지 않기 위해 노력할 거야.』

형의 말은 진지하고 힘이 있었다.

그래서 타이글림도 마찬가지로 대답했다.

『형님의 노력이 미치지 못했을 때, 중책을 대신하겠습니다. 그런 마음가짐으로 공부하겠지만, 그게 도움이 되지 않기만을 바랄 뿐입니다. 저는 형님을 좋아하니까요.』

타이글림이 대답하자, 형은 기쁜 얼굴로 웃었다.

『나도 마찬가지야, 타이글림.』

그후로 그때까지보다 형과의 사이는 더 양호했다고 생각한다.

같은 화제에 대해 논의하고, 때로 부딪치며, 철저하게 의견을 조율했다.

때로는 쌍둥이 여동생도 참여해, 형과 둘이서 여동생에게 설파당하는 일도 있었다.

그 녀석은 전혀 자중하지 않는 데다, 부왕이 『여왕도 괜찮을지 모르겠군…』하고 진지하게 생각할 만큼 똑똑했으니까.

다만, 여동생은 부왕에게 『옥좌엔 관심 없어요, 귀찮아요』라고 확실하게 의사를 밝혔고, 형과 타이글림 중에 누가 왕이 되어도 곁에서 보좌하겠다고 말해주었다.

그리고 하늘의 뜻과 형의 노력이 건강에도 영향을 미쳐… 부왕이 그를 왕태자로 결정했을 때, 타이글림은 자신의 길을 찾기 시작한 것이다.

부친에게 물려받은 은색 눈동자와 치유마술이라는, 형에게는 없는 자신만의 무기를 가진 것은 다행이었다.

그리고 제자로 받아들인 테레사로 양 또한 타이글림에게는 귀한 보물이었다.

자신도 왕으로 서기 위해 공부해온 타이글림은, 냉정한 판단으로 그녀의 앞날을 근심하고 있었다.

평민 출신에 천진난만한 그녀의 뛰어난 치유 능력과 온화하고 상냥한 인품은, 성녀라 부르기에 부족함이 없는 것이다.

하지만 그 힘을 모략에 이용하려 드는 욕망과 악의 앞에서는 무력해 보였기 때문이다.

그래서 실제로 이번 사건이 일어났을 때… 타이글림은 자신의 길을 결정했다.

"타이글림."

"형님, 기다리고 있었습니다."

중정에 뒤늦게 나타난 형은, 옛날의 병약한 모습은 찾아볼 수 없는, 강인한 인상의 청년으로 성장해 있었다.

지금은, 아직 성장 중인 자신이 더 왜소하고 약해 보일지도 모른다.

"…바르잠 제국으로 간다고 들었다만."

하지만 그의 성격은 변하지 않았다.

옆에 앉자마자 그렇게 말을 꺼낸 형의 표정은 어딘지 쓸쓸한 빛을 띠고 있었다.

"성교회 총본산으로 가는 거냐?"

"네, 제 목표는 추기경입니다. 그리고 할 수만 있다면, 교황이 되고 싶습니다.”

분명하게 뜻을 밝히자, 형은 입술을 꽉 다물었다.

‘왕제로서 치세를 도와주길 바랐는데’ 라고 말하려나, 타이글림은 그렇게 예상했다.

이것은 부왕의 결정이 아니라, 자기 자신이 원한 일.

—계승권을 버리고, 신의 사도가 된다.

전 세계에서 사람들이 모여드는 권력싸움의 한복판에 뛰어들 결의를 한 것이다.

그곳이, 왕이 되기 위해 공부한 제왕학을 가장 잘 활용할 수 있는 장소라고 생각했다.

하지만 형은 전혀 예상하지 못한 말을 꺼냈다.

“트러프 양 때문이냐?”

“…설마 형님이 간파하셨을 줄은 몰랐습니다.”

형은 타이글림에게 비밀을 갖지 않지만, 타이글림은 거짓말은 안 하지만 쓸데없는 말도 별로 하지 않는다.

당시 백작 영애였던 에르네스트 여백작에 대해서는 형에게 많이 들었지만, 반대로 타이글림이 자신의 색연에 대해 형에게 이야기한 적은 없었다.

자신은 그런 성격이고, 형도 깊이 캐묻지는 않았기 때문이다.

그러자 형은 어깨를 으쓱하더니 순순히 털어놓았다.

“네 마음을 간파한 건 내가 아니라, 이오라와 웰미야.”

“과연, 그 두 사람은 정말로 혜안을 가지고 있군요.”

별로 교류한 적도 없는데 어떻게 알았을까, 하고 타이글림은 더욱 감탄했다.

"테레사로 양이 이유인 건 사실입니다. 성녀는 넘겨줄 수 없다, 추기경 후보가 될 힘을 숨긴 제2왕자도 넘겨줄 수 없다, 그런 태도로는 성교회도 납득하지 않을 테니까요."

"이 나라는 지금 아바마마 덕분에 큰 힘을 비축했어. 방법이 없는 것도 아니야."

"아직 잘 모르시는군요, 형님. 제가 교황이 되어야 훗날 형님의 지위를 더욱 공고하게 만들 수 있다고 판단한 겁니다. 그래서 가는 거고요."

형을 곁에서 보좌하고 싶은 마음도 있었지만, 그것은 여동생에게 맡기기로 결심한 것이다.

"…앞으로 나에게 만에 하나의 일이 안 생긴다는 보장은 없어."

"그때가 되면 누님은 출가했을지도 모르지만, 나냐오와 그 배우자, 아니면 티그가 뒤를 이어줄 겁니다. 나냐오가 역대 첫 여왕이 되어 아우성치는 모습을 보고 싶은 마음도 솔직히 조금은 있습니다."

"그건 나도 좀 보고 싶구나."

형과 둘이, 마주보고 웃는다.

나냐오에게서 치세의 재능을 본 부왕은 그녀에게도 형과 타이글림과 같은 교육을 시켰다.

당사자가 거부하고 있지만, 숙녀로서도 흠잡을 데 없을 만큼 모든 공부를 훌륭히 소화해내는 그녀야말로 정말로 왕위에 어울리는 인재가 아닐까 하고 형과 이야기한 적이 있을 만큼 그녀는 우수했다.

부왕은 정말로 주변제국을 봐도 보기 드물 만큼, 실로 공평하고 유연한 사람이었다.

강가(주1)를 원하지 않는다는 여동생의 의견조차도 존중한다고 말했던 것이다.

주1) 강가(降嫁): 왕족의 딸이 격을 낮춰 신하에게 시집감

“…저는 나냐오의 반려자로 말레피덴트 아바컴 공작을 추천합니다.”

타이글림이 그렇게 말하자, 형이 놀란 표정을 지었다.

“…아바컴 공작령은 어떡하고?”

“왕가의 직할지로 삼아 지금까지처럼 맡기면 되지요 아바컴 가문은 전 왕가 혈통이라 좀 복잡하니까, 충성심이 있을 때 받아들여 우리 대에 피를 합쳐버리면 좋을 것 같습니다.”

그렇게 하면 쓸데없는 분쟁을 피할 수 있고, 더구나 아바컴 특무경의 우수함은 정평이 나 있다.

실제로 그가 여동생의 반려자가 된 후에 형이 쓰러진다 해도, 그는 왕이 아니라 왕의 배우자의 길을 선택할 것이다.

부친인 아바컴 전 공작의 망집을 이루어줄 마음은 없는 것 같으니까.

“…특무경은 나이 차이가 너무 많이 나. 나냐오가 그를 받아들인다면 몰라도.”

“모르세요? 나냐오는 옛날부터 아바컴 공작을 자신의 반려자로 원했습니다.”

“그래?!”

“아, 형님에게 말했다고 그 녀석한테 혼나려나…. 색연에 나이는 관계없고, 그는 능력뿐 아니라 외모도 훌륭하니까요. 성격도 나냐오와 잘 맞을 것 같고요.”

“그건 그럴지도 모르지만…. 뭐, 우리 생각만으로 정할 일은 아니라서….”

“하긴 그렇지요. 그럼 나중에 아바마마께 말씀드려놓겠습니다.”

부왕의 성격상 알고 있어도 나냐오가 먼저 말을 꺼낼 때까지 내버려 둘 작정이거나, 아니면 어마마마가 본인 선에서 정보를 막고 있을 가능성도 있다.

화제가 끊기자, 형은 말을 꺼내기 곤란한 듯 머리를 긁적이면서 화창한 하늘로 눈길을 향했다.

"어~, 근데 말이야, 너에겐 트러프 양과 함께 성교회에 가는 선택지도 있지 않았을까?"

"형님, 그녀의 미소가 흐려지는 선택입니다, 그건."

타이글림은 쓴웃음을 지었다.

약혼자인 소포일 경에 대해 이야기하는 그녀의 반짝이는 미소가 좋았다.

그 미소가 흐려졌을 때, 자신의 연심을 깨달은 것이다.

약혼을 파기당했을 때, 세이파르트 씨에게 교제를 강요당하고, 트루기스 씨에게 협박을 당했을 때.

테레사로 양은, 무슨 일이 있었느냐고 묻는 타이글림에게 아무 말도 하지 않았다.

그것이 그녀와 자신 사이에 있는 선긋기였으리라.

하지만 리로우드 양 덕분에 테레사로 양이 미소를 되찾았으니까, 그 이상 타이글림이 관여할 일은 아무것도 없다.

"형님, 저는 아마 다른 사람을 좋아하는 여성을 좋아하는 것 같습니다."

첫사랑은 달리스테아 양이었다.

그때 그녀는, 왕태자가 된 형의 가장 유력한 약혼녀 후보였기 때문에 자신의 손이 닿는 존재가 아니었고, 그녀는 미래의 왕비로서의 지위와 책임을 염두에 두고 있었다.

다음이 테레사로 양.

그녀 역시 사랑하는 사람이 있었고, 그와의 장래를 꿈꾸고 있었다.

그런 그녀들의 마음을 듣는 게 타이글림은 좋았던 것이다.

"너…, 그거 악취미야…."

몹시 미묘한 표정을 하는 형 레오니엘을 보고 타이글림은 빙그레 웃었다.

"하지만 그렇게 생각하면, 저에겐 성교회가 잘 맞는 게 아닐까요? 성녀의 존재 덕분에, 성교회에서 여성의 지위는 결코 낮지 않고, 그 안에서 경건하게 생활하는 수녀와 성녀들이 많이 있습니다."

장난스럽게 어깨를 으쓱하면서, 타이글림은 가벼운 어조로 말을 이었다.

"신인지 뭔지 하는 바람둥이 놈에게 사랑과 정숙과 기도를 바치는, 저를 바라보지 않는 '신부'들이 많이 있으니까요."

"성교회의 최고신은 원래 여신이니까 놈이 아니야. 너, 그러다 천벌 받는다?"

"그렇군요. 남녀를 구분하지 않는 분이라는 뜻인가요? 백합물도 근사하지요."

"이런 녀석이 교황이 된다면, 성교회도 끝장이군."

탄식하듯 고개를 가로저으면서도 형이 웃고 있어서, 타이글림은 흐뭇한 표정을 지었다.

"그래도 저는 여기 있는 것보다, 그곳으로 가는 게 좋습니다."

형에게는 여동생과 자신뿐 아니라, 에르네스트 여백작도 있고, 오르밀라주 후작도 있다.

그리고 데뷔탕트 이후 폭풍처럼 사교계를 휘저으면서, 뒤로는 국내 문제를 삽시간에 평정해버린 리로우드 양도.

본인은 자각이 없겠지만, 그 백작 영애는 특히 말도 안 되는 존재라고 타이글림은 생각하고 있었다.

"나라를 부탁합니다, 형님. 아바마마를 끌어내리면 옥좌는 형님의 것입니다.”

“얌전히 끌려 내려와 주실 분이 아니지만, 노력은 해 보마. 너도 이왕 가는 이상, 성교회와 제국을 찍소리 못 하게 만들어다오. 꼴도 보기 싫은 오르블랜 후작 영식과 함께 말이야.”

“정말로 그 점만이 유일한 불만입니다. 뭐가 아쉬워서 테레사로 양을 함정에 빠뜨린 놈과 힘을 합치지 않으면 안 되는 겁니까.”

그것이 장기적으로 테레사로 양에게 도움이 된다면 어쩔 수 없는 일이지만.

교황이 되면.

성녀가 된 테레사로 양과 백년해로할 수는 없어도, 언젠가 신도들을 위해 가까이서 이야기를 나눌 수 있게 되리라.

타이글림에게는 아마도, 그것이 가장 마음 편한 거리다.

그리고 지금의 면면이 이대로 라이오넬 왕국 편에 서준다면.

“십여 년 후, 어쩌면 세계는 이 나라의 수중에 있을지도 모르겠는데요, 형님.”

“전혀 반갑지 않은 이야기로군. 꽤나 무거운 옥좌가 되겠어.”

“제가 그 자리에 앉지 않아서 다행입니다. 형님이 ‘패왕’으로 불릴 날을 기대하겠습니다.”

타이글림이 앉은 채로 형에게 주먹을 내밀자.

형이 거기에 똑같이 주먹을 톡, 갖다 대었다.

“참, 그리고 즈미아노 씨 이야기를 하니까 생각났는데요. 그자에게 부탁받은 게 하나 있어서, 형님에게 요청드리고 싶습니다.”

“뭔데?”

“세이파르트 씨에게 편지를 한 통 써주십시오. 오르밀라주 후작의 이름도 같이 넣어서요.”

“…무슨 편지?”

경계하는 형에게, 타이글림은 자신이 알고 있는 정보와, 형에게 부탁할 편지 내용을 전했다.

※※※

“형님.”

세이파르트는 현관을 향해 복도를 걸어가다가, 동생 퓨리가 부르는 목소리에 뒤를 돌아보았다.

내년에 귀족학교에 입학하는 그는 어쩐지 슬픈 얼굴로 이쪽을 보고 있었다.

“이야기는 들었습니다. 정말로 괜찮으신 건가요.”

“원래부터 적성에 안 맞는다고 생각했어. 너에게 떠넘겨서 미안하다.”

아하하, 하고 밝게 웃으며 사과하자, 동생의 얼굴이 더 슬프게 일그러진다.

“형님, 저는….”

“퓨리.”

세이파르트는 그의 말을 자르고, 속으로 중얼거렸다.

―이걸로 된 거야.

왜냐면 계승권은 원래 세이파르트가 퓨리와 양어머니에게서 빼앗은 것이니까.

세이파르트는 아우르김 백작가의 장남이지만, 서자니까.

있어야 할 곳으로, 있어야 할 것이 돌아가는 뿐인 이야기다.

"걱정 안 해도, 난 내가 원하는 대로 할 거야. 그보다 나 때문에 폐를 끼쳐서 미안하다."

세이파르트의 추문이 귀족사회에 퍼지자, 아버지는 비로소 후계자 후보에서 그를 제외하고, 퓨리를 후계자로 삼기로 결단했다.

아버지와 양어머니는 전형적인 정략결혼으로 부부 사이에 사랑은 없지만, 양어머니는 인품이 좋은 사람이라, 만약 친어머니가 살아 있었어도 정처의 자리는 흔들림이 없었을 것이다.

아마 아버지와 세이파르트의 어머니도, 불장난 같은 관계였을 거라고 생각한다.

애인은 될 수 있어도 정처가 될 일은 결코 없는, 넘을 수 없는 선이 있었기 때문에, 세이파르트의 어머니는 언제나 분노에 사로잡혀 있었다.

어머니는 아버지가 없는 곳에서는 세이파르트에게 불만을 쏟아내며 폭력을 휘두르는 사람이었다.

그래서 남의 눈치를 살피는 게 주특기가 되어버렸다.

이 집에 들어온 뒤에도, 상냥한 양어머니와 총명하고 귀여운 동생에게 방해가 되지 않도록 행동하는 것은 쉬운 일이었다.

실제로 귀여운 동생과 함께 놀아주고 웃어주는 일은, 언제 닥쳐올지, 언제 지나갈지 알 수 없는 폭력의 폭풍에 떠는 것에 비하면, 전혀 힘들지 않았다.

정당한 후계자인 아우르킴 가문의 장남과 친어머니가 유행병으로 세상을 떠나고, 세이파르트가 백작가에 들어오는 일만 없었어도… 아무 문제도 없었던 것이다.

"…형님은 이제 어디로 가시는 건가요?"

"응? 잠깐 놀러 가는 것뿐이야. 친구가 연극 티켓을 줘서, 데이트하러 가려고."

거짓말이다.

세이파르트는 그런 사소하고 무해한 거짓말은 비교적 자주 한다.

"…돌아오실 거죠?"

"물론이지. 내 집은 여기이고, 귀족학교를 그만둘 생각은 없으니까."

무엇을 하든, 학력이 있어서 나쁠 건 없다.

나도 꽤 뻔뻔하구나, 하고 생각하면서, 세이파르트는 퓨리에게 한쪽 눈을 찡긋한다.

"갈게."

손을 살랑살랑 흔들고 저택을 나온 세이파르트는 마차도 타지 않고 길거리를 걷기 시작했다.

연애놀음 따위는 사실, 즈미아노 형과 함께 있을 때조차 거의 한 적이 없다.

다만 다가오는 영애를 막지 않고, 평민의 술집에서 알게 된 아가씨들과 적당히 대화를 나눈 것뿐이다.

―소문이란 무책임한 거니까.

그런 생각을 하면서 평민들이 사는 지역으로 가서, 지인들과 적당히 인사를 나누며 그가 찾아간 곳은 '론다트 상회'라고 하는 대형 무역상회였다.

항구도시를 영지로 가지고, 무역업에 힘을 쏟아온 자작가에서 경영하는 곳이다.

그 접수대에서 말을 건넨다.

“안녕.”

“아, 세이파르트 님. 오늘도 면회입니까?”

“응, 늘 하던 대로. …그녀는 왔어?”

“오늘은 집무실에 계십니다.”

“고마워.”

얼굴 패스로 통과할 수 있지만, 일단 자신의 방문 소식을 전할 때까지 기다렸다가, 세이파르트는 집무실로 향했다.

“안녕, 일손은 안 모자라?”

“또 왔니?”

그곳에서 고개도 안 들고 대답한 사람은 론다트 자작가의 차녀였다.

초록색 머리카락에 강단 있는 인상인 그녀는 쓸데없는 애교는 부리지 않는다.

고급스럽지만 수수한 색상의 드레스를 입고서, 서류를 훑어보며 빠르게 척척 처리해나가는 그녀는 칼라.

세이파르트보다 두 살 연상으로, 이오라 에르네스트 여백작과 가까운 사이인 소녀다.

칼라는 최근 에르네스트 여백작이 개발한 마도구의 원재료 매입을 도맡아, 개발 창구로서 바쁘게 일하고 있다고 한다.

‘약혼자를 만들 새도 없다’고 투덜거리는 그녀가, 실제로는 다수의 혼담을 ‘선별할 시간이 없다’는 이유로 거절하고 있다는 사실을 세이파르트는 알고 있었다.

“그보다 넌 후계자에서 제외됐다면서? 대체 무슨 짓을 한 거니?”

“소식이 빠르네. 하지만 내가 원하던 바야.”

“바보 아냐?”

세이파르트는 그녀의 거침없고 직설적인 말투가 매우 기분 좋았다.

저도 모르게 미소를 지으며 묻는다.

"내가 뭐 도울 일은 없어?"

"지금은 없어. 조금 있으면 물건과 편지가 도착해서 일손이 필요할지도 모르지만."

"유감이네."

칼라가 주는 일감은 세이파르트에게 귀중한 수입원이다.

허락도 구하지 않고 가까운 의자에 털썩 주저앉자, 칼라가 다시 힐끔 시선을 던졌다.

"왜?"

"아, 그게… 실은 즈미아노 형한테 소개장을 받아왔거든. 여기서 나를 고용해주면 안 될까 하는 의사 타진."

『네가 원하는 게 이거지—?』라며 그가 건네줘서, 세이파르트는 쓴웃음을 지을 수밖에 없었다.

—이 사람 곁에 있고 싶어하는 걸 들켰군.

당차고 망설임 없는, 장사 수완이 뛰어난 연상의 영애.

유연하게 자신의 뜻을 관철해 나가는 칼라는, 세이파르트에게는 동경의 대상이었다.

"잡일이라도 좋으니까, 졸업하면 나를 고용해줬으면 좋겠는데."

"까불지 마."

칼라가 만년필을 움직이던 손을 멈추고, 눈을 슥 들었다.

그 초록색 눈동자를 마주하자, 기분이 짜릿해진다.

"자기 능력도 파악 못 하는 남자에겐 볼일 없어."

"말이 심하네. 하지만 나라면 더 잘할 수 있다고 기대하고 한 말이라면, 부담스럽지만 기뻐.”

그녀와 알게 된 것은, 훨씬 더 어렸을 때.

자작보다는 상인으로서의 기질이 더 강한 론다트 자작이, 나름대로 유복한 생활을 하고 있던 세이파르트의 어머니에게 이국의 보석을 팔러 왔던 일이 계기였다.

어른들이 이야기를 나누는 동안, 세이파르트는 아버지를 따라온 칼라와 정원에서 함께 놀았다.

그래서 그녀는 세이파르트의 사정을 잘 알고 있다.

“기대하고 있다면, 나를 남편으로 삼아주지 않을래?”

장래에는 본가 상회의 분점을 내서 자신의 사업을 해 보고 싶다고, 칼라는 종종 말했었다.

이오라 님의 연구 건을 도맡아 하고 있는 것은, 그 목표를 향해 차근차근 나아가고 있다는 증명이리라.

“거절하겠어. 그 경박한 태도부터 고치고, 상응하는 실적을 네 힘으로 쌓고 나서 다시 찾아와.”

“너무 어려운 요구를 하네.”

“그리고 난 연하는 취향이 아니야.”

“지금 상처받았어.”

“의지할 수 있는 사람이라면 나이는 관계없지만, 지금까지 의지할 만한 연하는 만난 적이 없으니까.”

“의지할 만한 연상은?”

“우리 아버지랑 나이가 더 가까워서 좀.”

한마디로, 그 정도 실력이 없으면 칼라의 눈에는 차지 않는다는 뜻이다.

“유감이네. 나중에 다시 찾아와야 하나. …그때까지 시집 안 가고 기다려주면 안 될까?"

"바보 아냐?"

칼라는 눈살을 찌푸리고서, 세이파르트가 손에 쥐고 있는 소개장을 가리켰다.

"손쉽게 실적을 쌓고 싶으면 그걸 써먹어. 후작가의 소개인데, 우리가 거절할 리 없잖아. 그런 걸 이용하는 교활함도 가지라는 얘기야."

"아아, 이거?"

세이파르트는 내심 빙그레 웃으면서, 칼라의 집무책상 쪽으로 다가가 그것을 내려놓았다.

"이용하라고 먼저 말해줘서 기뻐. 내용도 한 번 읽어봐 줄래?"

뭔가 불길한 예감이 들었는지, 칼라가 탐탁지 않은 표정이 된다.

봉투를 집어 들고 편지를 꺼내더니… 드물게, 그녀답지 않게 굳어버린다.

"그래서 칼라가 '고용하지 않겠다'고 하면, 포기할 생각이었는데."

"너…, 처음부터 이걸 노린 거지?!"

그러더니 칼라는 별안간, 매니큐어를 곱게 칠한 손가락으로 세이파르트의 코를 붙잡고 비틀었다.

"아파~."

아무리 못마땅해도, 고지식한 칼라는 이미 봐버린 걸 모른 척하지는 못한다.

세이파르트는 자신에게 이득이 된다면, 가끔은 남에게 해가 되는 거짓말도 한다.

"내가 못 살아. 전하도 무슨 이런 장난을 하신담! 두고 봐, 다음에 이오라 건으로 발주가 들어오면, 민폐 비용까지 싹 다 뜯어내줄 테니까!"

"있잖아, 칼라."

“왜?!”

그녀에게 붙잡혔던 코를 문지르며, 세이파르트는 똑바로 그녀의 눈을 응시한다.

“난 진심이야.”

“…최소한 귀족학교나 A클래스로 졸업하고 나서 다시 찾아와. 그때까지 보류해둘게.”

“기회를 줘서 고마워.”

세이파르트는 집무책상 위로 몸을 기울여, 칼라의 볼에 입맞춤했다.

“무슨…!”

“약속이야. 난 포기하지 않을 거니까, 도망치지 마.”

얼굴이 새빨개진 칼라에게 그렇게 말하고, 세이파르트는 찰싹! 대차게 따귀를 얻어맞았다.

“이 파렴치한 녀석!”

세이파르트가 가져온 즈미아노의 서장은 취직 알선이 아니라.

오르밀라주 후작가, 오르블랜 후작가, 그리고 왕태자 전하의 이름이 연명된, 칼라와 세이파르트의 정식 맞선 의뢰였다.

3. 성녀의 수난

【왕태자 전하 약혼 피로연】으로부터 2주일이 지난 어느 날.

귀족학교 안에 있는 어느 비밀의 방에서… 테레사로는 볼의 근육을 실룩거리고 있었다.

눈앞에 있는 것은, 몸을 납작 숙이고 있는 세 청년.

—왜, 왜 후작가와 공작가의 영식들이 나에게 고개를 조아리고 있는 거죠~?!?!

그 자리에 있는 사람은 즈미아노 님을 필두로, 트루기스 님과 시졸다 님이다.

재상의 아들인 시졸다 님은 무려 레오니엘 전하의 육촌으로… 즉, 비록 순위는 낮지만 왕위 계승권까지 있는 신분이다.

상인에서 벼락귀족이 된 남작가의 딸일 뿐인 테레사로는 기절할 것만 같았다. 느닷없이 불려나간 곳에서, 이 세 사람에게 석고대죄를 받고 있는 상황인 것이다.

게다가 그들 옆에는 의기양양하게 양손을 허리에 올리고, 당당하게 서 있는 웰미 님의 모습이 있었다.

여전히 사랑스럽고 아름다운 사람이지만, 지금은 수수께끼의 박력을 발산하고 있다.

테레사로는 주뼛주뼛 웰미 님에게 질문을 던졌다.

"저기~ 어, 어째서 이분들이 저에게 고개를 숙이고 계신 건가요…?"

"사죄하러 온 게 당연하잖아!"

흥, 하고 콧방귀를 뀐 웰미 님은 경멸하는 눈초리로 세 사람을 내려다보았다.

"며, 명색이 고위 귀족의, 그것도 후계자분들 아니신가요…?"

"넌 이 사람들 때문에 하마터면 소녀의 존엄성을 빼앗길 뻔했어! 이 정도는 당연하고, 폐하와 이 사람들의 부모님도 인정하셨으니까 괜찮아! 지금은 모두 내 호위이기도 하고!"

웰미 님도 어쩐지 될 대로 되라는 기세다.

대체 무슨 일이 있었던 건가요, 라고 차마 물어보지도 못하고, 테레사로는 "그, 그런가요…" 라고만 대답했다.

"테레사로 양에게 사죄라…. 그럼 나도 같이 하는 게 좋겠지?"

"제발 그러지 마세요! 그리고 세이파르트 님은 벌써 사과하셨잖아요!"

옆에서 들려온 목소리에, 테레사로는 즉각 거부의 뜻을 밝혔다.

턱에 손을 대고 있는 사람은, 전과는 비교도 안 될 만큼 표정이 온화해진 세이파르트 님.

하지만 이 이상 사태를 꼬이게 만들지 말아달라고, 테레사로는 간절히 기원했다.

아마 테레사로와 마찬가지로 '사과받는 쪽'으로 불려 나온 듯한 세이파르트 님은 '매료의 성술'이 풀린 후에, 편지로 사죄를 해왔던 것이다.

만나려고 마음먹으면 학교에서 얼마든지 만날 수 있는데도, '무서워할 것 같아서' 라며 일부러 웰미 님을 통해.

덧붙여 이 사죄의 자리에 있는 또 한 사람은 기사복 차림의 소포일이다.

소포일과 아직 재약혼은 하지 못했지만, 웰미 님은 시간문제라고 말

했었다.

서로에게 일어난 일과 각자의 마음을 털어놓고, 어찌어찌 연인 사이로 돌아온 그는… 심기가 매우 불편한 듯, 실눈 안쪽에서 즈미아노 님을 향해 살기를 뿜어내고 있었다.

세 사람 뒤에서 팔짱을 낀 채, 당장이라도 검을 뽑아들 기세로 우뚝 버티고 서 있다.

"그그, 그보다 여러분, 저에게 그렇게까지 사과하지 않으셔도 괜찮아요!"

소포일도 다시 왕도로 돌아왔으니까, 더는 개의치 않는 것이다.

"이건 이것대로 좋은 것 같기도…" 라고 말하자, "넌 너무 착해서 탈이야" 라고 소포일은 어처구니없어했지만.

"그보다 여긴 학교 안인데, 왜 당연한 것처럼 다들 여기 계신 거죠…?"

"응? 레오니엘 왕태자 전하에게 허가를 받아낸 것뿐이야."

─전하아아아아~! 왜 그러신 거예요오오오오~!

테레사로는 마음속으로 부르짖었다.

지금 있는 이곳은 이미 졸업한 레오니엘 전하가 이오라 님을 위해 마련한 공간… 통칭 '살롱'이라 불리던 방이다.

"참, 그리고 보니까 테레사로는 세이파르트 님이랑 같이 이 방에 들어왔는데, 위치를 알고 있었니?"

─그런 것보다, 이제 그만 일어나라고 해주세요오오~!

웰미 님에게 마음속으로 부르짖으며, 질문에 대답한다.

"아, 저, 저는 여러분이 졸업하시기 전에 마지막 반년 동안 '살롱'의 멤버였거든요⋯."

"⋯뭐?"

그러자 웰미 님의 분위기가 갑자기 싸늘하게 변했다.

보석 같은 주홍색 눈동자가 슥 가늘어지더니, 위험한 빛이 번뜩인다.

"히익?! 왜, 왜 그러세요?!"

"그랬구나, 테레사로⋯. 내가 아바인과 지긋지긋한 시간을 보내는 동안, 너는 여기서 우리 언니랑 즐거운 시간을 보내고 있었다고⋯?"

"아아아아아, 저, 저기요⋯?!"

자신의 실수를 깨달은 테레사로는 머릿속이 새하얘졌다.

이오라 님의 학창시절 이야기가 뇌관이었음을 깨달았지만, 때는 이미 늦었고.

"그래서 처음에 레오에게 말을 걸 때, 그렇게 친밀해 보였구나? 흐음, 그랬구나⋯."

"아뇨, 그게 저기⋯."

테레사로는 가슴 앞으로 손을 모은 채 온몸을 긴장시키고, 애써 시선을 피한다.

그러자 웰미 님은 눈동자와 똑같이 주홍색으로 물들인 손끝으로 테레사로의 턱을 슥 들어올렸다

키는 별 차이 없는데도, 눈에만 웃음기가 없는 싸늘한 미소에는 저도 모르게 '여왕님'이라고 부르고 싶어지는 무시무시한 압력이 있었다.

─에, 에이데스 님의 분위기가 옳은 것 같아요오오~!

몇 차례밖에 만난 적 없지만, 웰미 님이 옆에 있을 때와 없을 때의 분위기가 완전히 다른 후작의 얼굴을 떠올리면서, 테레사로는 삐질삐질 식은땀을 흘렸다.

"그때 구해주지 말 걸 그랬나…?"

"웨, 웰미 언니가 구해주셔서, 테레사로는 너무너무 감사드려요오오!"

눈을 질끈 감고 반사적으로 그렇게 외치자, 웰미 님의 움직임이 왠지 딱 멈춘 것 같았다.

조심조심 눈을 뜨자, 왠지 이쪽의 얼굴을 빤히 들여다보고 있다.

"테레사로."

"네에…."

"한 번 더?"

"저는 웰미 언니가 구해주셔서 너무너무 감사드려요!"

그러자, 그때까지 처형 모드였던 웰미 님의 얼굴에서 위압감이 슥 사라지고.

이번에는 어쩐지 황홀한 듯 볼을 살짝 붉히고 촉촉한 눈빛으로 이쪽을 응시한다.

여자인 자신도 설렐 만큼 요염하고 애달픈 그 표정에 무심코 넋을 잃고 바라보자 그녀는 하아, 한숨을 내쉬었다.

"어쩐지 너무 좋아…!"

"네…?"

"테레사로, 이제부터 너는 나를 언니라고 불러…."

"아, 알겠어요! 언니!"

테레사로가 웰미 언니에게 그렇게 대답하자, 왠지 세이파르트 님이 고개를 깊이 끄덕거린다.

"과연, 이게 바로 관상용 백합인가…. 웰미 님이 드디어 자신의 성적 취향에 눈을 떴군. 아니, 원래부터 소질은 있었지만….."

그런 왁자지껄함 속에 소포일이 지친 듯이 한숨을 푹 내쉬더니, 낮은 목소리로 말했다.

"죄송하지만, 슬슬 본론으로 들어가 주시겠습니까?"

"아, 맞다. 소포일 경을 일부러 오게 해놓고, 기다리게 해서 미안해요."

미소와 함께 가볍게 사과한 웰미 언니는, 납작 엎드린 영식들에게 말을 건넸다.

"자, 세 사람도 어서 사과한다고 말해!"

""“정말로 죄송합니다.”""

"요, 요요, 용서할게요!"

"그건 아니지!"

테레사로는 사죄에 즉답했지만, 웰미 언니는 허락해주지 않았다.

"왜, 왜요오! 이 상황은 더는 무리예요! 제발 고개를 들어주세요오!"

그렇게 반쯤 울먹이며 애원하자, 간신히 "고개를 들어도 좋아" 라고 웰미 언니가 말해주었다.

안도한 나머지 그만 주저앉을 뻔한 테레사로를, 소포일이 재빨리 다가와 부축해주었다.

"미이, 이제 슬슬 말해도 돼—?"

방금 전까지 말도 안 되게 굴욕적인 자세로 있었으면서, 전혀 신경 쓰는 기색도, 동시에 뒤의 두 사람과 달리 반성하는 기색도 없이, 싱글벙글 웃으며 즈미아노 님이 물었다.

세이파르트 님은 어쩐지 복잡한 표정으로, 의형제라고 하는 그를 바라보고 있었다.

"쓸데없는 소리만 했다간 죽여버릴 거야."

"똑바로 잘할게―. 그 정도는 나도 알 것 같으니까―."

이번 사건에서 트루기스 님과 시졸다 님, 그리고 세이파르트 님까지 조종했다고 하는 흑막 즈미아노 님.

소포일은 진상을 알았을 때, 잠시 말이 없다가 불쑥 이렇게 중얼거렸었다.

『신분이 낮다고 무시하지 않고, 공적을 인정해주고, 친근하게 대해주시는 분들인데』라고.

테레사로의 눈에 비치는 마력의 파동도, 모두 기본적으로는 기분 좋은 분위기를 발산하고 있어서, 그 마음은 잘 알 수 있었다.

―트루기스 님의 사랑을 응원하기 위해서였다고.

방식이 황당하고 민폐도 컸지만, 그 즈미아노 님마저도 조금 일그러졌을지언정 결코 나쁜 파동을 가지고 있지는 않았다.

하지만 그 색조는, 총천연색인 다른 사람들과 달리, 어쩐지 회색빛을 띠고 있었다.

마치 색이 없는 그림처럼.

더 자세히 주시해 보니, 파동의 빛이 바랜 것은 머리와 심장에 있는 마력의 원천 중, 머리 쪽에 미세한 일그러짐이 발생한 탓이었다.

그것을 알아차린 테레사로는 무의식적으로 그의 이마에 손을 뻗었다.

"응? 왜?"

"아, 아뇨. 잠시만 가만히 있어주시겠어요?"

싱글벙글 웃으며 묻는 그에게, 테레사로는 대답을 얼버무리면서 일그러짐을 바로잡는 치유의 성술을 발했다.

마력의 파동을 느끼는 걸 넘어 선명하게 볼 수 있는 건 아마도 특이한 능력인 듯, 타이글림 전하는 『신용할 수 있는 사람이 아니면 가급적 말하지 말라』고 명령했다.

그리고 마력의 일그러짐을 바로잡아, 그 원인이 된 상처와 통증 등을 간접적으로 치유하는 것 또한 테레사로만의 특이한 힘이라고 한다.

즈미아노 님의 파동이 일그러진 부분은 이마의 중심.

아마, 아주 오래전부터 일그러져 있었을 그 부분은, 성술만으로는 정상으로 돌아오지 않았지만.

마력의 파동에 색깔 있는 물방울을 똑 떨어뜨린 것처럼 아주 조금 색채가 돌아온다.

일그러진 부분은, 아마 이제부터 서서히 회복될 것이다.

그러자 웰미 언니가 의아한 듯이 고개를 갸웃했다.

"뭘 한 거야?"

"아, 죄송해요. 으음…, 오래된 상처가 있어서 그걸 치료했어요. 즈미아노 님?"

"응, 왜?"

의아한 얼굴로 고개를 갸웃하고 있는 즈미아노 님에게 테레사로는 물었다.

"혹시 옛날에 머리에 상처를 입으신 적이 있나요?"

그러자 그 말에, 즈미아노 님 본인보다, 뒤에 있는 시졸다 님과 트루기스 님이 더 크게 반응했다.

둘 다 눈이 휘둥그레져 있다.

"상처? 옛날에 발을 헛디딘 니니나를 구하려다 벼랑에서 떨어진 적이 있었지—?"

뒤의 두 사람에게, 별일 아니라는 듯이 묻는 즈미아노 님을 보고, 시졸다 님이 한숨을 내쉰다.

"있었지—? 가 아니죠. 생사의 경계를 오갔잖아요."

"그랬던가—?"

아하하, 웃는 그의 모습에, 웰미 언니가 신기한 광경을 보는 듯한 표정이 된다.

"어머, 당신도 옛날에는 그런 행동을 했었구나."

"미이는 나를 어떻게 생각하는 거야—?"

"답 없는 괴짜라고 생각해."

"엥, 어쩐지 심한 말을 들은 것 같아—."

테레사로는 미안하게 생각하면서도 두 사람의 대화에 끼어들어, 중요한 말을 했다.

"실은요, 머리를 다치면 겉으로는 문제가 없어도, 이런저런 지장이 생기는 경우가 있어요!"

비슷하게 머리 부분의 파동이 일그러져 정신이 병든 사람을 치료했을 때 우연히 알게 된 사실로, 마력의 파동이 일그러지면, 인간성에까지 영향이 생기는 것이다. 조울증이 심했던 그 사람은, 몇 달 후 완전히 온화해졌고, 그리고 건강해졌다.

"그 상처 전후로, 즈미아노 님 안에서 뭔가 변한 건 없었나요?"

"응—? 너무 오래전 일이라 기억은 잘 안 나지만…. 그러고 보니까, 사는 게 재미없어진 것 같은 게 그 무렵부터였던가…? 어라?"

즈미아노 님이 희미하게 미간을 찌푸리자, 웰미 언니와 트루기스 님을 비롯한 영식들은 마치 신기한 광경이라도 보는 것처럼 점점 더 눈이 동그래진다.

"뭐, 아무려면 어때—."

금방 다시 웃는 얼굴로 돌아온 즈미아노 님은 아무 일도 없었다는 듯이 말했지만, 파동이 조금씩 싱그러운 빛을 되찾기 시작하고 있어서, 테레사로는 그 이상 아무 말도 하지 않았다.

"그래서 테레사로에 대한 사죄 말인데—."

"아, 네."

굳이 필요 없는데, 라고 생각하면서 테레사로가 고개를 끄덕이자, 즈미아노 님이 싱글벙글 웃으며 폭탄선언을 했다.

"네가 성녀가 돼서 성교회에 들어가는 걸 원하지 않는다고 들어서, 내가 뒤집어엎을 준비를 해왔어—."

"⋯⋯⋯⋯⋯네?"

너무나 충격적인 발언에 테레사로가 그대로 얼어붙어버리자, 웰미 언니가 부르짖었다.

"잠깐만, 즈미아노 님! 자세히 좀 설명해 봐!"

"미이가 쓸데없는 소리 하지 말라고 해서, 결론부터 이야기한 건데—."

"주어가 중요하다는 얘기야! 뒤집어엎는 건 '성녀가 되어 총본산에 들어가는 것'을 말하는 거지?!"

"아, 그런가."

탁, 손뼉을 치는 즈미아노 님에게, 테레사로는 간신히 말을 꺼낼 수 있을 만큼의 평정심을 되찾았다.

"그, 그런 일이 가능한가요?!"

"가능해—."

자못 간단한 듯이, 즈미아노 님이 실실 웃으며 말한다.

현재 테레사로는 유예를 얻었을 뿐, 장래에는 제국에 있는 총본산에 들어가 성녀로서 일하는 것은 이미 결정된 일이라고 생각하고 있었다.

"신전… 이랄까, 교황 성하에게 이미 생색거리를 만들어놨고, 입을 다물게 할 정보도 전달해놨거든—. 네가 소포일과 재약혼한다면, 신전에 안 가도 되게 조처해놨어—."

아하하, 하고 즈미아노 님은 아무렇지도 않게 말하지만, 너무 엄청난 이야기라 테레사로는 머리가 쫓아가지 못한다.

—교황 성하에게 생색거리? 입을 다물게 해?

이 사람은 대체 무슨 말을 하는 걸까.

"대체 언제 그런 이야기를 한 거야? 최근에 당신은 구속당해 있었잖아!"

"편지를 보냈고, 씨를 뿌려둔 건 사교 시즌 개막 전이야—."

"넉 달도 더 전에…?!"

"응, 놀고 나면 뒷정리는 해야 되잖아—? 내가 이기든 지든, 전부 순조롭게 제자리로 돌아갈 수 있도록 손은 다 써놨어—."

—그런 일은 불가능하다고 생각하는데요?!

—그보다 이 사람, 지난번 대소동을 놀이라고 말한 거야?!

자칫 잘못하면 왕국과 제국, 성교회까지 뒤흔들 수 있는 책략이, 놀이.

이 사람, 정말로 같은 인간이 맞는 걸까.

어쩌면 실은 마왕이 아닐까, 라는 생각까지 들고.

"모두에게 민폐란 민폐는 다 끼쳐놓고 에이데스에게 진 주제에, 의기
양양해하지 마!"

"의기양양 안 했어―."

―마왕을 이긴 사람이 있었다아아아아~~!

필두 후작은 마왕보다 위.

혹시 마신 종류인 걸까.

즈미아노 님의 발언에, 세이파르트 님과 소포일도 얼굴에 경련이 일
고 있는데, 웰미 언니는 끄떡도 하지 않는다.

―그보다 웰미 언니, 지금 필두 후작의 이름을 경칭도 없이 그냥 부
른 건가요?!

그러고 보니 테레사로는 신분이 너무 달라서 소문으로밖에 듣지 못
했지만, 웰미 언니는 레오니엘 전하의 약혼녀 후보가 되기 전에는, 마
도경과 약혼했다는 소문도 있었다.

사실이었던 걸까.

말도 안 되게 엄청난 사람을 언니라고 부르게 된 게 아닐까, 하는 생
각에 이르자, 몸이 떨려오기 시작했다.

애당초 웰미 언니는 평범한 백작 영애가 아니다.

리로우드 공작가의 계보를 잇는 영애이자, 미래의 왕태자비인 이오
라 님의 의붓동생이기도 하고, 레오니엘 전하에게 '허가를 받아낼 수 있

는' 사람.

게다가 마왕과 마신의 이름을 경칭 없이 막 부를 수 있는, 미래의 필두 후작 부인이기도 하다는 사실.

―웰미 언니는 혹시 여신님이나 여성 대마왕님…?!

그렇게 테레사로의 머릿속이 분주한 가운데, 소포일이 질문을 던진다.

"즈미아노 님, 리로우드 양. 그, 저와 테레사로의 재약혼이라는 게 무슨…?"

"아아. 자, 이거. 두 사람의 재약혼에 관한 왕명을 능구렁이 국왕한테 받아왔어―. 아, 물론 두 사람이 싫으면 파기해도 된다고 했으니까 안심해."

그러면서 즈미아노 님이 서장을 한 통 내밀었다.

"테레사로를 경칭 없이 부르는 건 그렇다 쳐도, 폐하를 능구렁이라고 부르지 마! 누가 들으면 어쩌려고 그래?!"

"미이도 왕태자를 경칭 없이 부르잖아―. 그리고 여긴 전하가 이오라를 위해 마련한 '살롱'이니까, 누가 들을 염려는 전혀 없어. 걱정도 팔자네―."

테레사로는 소포일 옆에서, 즈미아노 님이 내민 서장을 주뼛주뼛 들여다보았다.

분명 거기에는, 폐하의 서명과 함께 재약혼 왕명이 기재되어 있었다.

―진짜로 뭐가 뭔지 모르겠어…!

물론 옛날부터 너무너무 좋아했던 소포일과 다시 약혼할 수 있는 건 무척 기쁘다.

본가가 가난한 탓에 번화가에 나와 일하면서도 놀아달라고 조르면 일이 끝난 뒤에 모두와 함께 놀아주던 다섯 살 위의 상냥한 오빠.

기사단에 들어간 뒤에도, 휴일이면 과자를 들고 찾아와 아이들에게 나눠주고, 기사단 이야기를 해달라고 조르면, 말수는 적지만 이런저런 이야기를 들려주고.

그런 소포일을 줄곧 좋아해왔고, 그와 약혼했을 때도 노력한 것이다.

나이 차이와 테레사로의 성녀 신분 등을 의식해 거절하려고 하는 그에게, 줄기차게 마음을 전해 간신히 손에 넣은 소중한 약속이었으니까.

그가 변경으로 떠나 만날 수 없게 되었을 때, 유일한 버팀목이었던 약속마저 파기당하고 견딜 수 없이 슬펐지만.

이번에는 소포일에게도 '좋아해' 라는 고백을 받고, 뛸 듯이 기뻤으니까.

온갖 상념이 뒤죽박죽 흘러넘쳐 테레사로가 눈물을 글썽이자, 소포일이 다정하게 등을 쓰다듬어주었다.

"…하지만 재약혼이 어떻게 신전에 들어가는 것을 뒤집는 조건이 되는 겁니까?"

이미 말문이 막혀버린 테레사로를 대신해, 소포일이 묻자.

후작가의 이름을 이용해 압력을 넣은 약혼 파기의 원흉이자, 그 후 말도 안 되게 어마어마한 보상을 가져온 즈미아노 님이 싱글벙글 웃으며.

"―너는 아마 숨기고 있는 것 같지만, '빛의 기사'잖아―?"

이번에는 소포일이, 옆에서 경악한 표정으로 얼어붙었다.

'빛의 기사'.

그것은 '핑크색 머리와 은색 눈동자의 소녀' 전설과 함께 전해 내려오는 존재로, 마왕수라고 불리는 지성 있는 마수와, 마족왕이라 불리는 인간보다 강대한 존재를 물리칠 수 있는, 빛의 축복을 받은 존재라고 한다.

"그거 알아—? 전승이나 기록에 '핑크색 머리와 은색 눈동자의 소녀' … 즉, 테레사로 같은 소녀가 출현하면 반드시 마왕수와 마족왕이 태어나고, 마물의 힘이 강대해져—. 최근에 마물의 활동이 활발해지고 있다는 보고도 있고 말이야—."

막힘없는 즈미아노의 설명에, 또다시 이해가 쫓아가지 못한다.

"그때 소녀를 지켜준다고 하는 '빛의 기사'의 출현도 동시에 기록되어 있어—. 성녀 자신은 치유와 정화의 존재라, 마물을 물리치는 힘은 없으니까—."

성교회뿐 아니라, 중앙대륙 각국의 왕가와 옛날의 라이오넬 변경백가도, 과거에 '빛의 기사'와 '핑크색 머리와 은색 눈동자의 소녀'를 배출해 힘을 키웠다는 설이 있다고 한다.

테레사로는 전부 처음 듣는 이야기였지만, 아마도 소포일은 알고 있는 것 같았다.

어금니를 꽉 깨물고, 테레사로의 어깨 위에 놓인 손에 힘이 조금 실린다.

"소포일은 그런 게 귀찮아서 싫었어—? 아니면 숨긴 이유가 따로 있는 거야?"

즈미아노 님의 태도는 변함이 없다.

여전히 싱글벙글 웃으며, 그러면서도 모든 걸 꿰뚫어보는 듯한 태도로 소포일을 추궁한다.

잠시 침묵 후. 소포일은 나지막하게 한숨을 토했다.

“…테레사로 곁에서, 그녀를 지키기 위해서입니다. 변경으로의 파병을 받아들인 것은, 마왕수가 되기 전에 강대화한 마물을 사냥하기 위해…”

“그랬구나―. 아, 참고로 난 마인왕이 아니고, 마도경과 미이도 그런 것과는 거리가 멀어―. 테레사로.”

즈미아노 님이 갑자기 마음을 읽은 것처럼 그런 말을 해서, 테레사로는 힉, 하고 숨을 삼켰다.

“그ㄱㄱ…!”

“아까 생각했잖아―. 그래서 그걸 증명하기 위해, 이런 걸 준비해 봤어―!”

짜잔, 하고 즈미아노 님이 향수와 팔찌를 꺼내 살롱의 테이블 위에 놓자, 웰미 언니의 낯빛이 달라졌다.

“……! 즈미아노 님, 그건!”

“아, 이건 달라, 미이. 사람을 조종하기 위한 게 아니라, 내 연구의 진짜 목적이야―.”

“…진짜 목적?”

웰미 언니가 경계심을 풀지 않은 채 다시 묻자, 즈미아노 님은 “무려!” 하고 목청을 높였다.

“이건 마물의 사고력을 저해하는 향수와, 마물을 약체화시키는 마력장을 만들어내는 팔찌라는 거―!”

―이제 무슨 말이 나와도, 더는 놀라지 않을 거라 생각했지만.

"마도경이 내 밀수를 돕는 사람을 넌지시 떠보는 것 같더니, 순식간에 숨겨둔 공장까지 찾아내가지고 말이야—. 아마 연구 내용을 본 것 같아—. 얼마 전에 '교황을 입 다물게 만들기 힘들 것 같으면 써먹어'라면서 가르쳐준 정보가, 소포일이 '빛의 기사'인 것 같다는 이야기였어—."

필두 후작도 역시 이상하다.

어떻게 그런 정보를 쥐고 있을까.

"그럼 즈미아노 님이 교황을 입 다물게 할 무기로 삼은 게 이거야?"

"정답—! 이 향수의 향기를 맡으면 약한 마물은 움직이지 못하게 되고, 강한 놈도 몽롱해지는 것 같아. 그러니까 팔찌를 사용하면, 아마 큰 마수라도, 강한 기사라면 일 대 일로 싸울 수 있을 만큼 움직임을 둔화시킬 수 있을 거야—."

어마어마한 효과를 아무렇지도 않게 설명하고 나서, 즈미아노 님은 한쪽 눈을 찡긋했다.

"이 향수에 관한 권리를, '빛의 기사' 정보와 함께 교황 성하에게 제시하고—. 성교회의 공적으로 해주는 대신 확약을 받아놓은 거야—."

표면적으로는, 하고 즈미아노 님은 말에 함축성을 내포시킨다.

"하지만 성하도 바보가 아니니까. 거기에 더해 '대신, 소포일이 '빛의 기사'임을 공표하고, 테레사로와 함께 정식으로 성교회의 축복을 받을 것'이라는 조건을 내걸었어. 테레사로의 신전 입성 거부로 성교회의 권위에 흠이 생기는 걸 막기 위해서겠지—?"

"성직자 주제에 거래 내용이 완전 음흉해…."

"권력자란 원래 그런 거야—."

어처구니없어하는 웰미 언니의 지적에, 즈미아노 님은 태연하게 대꾸하고 다시 말을 이었다.

"그리고 이 팔찌는, 내 죄를 용서하는 대신 왕실과 마도성에서 공동 관리해 양산하는 걸로 교섭을 매듭지었어. 마도경은 개인적으로는 관여하지 않는다고 나중에 표명할 예정이고, 유력 가문의 아들들이 바보 짓을 했으니까, 아마 아무도 뭐라고 하지는 못할 거야—."

그는 자신과 트루기스 님, 그리고 시졸다 님을 가리키고 나서, 이렇게 마무리했다.

"뭐, 그래도 일단 개발자로서의 이익은, 양산이 시작되면 다소는 내 주머니로 들어오는 것 같으니까—. 이걸로 얻는 분배 이익을… 권리까지 함께 소포일에게 전부 넘기려고 해—."

그러면 전부 해결이야—, 라며 두 손을 모은 즈미아노 님은, 빙그레 웃으면서 그 손을 얼굴 옆으로 가져가 고개를 갸웃했다.

"뭐야, 그 오글거리는 동작은."

"미이는 정말 너무해—. 그래서 소포일, 대답은?"

"…제가 숨기고 있던 능력을 사람들에게 알리는 데 이의는 없습니다. 하지만 그 마도구의 이익을 저에게 넘기는 이유가 뭡니까? 금전 같은 건 원하지 않습니다만."

"테레사로를 지켜야 되잖아—?"

소포일의 질문에 즈미아노 님은 태연하게 대답한다.

"지위와 재산. 권력과 직함. 아무것도 없이, 세상에 단 한 명뿐인 소녀를 검 하나로 지킬 수 있다고 생각해—?"

"……!"

"성교회도 지금은 약속했지만, 네가 뭐 하나라도 실수하면, 그걸 구실로 테레사로를 다시 데려가려고 할 것 같아—. 다른 나라에서도, 그리고 범죄자들도 진짜로 필요하다면 납치나 협박도 불사할 거야—."

날카로운 말로 소포일을 몰아붙이는 즈미아노 님의 눈동자는 어디까지나 맑고 투명했다.

"네가 마물 퇴치의 영웅으로 전장에 나가 있는 동안, 누가, 무엇이 테레사로를 지킬까—?"

그는 천진난만한 사람이다.

그것은 나쁜 것과 좋은 것을 구별하지 않는다는 뜻이기도 하지만.

사람의 선의도 악의도, 전부 똑같이 색안경 없이 보고 있는 것이리라.

그래서 거침이 없다.

즈미아노 님의 말은 아마도 전부 단순한 사실이니까.

"그런 이야기야, 소포일. 네가 테레사로를 지키기 위해 할 수 있는 일은 신뢰할 수 있는 사람을 고용하는 것, 성공하는 것, 아무도 건드릴 수 없는 실적을 쌓는 거야—. 그러니까 너에게는 팔찌의 돈이 필요해—. 그 모든 게 '무리'라서 도망치겠다면 뭐, 도망쳐도 좋아—."

"…도망치지 않습니다."

"그럼 받아줘—."

즈미아노 님이 들어 올린 팔찌를 받아들고…, 소포일이 테레사로에게 시선을 향한다.

"테레사로."

"응!"

실눈의, 결코 미남이라고 할 수는 없지만 테레사로가 가장 사랑하는 소포일이, 조용히 말한다.

"…너와 평생을 함께하고 싶다고 생각해."

"응….”

"너도 같은 마음으로 있어줄래?"

"…응!"

활짝 웃으며 대답하자, 소포일은 즈미아노 님에게서 팔찌를 받아들었다.

그 모습에, 테레사로는 참고 있던 눈물이 왈칵 터져버렸다.

웰미 언니가 기쁜 얼굴로 손수건을 내밀어줘서 눈물을 닦자, 모두가 박수를 쳐줘서, 부끄러운 나머지 테레사로는 고개를 숙였다.

"그럼 빛의 기사로서 살아갈 것을 결의한 소포일에게는 이것도 선물할게—."

그러면서 즈미아노 님은 살롱 구석으로 걸어가, 가늘고 긴 꾸러미를 들고 돌아왔다.

"그게 뭡니까?"

"자루에 빛의 보옥을 박은【빛의 성검】과, 새 마옥(魔玉)을 박은 레플리카야—. 전부 해서 세 자루. 이것도 양산할 생각이야—."

"………예?"

소포일이 어리둥절한 사이, 즈미아노 님은 냉큼 꾸러미를 풀었다.

거기에는 똑같은 모양의 검이 세 자루.

유려하다고 하기에는 장식도 별로 없고 투박하지만, 한 자루는 신성한 기운을 띠고 있고, 나머지 두 자루는 즈미아노 님의 말대로, 아무런 마력도 없는 마옥이 박혀 있었다.

"【빛의 성검】…은… 국보 아닙니까?"

"창고에서 썩고 있으니까 가져가라고 능구렁이 국왕이 그랬어—. 원래부터 본래의 주인이 나타나면 줘야 되기도 하고—. 아, 레플리카는 테레사로나 네가 빛의 마력을 주입하면 성검이랑 똑같아진대—. 레플리카는 너희의 승인이 있으면 다른 기사들도 사용할 수 있으니까, 건네주면 좋을 거야—."

마물에게는 효과적인 검이니까, 라고 즈미아노 님은 말하지만.

"…성검이 그렇게 쉽게 복제할 수 있는 거야?"

테레사로와 똑같은 의문을 웰미 언니도 품은 모양인지, 그렇게 질문한다.

"성검의 레플리카는 내가 만든 게 아니야―."

"그럼 누구야?"

"마도경과 에르네스트 여백작, 그리고 아바컴 특무경이 공동 개발했대―. 마백은(魔白銀)에서 성검의 원재료인 성백금(聖白金)을 정제하는 데 성공했다나 봐―. 참, 그건 아직 비밀이라고 했던가―?"

"…세상에! 역시 에이데스와 우리 언니야! 근데 나도 모르게 둘이서 만나고 있었다니 너무해!"

웰미 언니가 기뻐했다 분통을 터뜨렸다 하느라 바쁜 동안, 옆에서 즈미아노 님의 폭로에 트루기스 님과 시졸다 님의 얼굴은 창백해져 있었다.

테레사로도 같은 심정이었지만… 그보다도.

―어쩌면 이 나라는, 역사상 최강의 왕국이 아닐까…?

나라의 중추에 가까운 사람들의, 세상을 뒤흔드는 엄청난 발명과 행동에 테레사로는 그 점에 대해 그 자리에서 깊이 생각하기를 그만두었다.

―마왕보다도 훨씬 무서운 사람들 같아….

테레사로는 지금으로부터 불과 몇 년 뒤에 일어날 일을 아직 모른다.
사상 최악이라 일컬어지는 강대한 마왕수와 마족왕이 출현하는 것도.

사상 최속이라 일컬어지는 제압, 의 선두에 '성검의 기사단'을 이끄는 소포일이 서는 것도.

사상 최고라 일컬어지는 성술에 의한 토지 정화를, 테레사로 자신이 해내는 것도.

그 뒤에, 훗날까지 수많은 역사적인 발견을 통해 왕국에 파격적인 이익을 가져오는 왕태자 부부와 교회의 수장 자리에 오른 제2왕자의 존재가 있었던 것도.

세계 각국의 협조를, 그 수완으로 신속하게 얻어낸 외무경 부부와 협력자들의 존재가 어른거리는 것도.

그 모든 것은 테레사로뿐 아니라, 현 시점에서는 아무도 모르는 일이었다.

4. 검객의 방문

─【왕태자 전하 약혼 피로연】2주일 후.

즈미아노가 테레사로와 세이파르트 님에게 사죄한 다음날.

웰미는 트루기스 님과 함께, 달리스테아 님이 사는 아바컴 저택을 방문했다.

놀랍게도 초대를 받은 것이다.

왜 트루기스 님과 함께인가 하면, 그가 근신 대신 호위 임무를 명령받았기 때문이다.

일단 웰미는 그동안 지나치게 눈에 띄었기 때문에, 제국이나 주류파가 아닌 또 다른 세력의 암살을 경계한 조치라고 한다.

시졸다 님은 아직 왕성에 들어가 재상인 아버지를 도울 수 없기 때문에, 자택인 랑그레이 공작가의 저택에서 영지 경영 업무를 하고 있다고 들었다.

즈미아노는, 오늘 아침 에이데스가 잠시 빌려달라고 해서 '오늘 하루는 에이데스의 명령에 따르도록 해' 라고 명령해두었다.

그래서 오늘은 웰미와 트루기스 님, 그리고 오르밀라주 후작가의 별저에서 현재 전속 시녀로 일하고 있는 누아와 함께 셋이서 이곳을 방문한 것이다.

누아는 어느 백작가의 영애라고 하는데, 가문과 나이는 가르쳐주지 않는다.

대략 이십대 중반 정도로 짐작하지만, 때로는 더 연상으로 보이기도

하고, 십대 소녀처럼 보이기도 하는 불가사의한 사람으로, 나름대로 단정한 얼굴인데도 인상이 희미한, 언제나 생글생글 웃고 있는 여성이었다.

"이제 다 왔네요, 아가씨."

"응."

그런 대화에, 트루기스 님이 흠칫 어깨를 떨었다.

얼굴을 보니, 원래 과묵하고 늘 고개를 숙이고 있는 그는 조금 긴장한 것 같았다. 스쳐가는 풍경을 멍하니 바라보며, 트루기스 님은 안절부절못하는 기색을 보이고 있다.

국내에서도 굴지의 명문가인 아바컴 공작가는 매우 광대해서, 대문을 지나서도 한동안 마차를 달려야 할 만큼 넓은 정원이 있었다.

그동안 웰미는 그에게 말을 걸어두기로 했다.

"긴장했어? 트루기스 님."

"…아뇨."

그렇게 대답하는 그를, 웰미는 다시금 응시했다.

빨간 머리에 용맹한 인상의 청년으로, 허리에 찬 검이 잘 어울린다.

빼어난 미남은 아니지만, 갈색 빛이 도는 빨간 눈동자는 보기 드문 색상이다. 에이데스의 말에 의하면, 마술이나 검 기술에 뛰어난 센스는 없지만, 그것들을 조합한 검술과 체술은 인정할 만한 실력이며, 마력 보유량도 웬만큼 많은 편이고, 머리도 나쁘지 않다고 한다.

실제로 말수는 적지만 대화를 나누고 관찰해 본 바로는 눈치가 빨라서 이쪽이 원하는 바를 자연스럽게 알아차리고 움직여준다.

―아버지에게 인정받지 못해 고민하고 있다고 들었는데.

첫 만남이 최악이었던 것은 테레사로 건이 있으니까 무시하기로 하고. 그【왕태자 전하 약혼 피로연】이후로 그를 따라다니는 '어리석은 자'라는 평판보다는 훨씬 유능한 인재라고 웰미는 생각하고 있었다.

그보다, 후계자로 지명되고도 인정받지 못한다는 건 무슨 의미일까.

일단 에이데스에게 이유 비슷한 것은 들은 적이 있다.

『군단장은 그 나이에도 검술대회에 참가해 우승하는 실력자니까. 트루기스의 약삭빠른 싸움방식을 잔재주라고 생각해서 엄격하게 대하는 면이 있을 거야.』

『그런 거야?』

『진실로 뛰어난 자는, 힘없는 타인의 감정을 헤아리지 못하는 법이야. 힘없는 자가 뛰어난 천재를 이해하지 못하는 것처럼.』

『…에이데스도 그래?』

웰미의 질문에, 그는 허를 찔린 얼굴이 되었다.

그리고 문득 상냥한 미소를 지으며 고개를 가로저었다.

『내가 타고난 힘이 남보다 뛰어난 건 사실일 거야. 하지만 그건 즈미아노처럼 사용방법까지 포함해 이해하는 천부적인 재능과는 달라. …소중한 것을 잃은 좌절이 있었기 때문에, 다시는 잃지 않기 위해 손에 넣은 힘이야.』

― 양어머니와 누나를, 지주의 마도구에 의해 잃고 만 일.

아마 그는, 그 일을 지금도 후회하고 있는 것이리라.

『난 어릴 때는 불성실했어. 철이 들 무렵에는 후계자에게 가해지는 중압감과 집 안에서의 위치를 이해하고, 성가시다고 생각했었지. …상냥했던 양어머니와 누나가 냉정해진 것도, 내가 그렇게 만들었기 때문이라고 생각했어.』

에이데스는 담담한 모습이었지만.

『자신의 기질이 후계자로서 어울리지 않는다면, 누나에게서 빼앗은 미래와 당주 자리를 돌려줄 수 있을 거라고… 당시에는 안이하게 생각하고 있었어.』

처음부터 성실하게 후계자로서 노력하며 두 사람과 마주했다면, 냉담해져가는 그녀들의 태도에 위화감을 느낄 수 있었을 거라고.

『결과는 네가 아는 그대로야. —울지 마, 웰미.』

『그건 에이데스 탓이 아니야. 저주의 마도구를 놔둔 놈들 때문이야. 그때는 당신도 아직 어렸잖아.』

엇갈린 탓에 잃은 것의 무게.

그것은 분명, 에이데스의 마음에 깊은 상처를 남겼다.

화상 흉터가 남은 왼손에 장갑을 끼고 보지 않으려 하는 것은, 그 마음의 상처가 생각나기 때문일지도 모른다.

『지금은 네가 있어. 이번에야말로 잃지 않도록 살아갈 거야. …웰미는 정말로 소중한 걸 잃지 않았잖아? 그걸 도울 수 있었다는 것에 나는 감사하고 있어.』

그렇게 말하고 다정하게 안아준 에이데스와, 웰미의 시선을 불편해하는 트루기스 님이 눈앞에서 겹쳐진다.

"솔직해지는 게 좋아."

—아직, 다시 시작할 수 있는 범위.

웰미는 그렇게 생각하고, 트루기스 님에게 말을 건넸다.

"…무슨 뜻인지 물어봐도 되겠습니까?"

"상처받는 걸 두려워하고만 있으면, 깨달았을 때 정말로 손이 닿지 않게 돼. 다시 시작할 수 있을 때, 용기를 내서 주위 사람들에게 진심을 전해야 후회도 적을 거라고 생각해."

즈미아노에 의해 가장 큰 피해를 입은 사람은 실은 달리스테아 님과 트루기스 님이라고 웰미는 생각하고 있었다.

견디고 있기 때문에, 겉으로는 드러나지 않지만.

친구에게 조종당하고, 그 친구를 위해 오명을 쓰고, 대중 앞에서 연심을 당사자에게 폭로당하고.

전혀 상처받지 않는다는 것은, 있을 수 없는 일이다.

그런데도 원흉인 즈미아노 본인은『그 녀석은 완고해서 괜찮아, 괜찮아』라며 웃고 있어서, 부채로 등짝을 한 번 갈겨주었다.

하지만 그의 이야기에는 그 다음이 있었다.

『트루기스는 굽히지 않아―. 그 녀석의 정신이 아마 그런 성질이겠지. 그래서 주위가 안 보이니까―. 이렇게라도 안 했으면 더 돌이킬 수 없는 방법을 선택했을지도 몰라―.』

트루기스 님에 대해 그렇게 평한 후에, 즈미아노는 한쪽 눈을 찡긋했다.

―달리스테아 님을 레오의 비(妃)로.

그가 원한, 그 결과를 위해.

더 직접적인…, 훼방꾼을 제거하는 행동에 나섰을지도 모른다고.

자신과 누군가를 희생시켜서라도, 호의를 품은 상대를 구한다.

그 마음을 웰미는 아프도록 잘 이해할 수 있다.

자신도 똑같은 일을 했었기 때문에.

그러니까 만약 그런 행동 끝에 빼앗겼을지도 모르는 목숨이, 레오의 가장 유력한 약혼녀 후보를 연기한 자신의 것이었다 해도, 그를 비난할 수 없다.

하지만 결과적으로 웰미 자신의 계획도, 트루기스 님의 소망도, 실패로 끝났다.

그러니까 분명… 그 다음도 비슷해질 가능성은 0이 아니다.

『뭐, 하지만 트루기스는 아마 시즈가 나에게 의논한 것도, 그렇게 만들어버린 자신에 대해서도 후회하고 있지 않을까—. 그러니까 민폐를 당한 쪽이면서 그걸 멈추게 해준 미이의 말이라면 그 녀석에게도 닿을 거라고 생각해—.』

트루기스 님 자신은, 한 번도 즈미아노에게 속마음을 이야기하지 않았고, 도와달라고도 말하지 않았다고 한다.

인내심 강하고, 완고하고, 센스 없는 노력가.

그런 평가는 확실히 화려하지도, 선명하지도 않다.

트루기스 님은 위대한 부친에게 중압감을 느꼈을 테고, 부친이 한 말을, 어쩌면 자신을 부정하는 것으로 느끼고 있었을지도 모른다.

노력이 부족하다고.

하지만 트루기스 님을 대하는 지금의 태도를 보면 군단장 네테는 그 나름의 애정을 가지고 있다.

웰미의 어머니 이자벨라가, 본래 언니가 가져야 했던 것들을 주는 일 그러진 형태였을지언정 웰미를 사랑해준 것처럼.

“트루기스 님, 델트라테 후작님이 당신에게 벌을 줄 때 뭐라고 말씀하셨어?”

웰미의 질문에, 트루기스 님은 시선을 떨궜다.

“…‘다시는 길을 잘못 들지 마라. 다음은 없다’라고….”

그렇게 말하는 트루기스 님의 표정은 변함없었지만,

눈동자 안쪽과 딱딱하게 굳은 목소리에, 체념한 듯한 빛이 보인다.

정말로 실망시키고 말았다, 라고 생각하는 것이리라.

하지만.

“실패해도 결국은 용서받아왔잖아? 옛날에도, 이번에도.”

웰미가 그렇게 말하자, 트루기스 님은 뜻밖의 말을 들은 것처럼 눈을 크게 떴다.

“그렇잖아? 다음은 없다, 라는 건 그런 말이야.”

이번까지는 용서하겠다, 라는.

사람의 말이란, 해석에 따라 의미가 달라지는 것이니까.

“당신을 아는 사람들은 모두 당신을 ‘인내심이 강한 사람’이라고 말해. 하나에 집중하면 주위가 안 보이게 되지만, 타협하지 않고 굽히지 않고 노력하는 사람이라고. 자신의 의견을 말하진 않지만, 타인의 아픔에 다가갈 수 있는 사람이라고.”

시졸다 님에게 들은 이야기가 있다.

오래전에 즈미아노가 벼랑에서 떨어져 목숨을 잃을 뻔했을 때.

트루기스 님은 그가 깨어날 때까지 매일같이 찾아가, 그의 약혼녀인 니니나 님과 함께 조용히 옆에서 기다렸다고.

시졸다 님이, 재상인 아버지가 강요하는 엄청난 양의 공부에 지쳐갈 때.

트루기스 님은, 필요 없는데도 같은 공부를 하면서 ‘나는 이해 못 하는 게 많은데, 그걸 다 아는 너는 정말 대단해’ 라고 줄기차게 격려해줬다고.

“그런 노력 끝에 얻은 힘으로, 당신은 나를 구해줬어.”

‘그림자 건너기’ 마술은 쉽게 터득할 수 있는 게 아니라고 한다.

더구나 검의 길을 가기로 마음먹고 마술 수련을 소홀히 한 자는, 설령 터득하더라도 장시간을 유지하기는 힘들다고.

그걸 트루기스 님은 시졸다 님까지 포함해서 행사해, 웰미가 즈미아노와 접촉하기 직전까지 유지한 것이다.

“에이데스가 그러는데, 델트라테 후작님이 그때 일을 칭찬하셨대.”

『드디어 자신의 싸움법을 터득한 모양이군. ‘그림자의 기사’ 칭호라도 줘야 하나?』라고.

웰미가 미소 지으며 말하자, 트루기스 님은 어안이 벙벙한 표정이었다.

“아버지가 그런 말씀을…?”

“사람은 다른 사람과 똑같아질 수 없어. 내가 에이데스나 언니처럼 되려고 노력해도 무리인 것처럼. …달리스테아 님이 우리 언니와 달리, 레오의 마음을 사로잡을 수 없었던 것처럼.”

그리고 트루기스 님이 델트라테 후작처럼은 될 수 없는 것처럼.

“하지만 그래도 인정해주는 사람은 있어.”

웰미를, 에이데스가 발견해준 것처럼.

언니를, 레오가 발견해준 것처럼.

그리고 트루기스 님의 노력을, 군단장 네테가 인정해준 것처럼.

숨을 삼키는 그를 똑바로 응시하며, 웰미는 말한다.

“당신에게 부족한 건 노력이 아니라 스스로를 인정하는 용기야.”
마차가 멈췄다.
“달리스테아 님이 어떻게 나올지는 모르겠지만, 당신이 그녀의 노력을 보고 있었다는 것과 멀리서나마 사모하고 있었다는 걸 잘 전해 보는 게 어때?”
트루기스 님은 갑자기 울 것 같은 표정이 되어.
하지만 눈물을 흘리지는 않고, 주먹을 꽉 움켜쥐더니 곧 원래의 표정으로 돌아와서.
“…감사합니다.”
그렇게 말하고 고개를 숙였다.

※ ※ ※

─줄곧, 그녀를 보고 있었다.

하지만 그것은 이루어질 수 없는 연정이라고 생각하고 있었다.
트루기스 델트라테는 한마디로 ‘평범’하다고 스스로를 평가하고 있었다.
단지 운 좋게 델트라테 후작가의 아들로 태어났을 뿐인 인간이라고.
처음에 그런 생각을 한 것은, 균단장인 아버지 네테의 실망과도 비슷한 한숨소리를 들었을 때였다.
『너는 정말로 검에는 소질이 없구나. 패기가 부족해.』
아버지가 그런 말을 하는 이유를 트루기스는 잘 몰랐다.
하지만 주위의 눈이 서서히 그것을 깨닫게 해주었다.
아버지와는 다르다. 너의 검은 가볍다. 너의 쌍둥이 형은 이 정도쯤은 가볍게 해낸다.

그런 말을 직접적으로, 간접적으로, 혹은 지나가는 말로 수시로 들어왔다.

하지만 그것이 사실이었음은 반론의 여지가 없었다.

—그래도 계속할 수밖에 없어.

다행히 검은 좋아했다.

인정받지 못해도, 마음을 비우고 휘두르는 검, 그 검 끝이 상대에게 닿기 위해서는 무엇을 해야 하는가.

그런 걸 생각하는 건 힘들지 않았다.

즐거운 일을 하고 있으면, 주위의 평가는 잊을 수 있다.

자신의 기질에 감사하면서도, 트루기스는 점차 필요 이상의 말은 입에 담지 않게 되었다.

신경 쓰는 사람은 없었다.

원래부터 자기 자신에 대해 이야기하는 것은 좋아하지 않았기 때문에, 주위에서 보기엔 변한 게 없을지도 모른다.

그건 그것대로 마음이 편하다.

조용히 조금이라도 더 실력을 갈고닦기 위해 매일의 단련만은 거르지 않았다.

아버지에게 닿지 않아도, 왠지 델트라테의 이름은 쌍둥이 형이 아닌 자신이 이어야 한다고 한다.

이윽고 주위에서도 체념하고, 다른 재능 있는 인물을 여동생의 남편으로 들이거나, 혹은 후계자를 형으로 바꾸는 것을 고려하고 있었지만, 결론이 날 때까지는 자신이 짊어져야 하는 것이다.

다행히 비슷한 괴로움을 나눌 수 있는 시졸다가 있었다.

즈미아노는 재능 넘치는 분방한 인물이라, 그런 점이 열등감을 자극할 때도 있었지만, 그 밝은 성격에 구원받는 일이 더 많았다.

그런 일상 속에서 그녀를 만났다.

비 개인 다음날이었던 것을 선명하게 기억하고 있다.

점심시간, 남들 눈에 띄지 않는 곳에서 단련하기 위해 장소를 물색하다가 그녀를 보았다.

뒤뜰의 벤치에 앉아, 시녀도 없이, 조용히 한 점을 응시하며 눈물을 흘리는 그 소녀에게, 왠지 모르게 눈길을 사로잡혀, 그 자리에서 잠시 바라보고 있었다.

선명한 금색 머리카락이 햇빛에 반짝이고, 투명하고 맑은 초록색 눈동자는 마치 보석 같았다.

허리를 곧게 펴고, 한 치의 빈틈도 없는 숙녀의 자세를 보이는 그녀가 응시하는 쪽으로 시선을 향하자.

산울타리 너머, 도서관 창문 안쪽에 한 쌍의 남녀가 보였다.

그녀와 같은 2학년, 흑발의 남작 영식을 가장한 왕태자 전하와 회색 머리카락에 안경을 쓴 소녀.

마주보고 웃는 두 사람을 그녀는 조용히 눈물을 흘리며 바라보고 있었다.

군단장의 아들인 트루기스는 당연하지만 왕태자 전하와 어린 시절부터 어느 정도 교류가 있어서 그의 정체를 알고 있었다.

그리고 아아, 하고 그녀의 이름을 떠올린다.

─달리스테아 아바컴 공작 영애구나.

어릴 때부터 전하의 약혼녀 후보로 언급되던 소녀였다.

트루기스 자신이 귀족 모임을 좋아하지 않아서 교류는 별로 없지만 아마 틀림없으리라.

어릴 때 병약했던 왕태자 전하에게는 아직 약혼녀가 없다.

귀족학교를 졸업할 때까지 왕태자가 정식으로 약혼하지 않는, 타국에서 보기엔 기묘한 풍습이 이 나라에 원래 있기는 해도…, 당연하지만 후보는 있다.

하지만 학교 입학 전에 가능성이 낮은 영애들은 하나둘 약혼을 하고, 걸맞은 가문 중에 남아 있는 영애는 불과 몇 명뿐.

그중 가장 유력한 후보임을 눈앞의 광경을 보며 트루기스는 깨달았다.

─아마 그녀는 왕태자 전하를 진심으로 사모하는 거겠지.

그리고 다른 여성과 다정하게 있는 모습을 바라보며, 슬퍼하고 있다.

시졸다를 대하듯이 달리스테아 양에게 다가갈 수는 없다.

하지만 손닿지 않는 존재를 바라보는 그 모습이 트루기스의 마음속에 새겨져버렸다.

그후로 귀족학교에서 우연히 마주칠 때마다 그녀를 눈으로 좇게 되었다.

그녀의 태도는 언제나 숙녀다웠고, 왕태자의 약혼녀 후보로서 손색없는 것이었다.

의연하게, 하지만 차별 없이 사람을 대하고, 언제나 상대를 불쾌하게 만들지 않는 미소를 띠고 있었다.

—얼마나 노력했을까.

예의범절 때문에도 애를 먹은 트루기스는 그녀의 행동과 태도에 존경심을 느꼈다.
남의 얘기 좋아하는 사람들이 수군거리는 소리는 트루기스의 귀에도 들어온다.
그 중심이 되는 것은 이오라 양과 동갑내기 자매라고 하는 웰미 양이 이끄는 말 많은 영애들이었다.
달리스테아 양은 왕태자 전하의 약혼녀 후보인데도 최근에는 왕성에 초대받지 못하는 것 같다고.

—마음에 안 들어.

그렇게 생각했지만 트루기스는 나설 입장이 아니다.
실질적인 해는 없어 보여서, 소문을 입에 담는 패거리에게 『그녀에게 하자가 있는 건 아니잖아』라고 말하는 정도에 그쳤다.
하지만 평소에 말이 없기 때문인지 시졸다는 그게 마음에 걸린 것 같았다.
언젠가 한 번은 좋아하냐고 묻기에 모호하게 말꼬리를 흐렸다.
좋아하는지 어떤지, 스스로도 알 수 없었기 때문이다.
지금까지 무인 가문의 차기 후작이 되기 위해, 오로지 그것만을 생각하며 살아왔으니까.
하지만 예를 들어… 모습만 좇는 게 아니라, 성적이 게시되면 그중에서 그녀의 이름을 찾아보게 된다.

시졸다가 공부를 도와줘도, 성적은 중간보다 조금 위인 자신.

그에 비해 달리스테아 양은 언제나 위에서부터 세는 편이 빠른 위치에 있다.

왕태자 전하의 이름은, 언제나 그보다 더 위에서 빛나고 있었다.

그 회색 머리의 이오라 양은 트루기스와 비슷한 위치에 있다.

―레오니엘 전하는, 대체 달리스테아 양의 무엇이 불만이었을까.

평범하고 용모도 뛰어나지 않은 이오라 양.

하지만 우연히 그녀를 볼 때마다 눈으로 좇기 시작하면서 그녀의 태도가 매우 세련되었음을 깨닫는다.

고도로 갈고닦은…, 숙녀라기보다 마치 전사와 같은 빈틈없는 태도.

부드러우면서도 예리한 그 모습은, 어딘지 거칠지만 강인한 아버지의 모습을 연상시킨다.

겉모습과 어울리지 않는 그 분위기에 위화감을 느꼈지만, 왕태자 전하의 눈을 보고 트루기스는 일단 납득했다.

아마 자신처럼 평범한 사람은 알 수 없는 무언가가, 그 소녀에게는 있을 거라고. 그것이 달리스테아 양보다 더 왕태자 전하의 마음을 사로잡았을지도 모른다.

하지만 졸업 이후로 2년.

사교의 장에 나타난 왕태자는 이번에는 리로우드로 성을 바꾼 웰미 양을 대동하고 있었다.

마치 연인 같은 거리감으로.

―왜지?

그런 탓에 또다시 달리스테아 양이 버림받았다는 소문이 퍼지고 있었다.

용서하기 힘들다.

그렇게 느끼는 자신의 감정에 트루기스는 비로소 자신의 사랑을 자각했다. 하지만 달리스테아 양이 자신의 손이 닿는 존재가 될지도 모른다는 생각은 들지 않았다.

자신과는 어울리지 않는 절벽 위의 꽃 같은 소녀였기 때문이리라.

소문 따위는 없는 것처럼 언제나 의연한 모습이지만, 왕태자 전하가 참석하는 자리에서는 어쩐지 쓸쓸한 눈빛을 하고 있는 것만이 슬펐다.

『달리스테아를 왕태자의 약혼녀로 만들어주고 싶어?』

그래서, 즈미아노가 불쑥 던진 질문에도.

『…달리스테아 양이 왕태자 전하와 맺어지기를 원한다면 그 의사를 존중하고 싶어.』

트루기스는 그렇게 대답했다.

그럼, 이걸 차봐―, 라면서 즈미아노가 건네준 것은, 소원을 이루어 주는 팔찌라고 했다.

마음에 위안을 주는 부적인가 보다 생각하고… 팔찌를 찬 이후의 기억은 거의 없다.

다만 즈미아노가 속삭이는 대로, 해서는 안 되는 행동을 하고 있다는 자각만이 있었다.

그리고 비밀리에 구속되어 그 자리에 나타난 오르밀라주 마도경이 팔찌를 제거해주었을 때.

트루기스는 절망의 나락으로 떨어졌다.

즈미아노의 진의를 알 수 없었다.
왜 이런 방법을 선택했느냐고 따지고 싶었다.
그의 두뇌라면 다른 선택지는 얼마든지 있었을 텐데.

―달리스테아 양까지 끌어들일 필요가 어디에 있단 말인가.

그 시점에는 이미 아바컴 공작 저택에서 때를 기다리고 있던 그녀의 앞날이 가장 마음에 걸렸다.
오르밀라주 후작은 트루기스에게 여전히 고요한 눈빛으로 이렇게 말했다.
『일은 이쪽에서 수습한다. 협조할 생각이 있나?』
『필요하다면 모든 죄를 제가 짊어지겠습니다, 오르밀라주 후작님. 그러니까 제발 달리스테아 양과, 가능하면 즈미아노에게도 자비를.』
『달리스테아 양에 관해서는 이해하지만, 왜 즈미아노를 감싸는 거지?』
『그가 죽으면… 니니나가 슬퍼합니다.』
소꿉친구이자, 즈미아노의 약혼녀인 소녀.
즈미아노가 죄를 지은 원인이 트루기스라면, 그녀까지 끌어들이는 것만은 피하고 싶었다.
『…확약은 할 수 없다. 모든 상황을 아는 건 아니니까.』
『예, 가능할 경우에 부탁드립니다.』
그렇게 협조를 약속하고, 비로소 웰미 양과 왕태자 전하의 행동의 진의에 대해 설명을 들었다.

정식으로 약혼을 발표할 때까지 이오라 양…, 에르네스트 여백작을 위험으로부터 보호하기 위해서였다고.

그것은 분명 조종당하고 있던 자신이 하고 있었던 행동.

―무슨 인과일까.

모든 게 끝나고 트루기스는 지금.

악녀라고 생각했던, 실제로는 언니를 위해 진심을 다했을 뿐인 웰미 양의 호위가 되어, 달리스테아 양을 만나려 하고 있다.

심지어 그녀는 트루기스에게 직설적인 조언을 해주었다.

비록 죄를 범했지만, 인정하는 사람은 인정하고 있다고.

트루기스에게 부족한 것은, 노력이 아니라 용기라고.

그런 웰미 양에게 감사하면서도, 달리스테아 양을 볼 낯이 없다고 생각하는 마음이 교차해 대답을 찾지 못한 채… 만남이 이루어져버렸다.

"달리스테아 님. 오늘은 자택에서의 만남을 허락해주셔서 감사합니다."

응접실 안으로 들어가 우아하게 인사하는 웰미 양에게 맞춰 트루기스도 고개를 숙였다.

그리고 고개를 들자.

조금 야위고, 파리해진 얼굴을 화장으로 가린 달리스테아 양이, 그럼에도 고고하게 서서 미소 짓고 있었다.

※ ※ ※

"먼저, 사죄를 하게 해주세요, 달리스테아 님."

드레스 자락을 활짝 펼치고 숙녀의 예를 갖춘 후, 미소 짓는 웰미 양의 입에서 나온 말은 달리스테아에게는 뜻밖의 것이었다.

오늘 그녀의 복장은, 평소 즐겨 입는 선명한 붉은색 계열이 아니라, 연푸른색에 흰 레이스가 장식된 산뜻한 느낌의 드레스였다.

고집스러워 보이는 평소의 인상이 중화되어, 체구가 작은 그녀의 사랑스러운 일면이 돋보인다. 그런 그녀가 달리스테아에게 보인 표정도, 여러 야회장에서 보여주었던 오만하고 남을 무시하는 표정이 아니라.

달리스테아가 건 암시가 풀린 직후 보여주었던 온화한 표정이었다.

분명 이 호기심 많은 고양이 같은 눈동자와 붙임성 있는 미소 쪽이, 그녀의 본래 모습이리라.

'리로우드 양은 남을 속이는 연기력이 뛰어나다'라고, 오라버니와 이오라 여백작이 말했지만.

악랄한 얼굴의 이면은 '숙녀의 얼굴'이었음을 믿지 않았던 자신을, 달리스테아는 부끄러워하고 있었다.

공작가의 영애로서 나름대로 갈고닦아왔다고 생각한 심미안도 아직은 부족하다는 걸 느끼지 않을 수 없었다.

그 약혼 피로연 때까지만이 아니라, 학생 시절부터 쭉 의심하고 있었으니까.

"사죄, 라니요?"

잠자코 있기도 뭐해서 달리스테아가 고개를 약간 갸웃하자, 웰미 양은 눈을 들어 올려다보면서 진심으로 미안한 표정을 지었다.

"전에 야회에서 만났을 때, 제가 드레스에 와인을…. 왕태자 전하가 휴게실에서 사정을 설명해주실 예정이었지만…. 그리고 타이글림 전하에게는 그 시점에 아직 말씀을 드리지 못한 상태였어요."

─아아.

달리스테아는 그녀의 행동의 의미를 깨닫고, 타이글림 전하의 태도가 그 후에 달라진 이유도 이해하고, 자신의 얕은 소견에 더욱 낙담했다.

웰미 양의 언동에 발끈하지 말고, 좀 더 냉정하게 행동했더라면.

타이글림 전하의 태도를 '조종당했다'고 판단하지 말고, 좀 더 의문을 품었더라면.

전부, 자신을 그 소동에서 멀리 떼어놓기 위한 행동이었음을… 알 수 있었을 텐데.

그랬다면 그런 추태를 보이는 일도 없었을 것이다.

"…사죄할 사람은 당신이 아니라 저예요."

달리스테아는 보기 좋게 놀아나고 말았으니까.

그 후 '지장이 없는 범위 내에서 이야기해주겠다' 라고 말한 오라버니에게, 단죄극과 웰미 양의 속사정에 대해 들었다.

달리스테아는 오히려 웰미 양에게 고개를 숙였다.

"어리석은 제가 쓸데없는 짓을 해버려서 정말로 죄송해요."

이러니 레오니엘 전하가 자신을 상대하지 않는 것도 당연하다고, 지금에야 이해하고 자조한다.

그러자 웰미 양이 조금 당황한 기색으로 말했다.

"아뇨, 고개를 들어주세요! 저희가 좀 더 잘했더라면… 달리스테아 님의 명예에 흠이 생기는 일도 없었을 거예요."

달리스테아는 불법 개조된 최면 마도구를 사용한 죄에 대해서만 처벌을 받았다.

하지만 마술약의 영향도 있었으므로 정상 참작의 여지가 있고, 단죄극의 전말 자체를 폐하께서 알고 계셨다는 사정도 더해져, 몇 주간의 근신으로 마무리된 것이다.

―그래도 이미 사교계에서는 죽은 것이나 다름없는 몸이지만.

연령적으로도, 지위가 높은 새로운 약혼자를 찾기에는 시간도, 기회도 없고. 귀족학교 시절부터 따라다니던 소문도 있어, 달리스테아에게 말을 건네는 영식은 아마 공작가와의 인맥을 원하는 자뿐이리라.

애당초 그래도 상관은 없었지만…, 아바컴의 이름을 원하는 자라면 상대적으로 가문의 격이 떨어질 게 분명하고, 그러면 최근 얼굴을 보지 못한 아버지의 기대에는 응할 수 없게 된다.

"그렇게 미안해하지 마세요. 제가 혼기를 놓쳐 쓸모가 없어졌을 때 일어날 일이, 몇 년 앞당겨진 것뿐이니까요."

"네?"

웰미 양이 당황한 얼굴을 하고, 옆에 선 트루기스 님의 표정이 심각해진다.

"그 이야기는 차라도 들면서 할까요? 어쩌면 마지막이 될 수도 있으니까, 그 상대가 당신들이라서 다행이라고 저는 생각해요."

달리스테아는 웰미 양과 트루기스 님을 정원으로 안내하고, 시녀에게 다과를 준비시켰다.

준비가 끝나자, 주위를 물리치고 이야기를 시작한다.

"제가 먼저 이야기를 시작하는 게 좋을까요?"

그러자 웰미 양이 트루기스 님에게 눈길을 향했다.

그는 뭔가를 결심한 것처럼 깊이 숨을 마시고, 이쪽을 향해 고개를 숙였다.

“먼저 저도 달리스테아 양에게 사죄를.”

트루기스 님은 고개를 숙인 채, 말을 잇는다.

“해서는 안 될 짓을 한 결과, 심대한 폐를 끼치고 말았습니다. …달리스테아 양이 입은 피해는 저의 비뚤어진 소망에서 비롯된 일입니다.”

그 말에 달리스테아는 얼굴이 뜨거워지는 것을 자각한다.

『달리스테아 양에게 연모의 정을 품고 있었다.』

시졸다 님이 그렇게 말한 것을 달리스테아는 당연히 기억하고 있었다.

“저어…, 소망이라는 게 무슨….”

“네, 분수도 모르고… 저는 달리스테아 양에게 연정을 품고 있었습니다. 하지만 죄를 덮어씌워 제 여자로 만들려고 했던 건 결코 아닙니다.”

“…알고 있어요. 부디 고개를 들어주세요.”

“예. …연모하는 마음에 거짓은 없지만, 저는 달리스테아 양이 연모하는 사람과 이루어지기를 바라고 있었습니다. 그게 이런 결과로 끝나버려서 정말로 죄송합니다.”

트루기스 님은 고개를 들고, 달리스테아를 똑바로 응시했다.

그 시선을 견디지 못하고, 달리스테아는 눈길을 피했다.

그를 의식하지는 않았다 해도, 이렇게까지 솔직하게 마음을 고백받은 경험이 없어서.

왜냐하면 달리스테아는 어릴 때부터 언제나 왕태자 전하의 가장 유력한 약혼녀 후보였으니까.

“…트루기스 님, 한 가지 오해가 있어요.”

달리스테아는 가만히 숨을 내쉬고, 그의 오해를 정정한다.

“저는 레오니엘 전하를 사모하지 않아요. 친애의 정은 있지만요.”

그래서 달리스테아는 그가 이오라 여백작과 가까워지는 것을 보고, 단념한 것이다. 상대가 이오라 여백작이었기 때문에.

“아무에게도 말하지 않았지만… 저는 오래 전에 단념했어요.”

“하지만 당신은… 학교에서 도서관에 있는 두 사람을 바라보며 울고 있었습니다.”

괴로운 듯한 트루기스 님의 말에, 달리스테아의 눈이 동그래진다.

“보, 보고 계셨나요…?”

그것은 왕태자 전하와의 약혼을 포기하려고 생각한 날의 일이라, 똑똑히 기억하고 있었다.

“네, 죄송합니다.”

“…부끄럽게도 눈물을 흘린 건, 전하의 약혼녀가 되는 게 저의 사명이자 삶을 허락받은 이유이기도 했기 때문이에요.”

“저어, 말씀 도중에 죄송합니다. 아까도 그런 말씀을 하셨는데, 대체 무슨 뜻인가요?”

웰미 양의 질문에, 달리스테아는 자조적인 미소를 짓는다.

“아버지는 제가 왕태자비가 되기를 바라셨어요. 그렇지 않으면 존재 가치가 없다는 말을 항상 들으며 자랐거든요.”

두 사람이 헉, 숨을 삼킨다.

『너는 왕태자 전하의 약혼녀가 되어야 한다. 그리고 아바컴의 몸에 흐르는 정당한 왕의 혈통에, 권위를 되찾아야 한다.』

아버지인 아바컴 공작은 달리스테아에게 그것만을 요구했다.

오로지 그것만을 위해 존재해야 한다고, 교육받아왔으니까.

그래서 이오라 여백작이 언젠가 정식으로 전하의 약혼녀가 되리라는 걸 깨달았을 때, 각오는 하고 있었다.

왕태자비가 되지 못하면, 그 다음은 '측비가 돼라', '제2왕자비가 돼라'고 강요해올 것도 알고 있었다.

하지만 레오니엘 전하는, 3년 동안 이오라 여백작과의 사이에 아기가 태어나지 않아도, 측비를 원하지는 않을 거라는 예감도 있었다.

어릴 때부터 친교가 있었기 때문에, 전하의 기질은 알고 있다.

타이글림 전하는 달리스테아보다 연하라, 아직 16살로 이제 막 성인이 되었다.

처벌받을 만한 짓을 한 연상의 여자를 왕자비로 선택할 이유가 없다.

그러니까 달리스테아가 왕족과 맺어지는 일은 앞으로 없을 것이며…, 명예를 잃은 지금은 어쩌면 근신이 풀리자마자 수도원행 이야기가 나올지도 모른다.

그래서 그 전에 웰미 양을 만나 사죄하기로 마음먹은 것이다.

"죄송해요. 웰미 양에 대해 감정적이 되었던 건 제 오해 때문이었어요. 이오라 여백작이라 포기했던 건데 왜 웰미 양인가 하고…."

그토록 다정했던 두 사람 사이에 웰미 양이 끼어든 것은, 그야말로 마술이라도 사용하지 않는 한 있을 수 없는 일이라고 확신해버린 것이다.

"언니라서 포기했다고요? 그건 충분히 이해하지만…, 달리스테아 님은 저어, 저희 언니의 원래 기질이랄까, 그런 걸 어떻게 아신 거죠?"

납득하면서도 당황하는 웰미 양의 모습을 보자, 살짝 장난기가 생겨서 달리스테아는 말했다.

"―그야 저는 이오라 여백작의 '살롱' 멤버니까요."

"…네에?! 달리스테아 님도요?!"

"네, 그 【왕태자 전하 약혼 피로연】에서 모든 게 끝난 뒤, 이오라와 레오니엘 전하가 휴게실로 찾아오셨어요. 그때 두 사람의 사죄와 함께, '확인' 이야기를 들었어요."

웰미 양과 귀족학교에서 대화를 나눈 것은 딱 한 번.

교사에게 사소한 전언을 부탁받아 그걸 전하면서, 아바인과 붙어다니는 웰미 양을 노려봤다가 그녀에게 조소를 당했다.

단지 그뿐인 이야기였지만.

전언은 레오니엘 전하가 교사에게 부탁한 것이라는 사실과, '웰미가 신용할 수 있는 사람을 자신에게서 멀리할 때의 얼굴을 하고 있었다'라는 설명을 들었다.

그래서 '살롱'에 초대한 거라고.

"이오라 여백작에게 화장을 가르쳐주고, 머리카락의 윤기를 숨기는 마술을 공동연구한 사람은 저예요."

그때 이오라 여백작의 총명함과 본래의 아름다움을 접하고.

'저를 구하기 위해 애써주는 사람이 곤란해지니까' 라며, 자신이 참는 것을 수용하는 상냥함을 접하고.

이길 수 없다고 생각했기 때문에 포기했다.

"놀라셨나요?"

"아, 네에…. 그럼 테레사로 트러프 양과도 면식이…?"

"그녀는 마력부담 경감 논문을 작성할 때, 이오라 여백작의 협력자였어요. 본가에서 하는 사업이 약초 관련이라, 마력 회복약의 원료에 관한 지식이 있었던 것 같아요."

달리스테아는 자신의 졸업논문을 쓰느라 바빠서 그쪽에는 관여하지 않았다.

"저는 자신의 선택을 후회하지 않아요. …아버지는 본래의 혈통에 왕권을 되찾는다는 허황된 망집을 품고 계시기 때문에, 제가 선택받지 못한 게 오히려 잘된 일이에요."

달리스테아는 근신이 풀리면, 오빠와 의논해 그 사실을 고소할 작정이었다.

레오니엘 전하와 이오라 여백작도, 감사하게도 '언제든지 연락하라'고 말해주었다.

"이 건은 조만간 결론이 날 것 같으니까, 비밀로 해주세요."

가까운 장래, 달리스테아는 공작 영애가 아니게 될 테니까.

"그러니까 트루기스 님의 마음은 받아들일 수 없어요. 죄송하지만."

아마도 유일하게 자신에게 호의를 품어주고 있는 사람.

얼굴은 알아도 지금까지 의식한 적은 없었던 그런 분이지만.

—기뻐.

자신을 향한 호의에 대해서는, 솔직하게 그렇게 생각했다.

트루기스 님도 조종당하고 있었다는 말을 들었으니까 그에게 속았다고는 생각하지 않는다.

달리스테아 자신에게도, 사물의 진위 판단을 그르치게 만든 비뚤어진 마음이 있었으니까.

"…달리스테아 님."

"네."

어딘지 사려 깊은 빛을 선명한 주홍색 눈동자에 띠고 웰미 양이 입을 연다.

“당신이 공작 영애가 아니게 되는 일은 아마 없을 거예요.”

“왜죠…?”

“그건 뒤에 계신 오라버님께 여쭤보시면 될 것 같아요.”

부드럽게 미소 짓는 웰미 양의 장난기 가득한 말에 뒤를 돌아보자.

거기에는 그녀의 말대로, 말레피덴트 아바컴… 오라버니가 서 있었
다.

침착하게, 언제나 상냥하게 달리스테아를 지켜봐주는 온화한 얼굴이
오늘은 어쩐지 언짢은 기색을 띠고 있다.

“오라버니, 어, 언제부터 거기에?”

“방금 전부터야. 내 귀여운 여동생을 노리는 괘씸한 놈이 리로우드
양을 따라 너를 농락하러 왔다는 말을 듣고 달려왔지.”

흥, 하고 콧방귀를 뀌고서, 오라버니는 트루기스 님을 노려본다.

동요하는 달리스테아를 두고, 그는 자리에서 일어나 허리를 깊이 숙
였다.

“죄송합니다. 단둘이 아니라고는 해도, 영애와 자리를 함께한 것을
사죄드립니다.”

“노리고 있다는 건 부정하지 않는 거냐?”

“…진심으로 죄송하지만, 연정을 품고 있는 것은 사실입니다.”

“그건 대답이 못 돼. 근성 없는 놈에게 여동생을 맡길 생각은 없다,
트루기스 델트라테. 너도 후작가를…, 네테 각하의 뒤를 이을 자라면,
언제까지나 스스로를 비하하지 말고 당당한 모습을 보이는 게 어떠냐.”

놀란 듯 고개를 드는 트루기스 님을, 오라버니는 여전히 못마땅한 얼
굴로 노려보고 있다.

온몸으로 위압감을 발산하는, 거의 처음 보는 오라버니의 모습에, 달

리스테아는 몸이 얼어붙어 말이 나오지 않았다.

"다시 한번 묻겠다. 노리고 있다는 건 부정하지 않는 거냐?"

다시 돌아온 질문에, 트루기스 님의 얼굴이 진지해진다.

그때까지는 거의 무감정하던 그의 얼굴에 각오 비슷한, 혹은 패기 비슷한 것이 떠올랐다.

그러자 신기하게도 인상이 달라진다.

나름대로 단정한 얼굴이기는 해도 어쩐지 존재감 없던 어두운 분위기가 사라지고, 마치 전장에 선 기사 같은 힘찬 존재감이 고개를 내민다.

한 발짝도 물러서는 않는 용맹함이 그의 얼굴에 떠오른 순간, 달리스테아는 그에게서 눈을 뗄 수 없었다.

"—부정하지 않습니다. 금후를 맡겨주신다면, 아버지를 설득해 정식으로 청혼하겠습니다."

잠시 숨 막히는 침묵 후.

불현듯 오라버니의 표정이 누그러진다.

"평소에도 그런 얼굴을 하면 후계자로 어울리지 않는다는 수군거림도 줄어들 거다. 실수를 비웃는 자는 실력으로 입 다물게 해라. …하지만 그 누가 인정해도 달리스테아가 납득하지 않는다면 너에게 줄 생각은 없다. 내 동생은 아바켐 공작가의, 그 누구에게도 부끄럽지 않은 보물이니까."

"오, 오라버니…."

달리스테아는 동요하고 있었다.

트루기스 님의 말에, 오라버니의 말에…, 자신을 원하고 긍정해주는 말에, 갑자기 울음이 터질 것 같았다.

“알고 있습니다. 특무경께서 그렇게 말씀해주셨으니, 달리스테아 양의 마음을 얻기 위한 노력을 앞으로도 게을리하지 않겠습니다.”

그렇게 말하는 트루기스 님과 눈이 마주쳐서… 심장이 요동쳤다.

“말로만 끝나지 않도록 노력해라. …티타임을 방해해서 미안하군, 리로우드 양.”

“아뇨, 저희는 이만 물러갈 테니 신경 쓰지 마세요, 아바컴 특무경. 개인적으로는 당신의 등장으로 바람직한 결과를 기대할 수 있게 되어 기쁘게 생각합니다.”

“웨, 웰미 양….”

“달리스테아 님은 아름답고 사랑스러운 분이에요. 앞으로 사랑의 라이벌이 늘어나서, 트루기스 님이 눈에 안 들어오게 될지도 모르겠네요.”

우후후, 하고 자신이 더 사랑스럽게 어깨를 으쓱하는 웰미 양의 말에, 달리스테아는 두 손으로 얼굴을 가렸다.

“죄송해요…. 부끄러워서….”

목과 귀까지 빨개진 걸 느낄 수 있을 만큼, 볼이 뜨겁다.

기쁘고 부끄럽고 눈물이 쏟아질 것 같은 자신을 들키기 싫어서.

달리스테아는 그들이 자리에서 일어나 떠날 때까지 고개를 들 수 없었다.

※※※

“저어, 오라버니.”

“응?”

리로우드 양 일행을 배웅한 후, 말레피덴트가 다시 동생 달리스테아와 함께 다과회 자리로 돌아오자, 마주앉은 그녀가 당황한 기색으로 물었다.

"제가 공작 영애가 아니게 되지 않는다는 게 무슨 뜻이에요?"

그 질문에, 아아, 하고 고개를 끄덕이고 미소를 지으며, 말레피덴트는 조용히 말했다.

"아버지가 일선에서 물러나게 됐거든."

"……?!"

놀라서 숨을 삼키는 달리스테아에게, 이어서 사정을 설명한다.

"레오니엘 전하와 에르네스트 여백작의 약혼에 즈음해, 내가 가장 경계했던 게 아버지의 움직임이었어."

어린 시절.

달리스테아처럼 말레피덴트 자신도 아버지에게 '패권'을 잡으라는 명령을 받아왔다.

그리고 달리스테아가 강요당해온 것 또한 누구보다 잘 이해하고 있었다.

―그 사실에 분노를 느끼기 시작했을 무렵의 일도 똑똑히 기억하고 있다.

"아버지는 너에게 방해가 되는 영애들을 제거해왔어. 역대 왕태자들에 비해, 레오니엘 전하의 약혼녀 후보가 몇 명 안 되는 건 그런 이유야."

지금까지는 그렇게까지 악랄한 수단은 취하지 않았다.

가문의 격이 조금 떨어지는 영애에게 거절하기 힘든 그들의 입장을 이용해 혼담을 알선하고, 사소한 잘못을 범한 귀족에게 압력을 행사해 딸을 약혼녀 후보에서 제외시키고.

그리하여 남은 몇 명 중에 필두 후보였던 영애가 달리스테아였다.

동생의 노력을 잘 아는 말레피덴트는, 굳이 잔꾀를 부리지 않아도 동생의 지위는 흔들림 없을 거라 생각했지만.

에르네스트 여백작이 레오니엘 전하와 연인 사이가 되면서 상황이 달라졌다.

달리스테아의 태도가 조금 이상해진 이유…, 어딘지 체념과도 같은 기색을 띠게 된 이유를 안 것은, 에이데스가 주최한 【단죄의 야회】에서였다.

그날 말레피덴트도 초대를 받아 그 자리에 있었던 것이다.

하지만 아버지는 에르네스트 여백작의 소문을 듣고, 포기하기는커녕 금기에 손을 댔다.

"아버지는 선을 넘었어. 에이데스가 관련된 여백작과 리로우드 양의 사정을 알고, 암살을 꾀한 거야. 난 특무경으로서 그걸 간과할 수 없었어."

"그럴 수가…."

달리스테아의 얼굴이 창백해진 것은, 아버지의 도를 넘은 행동 때문인가, 아니면 말레피덴트가 아버지를 배신한 일 때문인가.

"레오니엘 전하와 여백작의 약혼이 정식으로 성립될 때까지는 너에게도 말할 수 없었어. 왕명이었으니까…. 아버지에게 '암살을 계획해 들키지 않게 실행하라' 라는 명령을 받은 사람은 나야. 【왕태자 전하 약혼 피로연】 날에 아버지는 이미 구속된 상태였고, 다시는 돌아오지 않을 거야."

말레피덴트는 아버지에게 암살을 명령받자마자, 그 길로 왕성으로

가서 폐하에게 그 사실을 고한 것이다.

그 후 마술약 이야기를 가져온 에이데스에게도 정보를 공유했다.

"암살은 행해지지 않겠지만, 아버지와 제국측의 관계를 완전히 파악하지 못한 상태였어. 그래서 시간을 벌면서, 움직임이 있을 경우에 대비해, 에이데스가 미끼를 내세우자고 제안하고 여백작에게 몸을 숨기게 한 거야."

말레피덴트는 동생이 레오니엘 전하를 진심으로 사랑하지는 않는다는 사실을 눈치채고 있었다.

따라서 이 상황을 아버지를 체포할 좋은 기회라고 생각한 것이다.

그러면서 말레피덴트는, 여백작의 동향을 파악할 수 없다, 마도 연구소의 경비가 엄중해 사람을 잠입시키기 어렵다는 등의 핑계를 대며 시간을 끌었다.

그러는 동안, 미끼인 리로우드 양에게까지 아버지가 눈을 향했을 때, 즈미아노가 움직였다.

"리로우드 양과 네가 휘말린 그 사건은, 모든 게 예상 외였어. 하지만 이용할 수는 있을 것 같았지. …아무리 아버지가 독기를 품고 움직여도, 그 영식들을 모두 제거하기란 무리니까."

의도치 않게… 어쩌면 그조차도 즈미아노의 책략일지도 모르지만, 마물 퇴치의 영웅인 소포일을 비롯해, 아버지가 노리는 리로우드 양의 암살을 막는, 그리고 제거할 수도 없는 인물들이 그녀 곁에 모였다.

권력으로 압력을 가해 떼어놓으려 해도, 리로우드 양의 뒷배는 에이데스와 국왕 폐하다.

독살을 꾀하려 해도, 리로우드 양과 시졸다, 즈미아노의 눈이 있고, 자칫 실수로 타이글림 전하나 레오니엘 전하가 독을 마시는 날에는, 온 나라가 발칵 뒤집혀 범인 색출에 혈안이 될 것이다.

서로 손잡지 않았어도.

에이데스와 즈미아노, 그리고 국왕 폐하가 제각기 '웰미 리로우드를 건드리지 못하게 한다' 라는 일치된 목적을 가진 이상, 아버지의 음모는 실패가 확정되어 있었던 것이다.

"리로우드 양과 여백작을 철통같이 보호하면서, 레오니엘 전하와 함께 비밀리에 증거를 모아 왕성에서 아버지 앞에 들이댔어. 공작가를 존속시키고 죄상을 공표하지 않는 대신, 제시한 조건이 아버지의 은퇴였지."

실질적으로는 유폐다.

공작령 변경에서 휴양하는 것으로 가장하고, 실은, 고귀한 신분으로 대역을 꾀한 자를 비밀리에 가둬두기 위한, 마술을 무력화시키는 왕성의 탑에 갇히게 되는 것이다.

"아버지는 그걸 받아들였어."

공작가의 맥을 이어 다음 대에 승부를 걸고자 하는 의지가, 라이오넬 왕가 쪽으로 돌아선 아들인 자신을 바라보는 눈에 떠오른 것을 말레피덴트는 알고 있었다.

—그런 망집에 의미는 없다.

시대는 이미 달라진 것이다.

모든 것은 아버지의 자기만족일 뿐, 거기에 휘둘린 것은 말레피덴트와 달리스테아다.

하지만 말레피덴트는 에이데스 덕분에.

달리스테아는 자력으로, 혹은 누군가의 도움이 있었는지는 모르지만 … 그 망집에서 벗어났다.

“공작 작위는 내가 물려받고, 좀 안정되고 나면 마도성 수장의 지위를 얻게 될 거야.”

“에이데스 님은….”

“외무경으로 가게 됐어. 뜻하지 않게 국내 문제가 수습됐으니까…. 리로우드 양이 에이데스의 약혼녀로 내정되고, 레오니엘 전하도 반려자를 얻었어. 유력한 공작가, 후작가의 후계자와, 최대 무역상으로 성장할 론다트 자작가까지, 여백작과 리로우드 양을 통해 왕당파와 관계를 맺은 덕분에 배신의 걱정은 없어.”

이번에 오명을 쓴 영식들은 앞날이 다소 험난하겠지만, 가장 골칫거리였던 즈미아노를 에이데스와 리로우드 양이 꽉 잡고 있고, 트루기스도 그 얼굴로 보건대 조만간 평가가 달라질 것이다.

시졸다는 혈육에게 약한 면이 있었지만, 이번 일을 통해 한층 성장했을 것이다.

그리고 세이파르트는 지금은 그냥 백작가의 후계자지만…, 즈미아노와 에이데스로부터 얻은 정보가 사실이라면, 머지않아 이용가치가 커진다.

“에이데스는 외무경으로서, 남서부의 대공국과 북쪽의 제국, 성교회의 동향에 주력하게 하는 게 좋겠다고 국왕 폐하께서 말씀하셨어.”

성교회에 대해서는 한 가지 더 손을 써두었지만, 달리스테아가 그걸 아는 것은 좀 더 나중의 일이 되리라.

“또 뭐 질문 있어?”

사랑스러운 여동생에게 홍차 찻잔을 내려놓으면서 미소를 보이자, 달리스테아는 창백한 얼굴 그대로 잠시 생각에 잠겼다가… 불쑥 중얼거렸다.

“이번 건과는 관계없을지도 모르지만…, 오라버니는 오르밀라주 후작을 신뢰하고 있었군요…."

"의외야?"

"네, 두 분은 반목하고 있다는 소문뿐이었으니까요."

"귀족학교 시절부터 아버지의 눈을 속이기 위해 그렇게 위장했으니까. 그리고 신뢰는 하지만 사이가 좋은 건 아니야."

과거, 언제나 패권을 잡으라는 명령을 받았던 말레피덴트의 앞을 최초로 가로막은 존재가 에이데스였다.

귀족학교 동창이자, 입학 당시부터 모든 면에서 수석을 독차지한 남자다.

마도경 작위를 받은 것도 그 녀석이 먼저였다.

아버지의 망집을 위한 꼭두각시로 교육받아온 말레피덴트는 당시 에이데스에게 증오에 가까운 감정을 품었다.

"본인에게 들은 이야기인데, 그 녀석은 어릴 때 소중한 존재를 잃었어."

"…네, 저도 들어서 알고 있어요."

그 사건의 결과가 어떻게 되었는지를, 말레피덴트가 안 것은 귀족학교 3학년 때였다.

"예전에 인내심의 한계에 달한 나는 에이데스에게 물었어. 좌절을 맛보았지만 극복하지도 못하고, 무너진 자존심을 어찌하지도 못하고… 부끄러움도 증오도 다 버리고 자포자기한 상태로 물었지."

어렸다, 라고밖에 할 수 없을 만큼, 그것은 에이데스의 입장에서는 불합리한 분노였으리라.

『어떻게 하면 너처럼 될 수 있지? 왜 너는 그렇게 나에게서 모든 걸 빼앗는 거냐!』

하지만 그는 옅은 미소와 함께 이렇게 대답한 것이다.

『나처럼 될 필요가 뭐가 있지? 너는 아직 소중한 걸 아무것도 잃지 않았어. 말레피덴트, 난 네가 부러워』라고.

"충격이었어."

마치 어린아이처럼 분노를 터뜨린 과거를 자조하면서, 말레피덴트는 말을 잇는다.

"나도 에이데스에게 닥친 과거의 불행은 알고 있었어. 하지만 모든 걸 가졌다고 생각했던 그가 나를 부러워하고 있을 줄은 상상도 못 했지."

왜냐, 라고 묻자, 에이데스는 굳이 숨기려고도 하지 않고 대답했다.

『앞으로 소중한 걸 얻게 됐을 때, 난 두 번 다시 그걸 잃지 않기 위해, 사람을 불행하게 만드는 저주를 이 세상에서 없애버리기 위해, '힘'을 추구하는 거야』라고.

그러니까, 라고 말을 잇는 에이데스의 눈빛은, 평소처럼 냉담한 것이 아니라, 고요함과 동경이 교차하는 것이었다.

『넌 깨달아야 돼. 그리고 지금 있는 소중한 것에 눈을 향하도록 해. 단 한 번이라도 잃지 않기 위해.』

그 말에, 말레피덴트는 자신이 가진 것에 처음으로 눈을 향한 것이다.

아버지의 망집에 시달리면서도, 그래도 이를 악물고 긍지를 가지고 부단히 노력하는 동생에게.

그때까지 당연하다고 생각했던 그녀의 가련한 삶에.

"공작가 안에서 나만이 너를 지킬 수 있다는 사실을 일깨워준 사람은 에이데스였어."

열 살이나 터울이 지는 여동생을 고령에 출산하는 일.

아버지에게 그것을 강요당한 어머니는, 동생이 어릴 때 세상을 떠났다.

말레피덴트는 그래도 어머니에게는 사랑을 받았지만, 달리스테아는 그렇지 못한 것이다.

그것을 줄 수 있는 사람은 자신뿐이라고.

"오라버니가 저에게 다정하게 대해주시게 된 건… 그런 이유였군요."

달리스테아의 눈에 눈물이 고였다.

"나는 에이데스에게 감사하고 있어. 그리고 훌륭하게 성장한 사랑하는 너에게도. …지키는 일의 중요성을 너희가 가르쳐준 거야."

원하기만 하는 게 아니라, 원함을 받고, 사랑받는 기쁨, 즐거움, 필요성.

사람은 혼자 살아가고 있는 게 아니라고.

그런 에이데스도, 반려자를 얻었다.

『웰미는 재미있어. 그리고 기특하고, 동시에 강해. 나도 드디어 곁에서 지켜주고 싶은 사람을 만났다, 말레피덴트.』

어쩐지 기쁜 얼굴로 그렇게 선언한 에이데스를, 진심으로 축복했다.

"나도 네가 내 품을 떠나면 찾아볼 생각이야. 그러니까 빨리 사랑하는 사람을 찾아서, 너를 위해 살아라, 달리스테아."

마지막에 농담처럼 장난스럽게 말하자, 달리스테아는 얼굴을 붉힌다.

"…그리 멀지 않을지도 몰라요, 오라버니."

"트루기스가 마음에 들었니?"

자신이 부추겨놓고, 왠지 약간 심사가 꼬인다.

하지만 여동생이 그렇게 생각하는 상대라면 인정해주겠다고 말레피덴트는 생각하고 있었다.

물론 인격에 문제가 없어야 한다는 게 전제지만…, 달리스테아를 흠모해왔다고 하는 그 애송이라면 이 아이를 실망시키는 일은 없으리라.

"음…, 잘은 모르겠지만, 남성분이 저를 그렇게 생각하셨다는 걸 안 건 처음이라…."

두 손으로 볼을 감싸는 동생은. 사랑스럽다고 말하기에 부족함이 없다.

"너라면 레오니엘 전하의 약혼녀 후보라는 족쇄가 풀리면, 얼마든지 골라잡을 수 있다고 생각한다만. …말리지는 않으마. 그리고 혹시 시간 있으면 집안 살림을 좀 도와주겠니? 난 바빠서 일일이 살필 여력이 없으니까."

"네, 저라도 괜찮다면 미력하나마."

동생이 기운을 차린 것을 확인한 말레피덴트는 몸을 일으켜 집무실로 돌아가기로 했다.

특무경과 마도성 수장직의 인수인계를 동시에 하면서, 공작가를 계승할 준비까지 해야 하는 것이다.

상당히 고되고 바쁘리라는 것은 상상하기 어렵지 않아서, 우선 정리해놓고 싶은 일이 산더미였다.

"너는 너의 행복을 찾아다오."

그 어깨에 툭, 손을 얹자.

달리스테아는, 꽃이 피어나듯 환한 미소를 지었다.

5. 악녀의 불안

─【왕태자 전하 약혼 피로연】 3주일 후.

모든 것이 제자리를 찾기 시작했을 무렵, 웰미는 또 다른 인물로부터 초대를 받았다.

달리스테아 님 때보다 더 각오를 다지고 만남에 임해야 하는 상대…다.

"왔군, 웰미 리로우드."

그 상대, 힐덴트라이 양은 아니나 다를까, 그 금색 눈동자로 경멸하듯이 웰미를 노려보고 있었다.

다짜고짜 경칭도 없이 이름을 불러서 조금 당황했지만, 겉으로는 드러내지 않고 미소의 가면을 쓴다.

그녀는 시졸다 님의 약혼녀니까… 그런 태도로 나와도 어쩔 수 없는 상대, 라는 자각은 있었다.

"힐덴트라이 이사 님, 오늘은 초대해주셔서 대단히 감사합니다."

그렇게 말하고 웰미는, 그녀와는 동격이지만, 커트시 자세를 취한다.

일을 저지른 쪽으로서의 예의 문제니까.

힐덴트라이 양은 웰미에게 항의하러 왔던 야회날과 마찬가지로, 근무 중도 아니면서 마도사단의 정식 로브를, 무술로 단련된 탄탄한 몸에 걸치고 있다.

마도사라는 지위에, 혹은 자립적인 스스로에게 긍지를 가지고 있는 것이리라.

그런 그녀와의 만남을, 시졸다 님이 몹시 미안해하며 부탁해 온 것이 일주일 전의 일.

그는 앞선 소동으로 인한 근신은 풀렸지만, 아직 왕성 출입은 허락되지 않아서, 트루기스의 휴일에 웰미의 호위를 명령받은 것이다.

그 호위날에 맞춰 방문을 부탁받은 곳이 바로 이사 백작가였다.

이사 백작가는 마술의 명문가로, 오르밀라주 후작가와 아바컴 공작가만큼은 아니지만, 수많은 마도사를 배출한 가문이다.

힐덴트라이 양은 백작가의 차녀로, 시졸다 님이 웰미 곁을 지키고 있을 때, 대놓고 불만을 제기하러 온 기골 있는 여성이다.

드물게도 그녀는 시졸다 님보다 한 살 연상이라고 한다.

예전에 백작가의 영애가 공작가의 후계자와 약혼한 일 자체가 사교계의 화제가 되었던 기억이 웰미에게도 있었다.

심지어 그 후 영애가 마도사단에 입대해 '공작가에 어울리지 않는다'라는 소문이 퍼진 적도 있어서 그녀에 대해서는 기억하고 있었지만 자세히는 몰랐던 것이다.

그래서 최근, '시즈 쪽에서 열렬하게 약혼을 원한 상대'라는 이야기를 트루기스에게 듣고서.

힐덴트라이 양과 충돌했을 때, 시졸다 님이 곤혹스러운 표정을 했던 이유를 이해하고, 납득한 것이다.

그녀는 흥, 하고 콧방귀를 끼고, 아름답게 가꿔진 정원의 정자에 있는 의자를 턱으로 가리켰다.

—나를 왜 부른 거지? 욕해주고 싶어서…? 아니, 그런 성격은 아니라고 생각하는데.

웰미는, 어느 쪽인가 하면, 힐덴트라이 양은 마음에 안 드는 자는 아예 상대하지 않는 타입이라고 짐작하고 있었던 것이다.

그날 그녀가 말을 걸어온 것은, 웰미의 행동을 '해(害)'가 된다고 판단했기 때문이다.

좋은 인상이 없는 건 잘 알고 있었지만, 이렇게까지 노골적으로 혐오하는 태도를 마주하기는 오랜만이었다.

"그럼 실례할게요."

웰미는 여전히 미소를 지은 채 의자에 앉았다.

손님은 보통 호스트와 비스듬히 마주보고 앉게 마련이지만, 그녀가 권한 자리는 당연한 것처럼 정면의 의자였기 때문에, 적대 의사를 가진 것은 확실하다.

'오해는 풀렸다'고 시졸다 님은 말했지만, 태도로 봐서는 아직 안 풀린 것 같았다.

—물론 화내는 게 지극히 당연하지만….

자신의 약혼자가 야회에서 다른 영애 곁을 지키고 있었으니, 화나는 게 당연하다.

웰미 자신도, 에이데스가 만약 웰미나 언니가 아닌 다른 영애에게 똑같이 했다면, 보복의 책략을 짰을 것이다.

언니는 물론 괜찮다.

왜냐하면 언니니까.

그런 이유로, 웰미는 이 자리가 친교의 장이 아니라 대치의 장임을 이해했다.

사정이 있었다고는 하나, 따지고 보면 즈미아노 때문이라는 점.

시졸다 님이 걸렸던 '매료의 성술'과, 즈미아노가 만든 향수의 효과를 풀어준 사람이 누구라고 생각하는 거지? 라는 점.

그런 사정들을 감안해도, 힐덴트라이 양의 분노는 정당한 것이다.

아무튼 매우 복잡하고 성가시다.

하지만 처음부터 이 장소에 이르기까지 줄곧, 면목 없는 얼굴을 하고 있는 시졸다 님이 옆에 있다.

그를 봐서라도 이 자리에 도전할 것을 결심하고, 웰미는 마음을 다잡았다.

시졸다 님은 시졸다 님대로, 지금 이 시간은 호위 임무 중이지만, 그의 자리도 마련되어 있는 미묘한 상황.

외눈 안경을 쓴 고지식한 그는 조금 고민한 후, 직무를 우선해, 웰미 뒤쪽의 비스듬한 위치에 섰다.

하지만.

"시즈도 앉지 그래?"

힐덴트라이 양은 그것도 마음에 안 들었는지, 갈색 머리카락을 쓸어 올리면서 시졸다 님에게 말을 건넸다.

"아뇨, 하지만."

"주최자가 그렇게 말씀하시니까요, 시졸다 님."

"…알겠습니다, 리로우드 양. 하지만 힐데, 그녀에게 그런 태도는….''

"마음에 안 드는 상대에게 갖춰줄 예의 따윈 없어."

약간 남자 같은 어투는, 복장에 따라서는 '남장 가인(佳人)'이라 부를 수 있을 듯한 그녀에게 잘 어울렸다.

솔직하고 가식 없는 말투도, 지금 같은 상황만 아니라면 웰미로서는 호감이지만.

분노를 숨기려고도 하지 않는 힐덴트라이 양은 일부러 들으란 듯이 비꼬는 말을 던진다.

"애당초 숙녀라는 개념 자체가 난 마음에 안 들어. 다과회에서 드레스와 디저트와 남의 스캔들 이야기나 떠들어대고, 야회에서 남자나 찾아다니는 한심한 여자들이잖아? 아아, 분방한 행동은 숙녀라고 칭하기도 천박하니까, 그 이하인가."

"힐데!"

"괜찮아요, 시졸다 님."

—오히려, 조금 재미있어졌어.

이렇게까지 노골적인 태도라면, 웰미도 내숭은 필요 없다.

내심 그렇게 생각하면서 부채를 펴 입을 가리고, 고개를 살짝 갸웃한다.

"저와의 티타임을 원하신다고 들었는데요. 거울이라도 보여드리고 싶은 그런 이야기가 티타임의 화제가 되어도 괜찮으신가요?"

'당신의 말투가 내 태도보다 훨씬 천박해요' 라는 빈정거림을 섞어 에둘러 말하자, 힐덴트라이 양은 정확하게 이해한 것 같았다.

발끈! 하며 미간에 주름을 잡고 이쪽을 노려보는 힐덴트라이 양은, 자존심은 강하지만 바보는 아닌 듯하다.

하지만 아무리 날카로운 눈빛이라도, 에이데스에 비하면 어설프기 짝이 없다.

게다가 웰미는 겨우 눈빛 하나에 주눅 들고 마는 귀염성은 가지고 있지 않았다.

"말은 잘하는군. 싸울 힘도 없는 여자가 건방지게. 부끄럽지도 않아?"

"글쎄요…. 힐덴트라이 님을 본받고 싶지만, 저는 첫 대면이나 다름 없는 분에게 맨살을 드러내는 숙녀 교육은 받지 못해서요. 죄송합니다."

'예의범절도 모르는 상대에게 그런 말은 듣고 싶지 않다' 라는 숙녀의 화법이다.

그러고 나서, 일부러 도발할 작정으로 말을 이었다.

"심지어 남성의 영역에 들어가, 본래의 마땅한 모습을 등한시하는 행동은 저로서는 도저히…."

노골적인 빈정거림에, 힐덴트라이 양의 눈빛이 급격히 싸늘해진다.

냉정해진 게 아니라, 분노가 임계점을 넘어 빙점 아래로 직하강한 것뿐이다.

물론 웰미는 진심으로 그렇게 생각하는 건 아니었다.

상대가 자랑스럽게 생각하는 부분을 역이용해 자존심을 건드리고, 주도권을 쥠으로써 우위에 서는 것이 웰미의 싸움법인 것이다.

자신의 실력으로 마도사 부대에서 출세해 지위를 손에 넣은 그녀는 원래 존경해야 마땅한 상대이기는 하지만.

사교의 장에서 적대적으로 나온다면 굴복시키는 데 주저함을 느끼지 않는다.

다과회와 야회는 웰미의 전쟁터다.

"본래 모습이라…. 중요하지도 않은 관계를 위해, 국민의 혈세로 얻은 돈으로 몸치장이나 하는 게 무슨 이익이 된다는 거지?"

"글쎄요. 총명하신 힐덴트라이 님에게는 자명한 일이라고 생각하지만, 영지에 길을 내고 지키는 것만으로 사람은 먹고살 수 없다고 들었어요.”

실제로 귀족 여성이 몸치장을 하고 화려한 모임을 갖는 것은, 구빈원에서 자선활동을 행하는 것과 마찬가지로, 도를 넘지 않는다면 필요한 일이다.

거기에는 재봉사로 일하는 여성의 일감이 있고.

진귀한, 혹은 고가의 원단을 들여와 파는 장사꾼의 생활이 있고.

나아가 원단을 만드는 데 필요한 실을 자아 입에 풀칠하는 자들이 있고.

야회에 요리를 제공하는 요리사의 노력이 있고.

고용인으로 일하는 자들이 갈고닦은 손님 접대의 기술이 있고.

멋진 정원을, 그곳에 피어나는 꽃들을 가꾸는 정원사의, 멋진 건축물을 만들어내는 건축사의 부단한 매일의 생업이 있다.

“나라를 지키는 일이 누군가의 몸 하나로 이루어질 수 없다는 건 알고 계시나요?”

병사가, 기사가, 국민을 지키기 위해 검을 휘두르고.

마도사가, 마력의 고갈을 두려워하지 않고 싸운다.

“그들 뒤에는 기사가 휘두르는 검을 만드는 자가, 몸에 걸치는 갑옷을 만드는 자가, 달리는 말을 키우는 자가, 요새를 짓는 자가, 마옥을 가공하는 자가, 마력 회복약을 만드는 자가 있어요.”

“……? 그게 어쨌다는 거지?”

“귀족이 소유한 영지에는 병사들이 먹을 식량을 키우는 자가, 짐승을 사냥하는 자가, 그 재료를 각지로 운반하는 자가 있어요. 그들이 있기에 비로소 길은 의미를 갖는 거죠. 그 영지가 평온할 수 있게 세금을 사용하고, 영지를 지나는 데 지장이 없도록 산적을 소탕하고, 탄원을 들어주는 영주가 있고…, 영주가 영민을 착취하지 못하도록 감시의 눈을 번뜩이는 왕궁 관료와 국왕 폐하가 계세요.”

그게 국가라는 것이다.

그들 중에는 사리사욕을 채우는 자도 있으리라.

혜택을 공짜로 누리는 자도 있으리라.

당연하다. 그들은 톱니바퀴가 아니라 ‘인간’이니까.

하지만 모든 귀족이 그런 것은 아니다.

“차려입은 드레스를 갑옷 삼아, 대가의 형태로 모인 부를 국민에게 배분하고, 다음 세대를 낳아 키우며, 관계를 연결하고, 강화하고, 남편의, 국가의 번영을 뒷받침하는—.”

일견 화려하지만, 사리사욕을 채우기 위해 상대를 짓밟으려 하는 자가 있는 가운데 미소를 잃지 않고 교류하며, 세상이 원활하게 돌아가도록 끊임없이 노력하는 자.

“—그것이 부인, 영애라 불리는 ‘숙녀’의 사명이에요.”

사람은 논리만으로도, 감정만으로도 움직이지 않는다.

그 양 바퀴의 한쪽만으로는, 마차는 달릴 수 없다.

“물론 저는 고작해야 해주 능력밖에 없는 힘없는 여자지만요.”

그리 멀지 않은 과거에, 파멸을 내다보고.

야회를, 언니를 구해줄 존재를 찾기 위한 전쟁터로 규정하고.

목숨을 걸고 그곳에 서는, 긍지를 품고 있었다.

웰미는 날카로운 눈초리로 부채 뒤에서 힐덴트라이 양을 똑바로 쏘아본다.

이쪽의 눈빛에, 그녀가 어깨를 움찔 떠는 것을 놓치지 않았다.

“—뒤에서 돕는 자의 역할을 경시하는 당신이, 시졸다 님에게 닥친 고난을 물리칠 수 있을까요?”

즈미아노가 일으킨 그 사건은, 국가의 근간을 뒤흔들 수 있는 것이었다.

만약 그걸 놓쳐서 흔들렸다면, 머지않아 타국과의 작은 분쟁 수준이 아닌 격진이 온 나라를 강타했을 것이다.

하지만 야회를 싫어하고, 정보가 아닌 무력을 무기로 삼으며, 타인과의 교류를 귀찮게 여기는 자는 알아차릴 수조차 없는 간계였다는 것은 의심의 여지가 없다.

힐덴트라이 양은, 어느 쪽인가 하면, 그런 교류를 꺼리는 사람이다.

시졸다 님에게 따지러 왔을 때도, 그녀는 드레스가 아니라 로브를 몸에 걸치고 있었다.

그것도 정장은 정장이고, 힐덴트라이 양의 궁지이기는 하겠지만.

모든 게 끝날 때까지, 그녀는 약혼자에게 닥친 재난을 알아차리지 못했다.

그것이 사실이고, 전부다.

아마 웰미는, 그녀가 의도하지 않은 곳에서 급소를 찌른 것 같았다.

미간을 찌푸리고 입을 꽉 다문 힐덴트라이 양은 곧 그것을 미소로 바꾼다.

“과연, 그저 얌전하기만 한 영애는 아니라는 뜻인가.”

“강함은 과시하는 게 아니라 속에 감춰두는 거예요. 좋아하지 않는 남성분도 많이 계시니까요.”

언외에 힐덴트라이 양을 나무라고, 시졸다 님을 칭찬했다.

대화에 끼지도 못한 채 씁쓸한 표정을 하고 있는 그는, 힐덴트라이 양의 이 솔직한 인품을 좋아하는 것이리라.

그리고 웰미를 인정해주고 있다.

그래서 잠자코 있는 것이겠지만.

"그렇게 잘 알면, 제 몸 하나 못 지키는 자신을 걱정하는 게 어때? 자각은 있지? 누구의 손도 빌리지 않고 혼자 설 수 없다면 그건 남에게 폐를 끼치는 걸 당연하게 여기는 태만이야."

―보호받지 않으면 아무것도 할 수 없다.

같은 싸움법으로 방식을 바꾼 힐덴트라이 양의 말 또한 사실이다.

웰미는 싸우기를 선택했지만, 에이데스의 품안에서 보호만 받을 뿐인 존재라고 한다면, 할 말은 없다.

"난 시즈와 나란히 설 수 있어. 너는 어떻지? 마도경 옆에 서기에 걸맞다고 자부할 수 있어?"

"그렇게 되기를 바라고 있어요. 에이데스가 저를 원했으니까요."

단호하게 대답했지만, 그 단호함만큼 자신감이 있는 것은 아니었다.

그에게 '뭐든지 시키는 대로 하는 편리한 인형'이 되기를 자청했다 해도… 그리고 더없이 애지중지 사랑받고 있어도.

―나는 과연 에이데스에게 어울리는 여자일까.

그렇게 생각하는 것도 사실이니까.

"힐데."

거기서 조금 전까지와는 다른, 조용하면서도 어딘지 날카로움을 품은 시졸다 님의 목소리가 울렸다.

웰미 주위의 영식들 중에서, 고지식하고 혈육에게 관대하고 실무에 능하다는 것 말고는 아는 게 없는 청년은 분명하게 분노를 드러내고 있었다.

"리로우드 양은 마도경 본인이 선택하신 분이고, 나와 트루기스뿐 아니라 즈미까지 구해주신 분이에요. 그 이상 무례를 범한다면, 오늘은 이만 물러가겠습니다."

약혼자의 진심을 느낀 건지, 아니면 시졸다 님이 웰미 편을 드는 게 못마땅한 건지, 힐덴트라이 양은 조금 상처받은 얼굴이 되었다.

"건방지게. 처음에 멍청한 짓을 한 건 너잖아."

"거기에 관해서는 내가 얼마든지 사죄할게요. 하지만 리로우드 양에게 화풀이하는 건 잘못이에요."

"화풀이한 적 없어. 모욕당한 건 나도 마찬가지야."

"그건 힐데의 태도가 원인이죠. 처음에 사람을 시험하지 말라고 몇 번이나 말했잖아요. 뭐죠? 그 부자연스러운 얼굴은. 누가 뭐래도 지나쳐요."

그러자 힐덴트라이 양은 어깨를 으쓱하더니… 별안간 태도를 누그러뜨리고 어깨를 흔들며 웃었다.

그리고 손가락을 딱 울린다.

"알았어, 알았어, 시즈. 내가 잘못했어."

그 한마디와 함께 오만함이 자취를 감추고, 눈동자가 반짝반짝 빛나면서 쾌활함이 얼굴을 드러냈다.

화난 기색은 이미 전혀 남아 있지 않았다.

그 놀라운 변모에 웰미는 내심 아연실색했다. 이것도 연기인가 하고 생각했지만, 그녀는 두 손을 들어 살랑살랑 흔들었다.

"아, 미안해, 리로우드 양. 하여간 우리 약혼자님은 너무 고지식해서

탈이라니까.”

“저어…?”

조금 전까지의 분노와 불 같은 성격은 무엇이었을까.

분명 눈동자 깊은 곳에 깃든 본질을 봤다고 생각했는데, 지금의 그녀에게서는 전혀 적의를 느낄 수 없었다.

“네 평판을 듣고, 조금 앙갚음을 해주고 싶었어. 나도 보기 좋게 속았으니까…. 사교계를 뒤흔드는 악의 꽃, 웰미 리로우드에게.”

의미심장한 눈빛에, 웰미는 시선을 피했다.

“시즈에게 들은 대로 너는 영리하고 강한, 어리석음과는 거리가 먼 사람이었어. 기가 센 건 타고난 기질인 것 같지만.”

“힐데!”

“그렇게 화내지 마, 시즈. 미안하다고 하잖아. 그리고 너희가 나를 따돌린 건 사실이잖아?”

하하하 웃고서, 힐데트라이 양은 한쪽 눈썹을 치켜올린다.

“리로우드 양의 사람을 보는 눈이 아주 정확하다고 모두가 칭찬하기에, 그걸 역으로 이용해 봤는데, 어때? 눈동자에 다른 감정을 비추는 환술이 잘 통했어?”

마치 못된 장난에 성공한 악동 같은 그 얼굴이, 그녀의 본래 매력이리라.

—속았다.

설마 그런 식으로 감정을 숨기는 게 가능할 줄 상상도 못 했기 때문에, 웰미는 솔직하게 패배를 인정했다.

“결과는 성공, 인 것 같네요. 재미있어하는 기색은 전혀 느낄 수 없었어요.”

“고마워. …이건 오지랖일지도 모르지만, 웬만하면 그 눈에 관해서는 남에게 말하지 않는 게 좋을 거야. 그 능력이 알려지면, 너의 이점을 잃고 마는 거니까.”

“명심할게요. …힐덴트라이 님은 꼭 즈미아노 님 같네요.”

“실례야. 그런 음흉한 녀석이랑 비교하지 마!”

그러면서 짐짓 화난 표정을 하는 그녀를 보고, 웰미는 무심코 웃음을 터뜨렸다.

“그럼 잠깐 사과를 좀 할까.”

힐덴트라이 양은 몸을 일으키더니 긴 로브 자락을 붙잡고, 훌륭한 커트시를 보여준다.

“정식으로 인사드리지요. 이사 백작가의 차녀 힐덴트라이라고 합니다. 이번에 약혼자인 랑그레이 백작 영식, 시졸다를 구해주셔서 진심으로 감사합니다.”

그녀의 인품을 보여주듯이, 당당하고 힘찬 동작과 어조로 그렇게 말하고.

“앞으로는 당신을 본받아 사교의 장에서 어떻게 싸울지도 공부하도록 할게. 나와 교우해주면 고맙겠는데.”

얼굴을 들고, 고개를 살짝 갸웃하는 그녀에게.

“지야말로 잘 부탁드려요.”

웰미는 결코 만만치 않은 힐덴트라이 양에게 매력을 느끼고, 생긋 웃으며 고개를 끄덕였다.

※ ※ ※

“그건 그렇고, 리로우드 양.”

“웰미라고 불러주세요.”

“그럼 웰미 양, 내 죽마고우들이 일으킨, 국가의 근간을 뒤흔드는 민 폐스러운 책략을 깨부순 당신의 공훈은 실로 훌륭했어.”

그러면서 힐덴트라이 양이 신호하자 시녀가 잽싸게 다가와 뭔가를 정자의 테이블에 놓았다.

작은 상자는 한눈에도 고가품으로 보였다.

“이건…?”

“당신을 일부러 부른 진짜 용건이야. 즈미에게 보기 좋게 이용당한 내 약혼자님과 둘이 머리를 맞대고 생각했어.”

“한마디가 많네요….”

“웰미 양은 백작가를 나와 마도경에게 보호되었기 때문에, 사유재산 이 없는 걸로 알아. 맞지?”

“그건 그렇죠.”

웰미는 원래 에르네스트 백작가의 영애지만 첩의 딸이었고, 나중에 안 일이지만, 애당초 백작가와는 피가 섞이지도 않았다.

따라서 재산 분할권은 없고, 영지를 포함해 많은 재산은 전 약혼자의 본가이자, 아바인을 제외하면 매우 정상적이고 멀쩡한 집이었던 슈나 이거 백작가에 계승될 예정이다.

언니가 ‘얼마 안 되지만, 개인 자산에서 나눠주겠다’ 라고 한 제안도 거절했다.

에이데스와 클라테스 선생님에게 몸단장용 예산은 지원받고 있지만, 그것은 그들의 돈이므로, 꼭 필요한 곳 외에는 사용하지 않도록 하고 있었다.

“그래서 이걸…. 시즈와 나의 개인적인 사례야.”

"아뇨…, 받을 수 없어요."

이번 건은 웰미 개인의 힘으로 해결한 것이 아니다.

하지만 시졸다 님은, 여기에 관해서는 힐덴트라이 양과 같은 의견인 듯, 그녀를 거들고 나선다.

"성녀 테레사로라는 '점'에서 시작해 즈미의 의도를 밝힌 사람은 당신입니다."

"그건 즈미아노가 저를 노렸기 때문이에요. 힌트를 얻었을 뿐인걸요."

"그렇다 해도야, 웰미 양. 당신의 존재가 없었다면, 즈미는 더 나쁜 방향으로 폭주했을 가능성도 있었어. …그리고 그 녀석이 달라진 것도, 아마 당신 덕분이지?"

"달라졌다고요…?"

단순히 【복종의 팔찌】를 차서, 더는 나쁜 짓을 할 수 없게 된 것뿐이라고 생각하지만.

의아해하고 있을 때, 멀리 시선을 향한 힐덴트라이 양이 문득 중얼거렸다.

"…며칠 전에, 일 끝나고 오는 길이라면서 비상식적인 시간에 찾아온 그 녀석이 나에게 사죄를 했어."

"사죄…?! 그 사람이 스스로요?!"

"응. '시즈를 끌어들여서 미안해'라고. 뭐, 태도는 평소와 다름없었지만."

―그, 즈미아노 님이?

갑자기 믿기는 힘든 이야기지만, 힐덴트라이 양의 얼굴은 진지하다.

"머리를 다친 후로 이상해졌던 그 녀석이, 어쩐지 좀 달라졌어. 그렇지? 시즈."

"네. 리로우드 양의 명령으로 성녀 테레사로에게 사과하러 갔을 때부터요"

그때의 일을, 시졸다 님은 힐덴트라이 양에게 이야기한 모양이었다.

"치유한 사람은 테레사로니까, 그녀 덕분 아닌가요…?"

"당신이 데려가서 사과시키지 않았으면 그 인연은 없었을 거야. 웰미 양. 나는 정말로 감사하고 있어. 즈미가 벼랑에서 떨어진 후로 일그러졌던 톱니바퀴가 다시 원래대로 돌아가고 있는 느낌이야."

힐덴트라이 양이 시졸다 님 쪽을 보자 그는 눈을 감고 말을 받았다.

"그 사고 이후로 우리의 관계는 어쩐지 어색해졌습니다. 즈미는 그렇게 되고, 니니나 양은 집에만 틀어박혀 있고, 트루기스는 권유한 책임을 느껴서인지 원래부터도 자기주장이 별로 없었는데 점점 더 소극적이 되고…. 저는 사람의 마음을 잘 헤아리는 편이 아니라, 어떡해야 좋을지 몰라서…."

방법을 찾기 위해, 힐덴트라이 양과 둘이 오랫동안 고민했다고 한다.

"그걸 당신이 해결해줬습니다. 그래서 당신이 기뻐할 만한 선물이 뭘까 생각하다가, 개인자산이 없다는 걸 알고 골라봤습니다."

가공은 아직 안 했지만요, 라고 덧붙이면서 시졸다 님이 상자를 열어보라고 권한다.

그 안에 든 선물의 정체를 짐작한 웰미는 더는 거절하지 못하고, 살그머니 상자를 연다.

안에 든 것은, 엄지손톱만 한 사이즈로 커팅된, 똑같은 크기의 보석 두 개였다.

"─여, 역시 받을 수 없어요!"

보자마자 상자 속 보석의 어마어마한 가치에, 현기증이 났다.

"이, 이건… '희망의 주마주(朱魔珠)'와 '태고의 자마정(紫魔晶)' 아닌 가요?!"

"역시 대단한 감식안이야."

"감탄할 때가 아니에요!"

상자 안에 든 것은 마보옥이라 불리는 희귀한 보석이었다.

둘 다, 같은 크기의 다이아몬드 다섯 개와 맞먹는, 혹은 그보다 더 가치가 높은 것이다.

거기에 깃든 태고의 마력이 불가사의한 힘을 발현시키기도 한다고 말해지는 보석.

빛에 따라 색조가 달라져, 고양이 눈이라 불리는 변화를 보이는 투명한 주홍색 마보석은 '진지한 소망을 가진 주인에게 아득히 먼 시간의 계시를 가져다준다'고 여겨지며.

은은한 빛을 발하는 그러데이션의, 별빛이라 불리는 광채를 지닌 보라색 마보옥은 '맹세한 약속을 이루어주는 힘을 부여한다'고 여겨진다.

"무슨 생각을 하시는 거예요?! 누가 봐도 이건 너무 과해요!"

"하지만 당신이 한 일은 원래 같으면 훈장감이야, 어쩌면 작위도 얻을 수 있을 정도일걸. 그렇다면 이 정도 선물은 지극히 타당해."

"가져본 적도 없는 비싼 보석이에요!!"

"오르밀라주 후작 부인이라면, 이만한 가치가 있는 걸 여러 개 몸에 지녀도 전혀 이상하지 않아."

"!"

태연한 그 말에, 숨이 막힌다.

확실히 이 나라의 왕실조차도 무시하지 못하는, 외국에까지 영향력이 있는 필두 후작인 에이데스의 아내라면 그럴지도 모른다는 걸 깨달고 말았다.

안 그래도 약혼 전에 드레스 등을 새로 맞추는 게 미안해서, 너무 고가인 보석류는 에이데스에게도 사양하고 있지만.

웰미는 자신이 엄청난 위치에 오르려 하고 있음을 처음으로 실감했다.

—그러니까 안 하겠다고, 이제 와서 말할 순 없지만.

"그리고 눈치 못 챘어? 이건 나석이지만, 당신이 가공을 할지 말지는 둘째 치고. …그 색상이 무엇을 의미하는지."

생글생글 웃으며 이어진 힐덴트라이 양의 말에, 아, 하고 외마디가 터져 나온다.

이건.

"저와 에이데스의… 눈동자색…?"

"맞아. 백금 테와 순은 테를 만들면, 당신과 마도경의 색이야. 당신이 '그에게 줄 수 있는 게 없다'고 중얼거린 걸, 마침 시즈가 기억해내서."

고개를 홱 돌려 그를 보자, 시졸다 님이 슬그머니 눈길을 피한다.

"남의 마음을 헤아리는 게 서툰 시즈로서는 파인 플레이였어."

"…은인을 위해서니까요. 저도 그만큼은 진지하게 생각하고 있습니다."

"시졸다 님….'

테레사로 앞에서 석고대죄까지 시킨 웰미에게, 그렇게까지 마음을 써주다니.

조금 미안한 짓을 한 느낌이다.

"우리 마음을 받아주면 안 될까? 리로우드 양. 마도경도 아마 기뻐할 거라고 생각해."

―우호와 감사의 표시로. 당신들의 행복을 기원하며.

그렇게 말하면서 가장 정중한 예를 갖추는 힐덴트라이 양에게 맞춰, 자리에서 일어선 시졸다 님도 같은 자세를 취한다.

"고, 고개를 들어주세요! 알겠, 어요. 받을, 테니까…."

마른침을 삼키면서, 웰미는 말한다.

나중에 반드시 답례를 해야겠다고 마음속으로 맹세하면서, 피를 토하는 심정으로.

받지 않으면, 언제까지나 이대로 고개를 숙이고 있을 기세였기 때문에.

그때 석고대죄를 받으며 안절부절못하던 테레사로의 심정을 너무나 잘 알 것 같았다.

이른바 인과응보이리라.

그리고.

다시 웰미는 아름다운 마보옥으로 눈길을 향했다.

―에이데스와, 서로의 색을 몸에 지닌다….

그것은 서로 사모하고 사랑하는… 까지 생각하고, 얼굴이 뜨거워진다.

"받아줘서 다행이야. 가공은 어떡할래?"

"…제, 제 의견뿐 아니라, 에이데스의 의견도 들어보고 싶으니까…

저어, 이대로….”

그리고 액세서리로 가공하면, 이 두 사람이 지불할 금액이 더 늘어나 버린다.

“그럼 이대로 가져가. 포장하라고 할게. 시즈도 괜찮지?”

“저는 이의 없습니다. 리로우드 양. 정말로 감사했습니다.”

“이, 인사는 제발 그만하세요…!”

이리하여, 에이데스에게 줄 선물을, 웰미는 예상치 못한 형태로 손에 넣게 되었다.

※ ※ ※

그로부터 며칠.

에이데스에게 마보옥에 대해 어떻게 말을 꺼낼지 궁리하고 있을 때.

밤, 평소처럼 무릎 위에 웰미를 앉히고 머리를 쓰다듬던 그가 긴 은발을 찰랑찰랑 넘기면서 이쪽을 보았다.

“무슨 일 있어? 이사 백작가의 다과회에 다녀온 뒤로, 나에게 뭔가 할 말이 있는 것 같은데?”

“…늘 그렇지만, 역시 눈치 하나는 귀신이네.”

조금 재미없다고 생각하고 솔직하지 못한 태도를 취해버렸지만, 에이데스는 부드러운 미소를 지으며 고개를 끄덕였다.

“언제나 너를 보고 있으니까. 태도가 달라지면 바로 알 수 있을 만큼은 말이지.”

감미로운 목소리로 아무렇지도 않게 그런 말을 하면, 도무지 마음을 진정시키기 힘들다.

얼굴이 화끈거리는 걸 애써 무시하면서, 평소처럼 그의 아름다운 얼굴을 올려다본다.

"음…, 상을 아직 못 받았다고 생각했어."

"정보와 키스로는 부족해?"

"솔직히, 그건 내가 아니라 에이데스에게 주는 상이잖아?!"

"뭐야, 싫었어?"

"시, 싫다고는 안 했어!"

쿡쿡 웃으며 놀리는 에이데스의 볼을, 뭐야! 하고 옆으로 쭉 잡아당긴다.

"뭘 원해?"

우스꽝스러운 얼굴이 돼버렸는데도, 그가 평소와 다름없는 어조로 그렇게 물어서, 웰미는 말문이 막혔다.

화제를 딴 데로 돌리고 싶었는데, 실패한 모양이다.

"…으음."

웰미는 열심히 생각했다.

─내가 원하는 게 뭘까?

물건… 은 그렇게까지 갖고 싶지 않다.

언니와의 시간… 은, 언니의 사정이 있으니까, 에이데스에게 조른다고 어떻게 할 수 있는 문제가 아니고.

그가 해주길 원하는 일도, 지금은 딱히 없지만.

함께 외출하는 건, 나쁘지 않을 것 같았다.

─하지만 에이데스도 바쁘잖아…?

그는 외무경으로 내정되었다고, 전에 말했었다.

일하는 곳이나 직책이 바뀌는 건, 영주의 업무를 계승하는 것과 비슷하다고 생각하므로, 분명 보통 일은 아닐 것이다.

시간을 많이 빼앗는 이기적인 부탁은 할 수 없다.

어쩌면 집에 못 들어오는 날도 있을지 모르니까, 무리하게 만들고 싶지 않다.

끙끙거리며 고민하고 있자, 에이데스가 계속 지켜보고 있었는지 또 쿡쿡 웃는다.

“우리 공주님은 원하는 게 너무 많아? 아니면 욕심이 없어서 생각나는 게 없어?”

“…둘 다야.”

물건을 원한다면 훨씬 편했을 텐데, 라고 생각하며, 재미있다는 듯이 기다려주는 그의 얼굴을 올려다보고.

“나중에 생각나면 그때 얘기해도….”

“―에이데스를”

그렇게 두 사람의 목소리가 겹쳐진다.

그가 놀란 듯 입을 다물고, 웰미도 무심코 하려던 말에 스스로도 놀라, 잠시 침묵이 흐른다.

“나를 뭐?”

“…아무것도 아니야.”

“웰미?”

부끄러워 눈을 피하자, 웰미를 안은 에이데스의 팔에 힘이 들어가더니, 눈에 심술궂은 빛이 떠오른다.

“그 태도는, 뭔가를 숨기려고 하는 태도인데?”

“아니, 난 아무것도… 흡?!”

변명을 말하기도 전에, 입술이 포개진다.

"읍…!"

깊은 입맞춤에 숨결이 새어나오자, 입술을 뗀 에이데스는 보라색 눈동자로, 조금 황홀한 표정이 된 웰미를 내려다보았다.

"비밀은 안 된다고 항상 말했을 텐데? 이제 굳이 명령하지 않아도 말해줄 거지?"

조금 젖은 입술을 약 올리듯 쓰다듬는 손길에, 웰미는 발끈해서 눈을 들어 그를 쳐다본다.

"…부끄러워서 싫어."

"웰미."

―에이데스를 가장 원해.

그렇게 말하려다 그만두었다.

그러면 마치 유혹하는 것 같아서.

그런 의미가 아닌데.

단순히 에이데스와 함께 외출한다거나, 지금처럼 함께 있는 시간을 늘린다거나.

웰미가 원하는 건 그런 것들.

결코, 결코, 침실로 유혹하려는 게 아니라.

언젠가 그렇게 되리라는 건 알고 있고, 기대하는 것도 사실이고, 안 그런 건 아니지만.

"네 눈은 입보다 많은 말을 해."

그 말과 함께, 다시 입술이 포개졌다.

"덮치기 전에 순순히 이야기하는 게 좋을 거야."

다정하게 응시하는 눈길과, 상냥한 말에.

웰미는 부끄러운 나머지 폭발해버릴 것 같은 심정으로 눈길을 떨군다.

이토록 따스한 품에 안겨 있는데, 그게 굉장히 기쁜데.

―작은 불안감이, 솔직해지는 걸 방해한다.

"…에이데스, 에게."

힐덴트라이 양의 말대로.

웰미는 에이데스에게 그저 보호받고, 사랑받고 있을 뿐이고.

아무것도 돌려주지 못했으니까.

그러니까.

"나는, 뭐야…?"

이렇게까지 사랑받는 이유를 알 수 없어서.

그렇게 묻는 웰미에게.

"웰미는 웰미야."

에이데스는 단호하게 그렇게 대답했다.

"약혼녀이자 사랑하는 연인이야. 그렇잖아?"

볼을 쓰다듬는, 펜으로 인해 굳은살이 박힌 단단하고 서늘한 손길에, 웰미는 살며시 자신을 손을 포개고 눈을 감는다.

"에이데스는 그렇게 말해주지만, 난 당신에게 아무것도 돌려주지 못했어…."

업무를 조금 거들고, 숙녀 교육을 받고, 그 외에는 자유.

언니를 위해 야회에서 연기하는 것쯤은 별로 대단한 일도 아니고.

그런 생활도 쭉 이어지는 게 아니라, 지금은 정말로 아무것도 안 하고 있는 것이나 다름없다.

다만 에이데스에게 애지중지 사랑받을 뿐인, 그런 나날.

―필두 후작 부인이라니.

에이데스를 내조할 수 있을 만큼, 자신은 뛰어난 사람이 아니다.

"웰미. 너는 나를 좋아해주고 있잖아."

에이데스의 목소리는 어디까지나 다정하지만.

"…그런, 건, 평범한 일이야."

"평범한 일이라…. 그럴 수도 있지만, 나에게는 기쁜 일이야."

"기쁘다고…?"

살며시 눈을 뜨자, 에이데스의 미소가 보인다.

웰미가 불안해하는 것마저, 기쁘다고 말하고 싶은 것처럼.

"내가 웰미를 사랑스럽게 생각하는 데 무슨 이유가 필요해?"

볼을 감싸고 있던 손을 머리 뒤로 슥 돌려, 얼굴을 끌어당기고, 에이데스는 웰미의 귓가에 속삭인다.

"웰미는 나의, 혹은 이오라의 어떤 점을 좋아하게 된 거야? 돈이나 지위? 도움이 되기 때문에?"

"아니, 야…."

"나도 마찬가지야. 용모와 지성에만 끌린 게 아니야."

에이데스가 무슨 말을 하고 싶은지는 알지만.

웰미도, 처음 봤을 때 어째서 에이데스에게 끌렸는지는, 설명할 길이 없다.

그저, 좋아할 뿐.

하지만 그 마음은, 굉장히 덧없이 느껴져서.

“…나보다 매력적인 여자는 이 세상에 얼마든지 있어. 나보다 필두 후작 부인으로 어울리는 여자도 하늘의 별만큼 많을 거야.”

노력해도 능력이 미치지 못해 에이데스를 실망시킬까 봐 두려워진다.

웰미는 자신이 이렇게 겁쟁이가, 그리고 욕심쟁이가 돼버릴 줄은 몰랐었다.

잃을 게 없다고 생각하던 무렵에는, 그토록 대담하게 행동할 수 있었는데.

지금은 에이데스와 언니를 잃는 게, 이토록 무섭다.

그래서 원하고 만다.

에이데스의 영혼의 마지막 한 조각까지, 전부 원한다.

“웰미보다 매력 넘치는 여자라. …있을지도 모르지, 다른 사람에게는. 하지만.”

에이데스는 부드럽게 웰미의 등을 쓰다듬는다.

“하지만 내가 매력을 느끼는 여자는, 웰미, 너 하나뿐이야.”

“왜…?”

“말했잖아. 이유 같은 건 나중에 얼마든지 갖다 붙일 수 있어. 예를 들면, 이오라는 매력적이지. 너와, 그녀를 좋아하는 레오에게는 무엇과도 비교할 수 없을 만큼. 하지만 나는 그녀에게 끌리지 않았어.”

그렇잖아? 라고 에이데스는 묻는다.

사실, 그는 언니와 한 번 진짜로 약혼을 했었고, 그 손을 잡을 수 있는 위치에 있었다.

하지만 에이데스가 손을 내민 상대는, 뛰어난 두뇌와 보라색 눈동자,

백작가의 재산을 물려받을 자격이 있는 언니가 아니라, 아무것도 가진 게 없는 웰미였다.

"네가 너라서, 나는 사랑했어. 그거로는 안 돼?"

"믿어도, 돼?"

얼굴을 떼고, 진지한 눈동자가 웰미를 응시한다.

잘생긴 얇은 입술이 움직인다.

"영원히 배신하지 않겠다고 맹세할게. —너뿐이야, 웰미."

웰미는 눈물이 볼을 타고 흐르는 것을 억누를 수 없었다.

좋아해.

좋아하니까, 지금보다 더 좋아하게 되는 게 무서워.

믿고 싶어서.

그 믿음을 형태로 만들어… 선물할 수 있다면.

"에이데스…, 나도 맹세해. 실은 힐덴트라이 양과 시졸다 님에게 받은 선물이 있어."

"호오."

볼의 눈물을, 에이데스가 손가락으로 닦아준다.

웰미는 그의 희고 매끄러운 피부에 두 손을 뻗어 감쌌다.

"굉장히 가치 있는 거야. 그걸, 내가 받아도 된대."

—에이데스가 아닌 다른 사람으로부터.

혼자만의 힘은 아니라고 생각했지만, '웰미의 행동에 가치가 있다'라고 말해준 사람들로부터 처음으로 받은 선물.

웰미는 조용히 에이데스의 품을 빠져나와, 사이드 테이블 서랍에 넣어두었던 그것을 꺼냈다.

그의 무릎으로 돌아와, 등을 그의 품에 기대고 상자를 열자, 에이데스가 탄성을 발했다.

"훌륭한 마보옥이군. 쉽게 구할 수 있는 게 아니야."

"맞아. 있잖아, 에이데스."

웰미는 상자 안에 든 주홍색 마보석을 가리키며, 에이데스의 얼굴을 올려다보고 미소 지었다.

"이걸 몸에 지니고 있어줘. 나의 색을. …나도 몸에 지니고 싶어. 에이데스의 색을. 받아, 줄 거지?"

그 말에 눈매를 좁힌 그는, 감미로운 미소를 지으며 조용히 고개를 끄덕여주었다.

"물론이야, 웰미. 너의 눈동자를 닮은 멋진 돌이야. 몸에 지니고 다니기 아까울 만큼."

"그러면 싫어. 언제나 몸에 지니고 있어줬으면 좋겠어."

얼굴을 앞으로 향하고, 웰미는 고개를 가로젓는다.

"그러면 나, 나의 에이데스라는 걸 모두가 알 수 있잖아?"

그의 얼굴은, 차마 볼 수 없었다.

부끄러워, 손끝을 살짝 맞대고 비빈다.

하지만 거짓말은 아니니까.

독점욕이란 건 알지만.

"나도 에이데스의 여자란 걸 알릴 거야. 그러니까, 그러니까….."

말이 채 끝나기도 전에, 에이데스의 팔이 웰미의 허리를 휘감았다.

“못 참겠다….”

“에이데스? …응!”

그대로 그는 웰미의 오른쪽 어깨에 얼굴을 묻고, 목덜미에 입맞춤한다.

간지러운 감촉에 흠칫 몸을 떨지만, 그는 그 이상 아무것도 하지 않고.

뜨거운 숨결이 목에 느껴지는 거리에서 속삭인다.

“─네가 너무 귀여워서 못 참겠어.”

처음 듣는, 간절함을 품은 목소리에, 고개도 돌리지 못한 채 곁눈질로 쳐다보자.

그의 귀가, 빨갛게 물들어 있었다.

그 에이데스가.

언제나 자신만만하고, 웰미가 무슨 말을 해도 끄떡하지 않던 에이데스가?

“웰미….”

“아니, 기다려. 에이데스. 끄, 끝까지 말하게 해줘!”

에이데스의 뜨거운 열기가 느껴져 당황하면서도, 웰미는 말을 이었다.

“돌을, 액세서리로 가공하면 말이지? 저기, 함께 외출하고 싶어. … 그, 그리고 에이데스 곁에 더 많이 있고 싶고, 에이데스가 안아주는 것도 좋아.”

가까이에 있다.

함께 있다.

단지, 그걸로 충분하다.

그 이상은 부탁하지 않을 테니까.

"…노력에 대한 상은, 그런 게 좋아."

드디어 말했다.

잠자코 듣고 있던 에이데스의 팔이, 갑자기 겨드랑이 밑과 다리 쪽으로 이동해, 웰미를 다시 옆으로 안는다.

불꽃처럼 뜨거운 열기를 띤, 푸른빛이 도는 보라색의 아름다운 눈동자와 시선이 마주친다.

"웰미. …고마워. 자신의 의사로 내 곁에 있는 걸 선택해줘서."

어쩐지 조금 어려진 것 같은 착각이 들 만큼, 부드러운 목소리와 표정으로 그렇게 말한 에이데스가, 마치 깨지기 쉬운 것을 다루듯이 조심스럽게 웰미의 볼에 입맞춤한다.

거기서 웰미는, 그의 몸이 조금 떨리고 있음을 깨닫고, 그의 머리를 다정하게 끌어안고.

답례하듯 살며시 그 입술에 키스했다.

처음으로 함께 보낸 밤에는, 할 수 없었던 일.

지금도 무척 부끄럽지만.

미소를 지으며, 눈을 떼지 않은 채, 마음을 전한다.

"인사할 사람은 나야. 나를 봐줘서… 고마워, 에이데스."

그리고 다시 깊은 입맞춤을 나눈다.

웰미를 탐하듯이 힘껏 끌어안는 두 팔에, 숨이 막혀 괴롭다.

하지만 전혀 싫지 않았다.

그가 자신을 원하는 게 느껴져서, 기쁨이 가슴 가득 차오른다.

"…헉…."

일어서지도 못할 만큼 넋이 빠져버린 웰미에게, 에이데스가 뜨겁게 속삭였다.

"혼례 때까지 참으려고 생각하지만, …때때로 흔들려. 나를 이렇게 만드는 건 너뿐이야, 웰미."

—난 괜찮은데.

그렇게 생각하면서도, 입 밖으로 내는 건 아무래도 주저하게 된다.
두려운 마음도 물론, 조금은 있지만.
하지만 소중히 여기겠노라 말해주는 에이데스의 마음이 기뻐서.
"사랑해."
몇 번이나, 몇 번이나, 그렇게 속삭이면서, 웰미는 그날 밤, 귀와 목덜미를 에이데스에게 맡긴 채.
완전히 허용량을 넘어버렸을 즈음에야 간신히 해방되었다.
"…괜찮아?"
"괜찮지, 않지만…, 지금 너무 행복해…."
웰미는 스스로도 숙녀답지 못하다고 생각하며, 헤실헤실, 힘 빠진 미소를 지었다.

"—사랑해. 나의, 에이데스…."

6. 웰미의 계획 〈보너스〉

―【왕태자 전하 약혼 피로연】 1주일 후.

"얘기 들었어, 언니! 에이데스의 따귀를 때렸다면서?!"

이오라는 마도 연구소를 찾아온 웰미에게 반갑게 손을 흔들다가, 첫 마디로 나온 그 말에 얼굴이 화끈 달아올랐다.

"웨, 웰미, 그렇게 큰 소리로…!"

낮이라 주위에는 직원들도 많이 있었다.

그들이 일제히 놀란 표정을 하는 걸 보고, 이오라는 점점 더 패닉에 빠져버렸다.

"미, 미안해. 그건 저기….”

하지만 웰미는 개의치 않는 모습으로 또각또각 구두소리를 울리며 다가와, 다짜고짜 이오라를 끌어안았다.

"웨, 웰미…?!"

"기뻐! 그렇게까지 나를 걱정해주고 있었다니! 살았지만, 이대로 승천해버릴 것 같아!"

아마 화가 난 건 아닌 모양이다.

오히려 이쪽을 올려다보며 환하게 웃고 있다.

사이좋게 지내도 괜찮게 된 뒤로, 웰미는 옛날처럼 응석쟁이가 되었다.

그런 동생이 사랑스러워, 이오라는 조금 복잡한 심정으로 쓴웃음을 지으며 그녀의 머리를 쓰다듬었다.

"화 안 났구나."

"사과는 오히려 우리가 해야지. 그 납치 건은 예상한 바였으니까."

"뭐?!"

천연덕스러운 어조로 웰미가 그렇게 말해서, 이오라는 순간, 머릿속이 새하얘졌다.

"언니에게 말하면 반대할 게 뻔해서, 말 안 한 거야. 그리고 에이데스의 따귀는 언니보다 내가 먼저 때리기도 했었고."

그러고 보니 웰미는 에이데스 님과 대치했을 때, 따귀를 때린 적이 있다.

"역시 우린 자매야!"

"아니…, 기뻐할 일이 아니잖아. 그럼 그때 왜 에이데스 님은 그 말을 안 하신 거야?"

"언니에게 말을 안 해서 미안했던 게 아닐까? 뭐, 아무튼 걱정을 끼쳤으니까, 언니에게는 화낼 권리가 있어. 어떡하지, 나도 혼나야 되나?"

그러면서 웰미가 혀를 쏙 내밀어서, 이오라는 숙녀답지 못한 동생의 행동에 조금 어이가 없었지만.

"…나중에 에이데스 님에게 사과해야겠다…. 하지만 다시는 그런 위험한 짓은 하지 마."

"최대한 노력할게!"

"웰미?"

"알아. 그런 일은 거의 없을 거야."

"그럼 다행이지만…."

"그보다 언니, 안경이랑 흰 가운이 너무너무 잘 어울려! 역시 우리 언니는 뭘 입어도 언제나 아름다워!"

"고, 고마워…."

정말로 반성하긴 하는 걸까.

그리고 화장도 안 한 데다, 그저 편해서 입은 가운인데, 웰미는 늘 그렇듯이 무조건 칭찬을 해줘서 어쩐지 낯간지러운 기분이다.

이오라는 쓴웃음을 지으면서, 일단 고맙다는 말만 해두었다.

안경을 썼지만, 눈이 나쁜 것은 아니다.

단순히, 보라색 눈동자를 연구소 사람들이 호기심 가득한 눈으로 쳐다보는 게 부담스러워서, 가리기 위해 쓰고 있는 것이다.

특히 정령 관련 연구나, 마력의 원천에 관한 연구를 하는 박사들은, 틈만 나면 '눈동자를 조사하게 해달라'고 졸라대는 것이다.

연구소 사람들은 상대가 귀족이든 뭐든 관계없이, 자신의 탐구심과 호기심이 이끄는 대로 행동하는 괴짜가 많다.

이오라는 그런 분위기가 마음 편해서 좋지만, 자신이 '연구 대상'이 되는 것은 달갑지 않다.

그래서 그들에게 들키지 않도록 기척을 지워주는 마도진을 새긴 이 안경은, 이오라가 먼저 말을 걸 때까지 들키지 않게 해주는 일종의 결계였다.

웰미에게는 전혀 안 통하지만, 그것은 사물의 본질을 꿰뚫어보는 그녀의 주홍색 눈동자 역시 특별한 것이기 때문이리라.

"여기 너무 오래 있으면 들킬지도 몰라…, 내 연구실로 가자."

"응. 그건 그렇고, 나를 왜 부른 거야?"

"내가 말 안 했던가…?"

"응. 뭐, 용건이 없어도 언니가 불러주면 어디든지 가겠지만!"

"무리는 하지 마. 그리고 용건에 관해서는 여기서 이야기하기는 좀 그래."

“흐음…. 아, 올레이아도 오랜만이야!”

“네, 웰미 아가씨도 건강해 보이셔서 무엇보다 다행입니다.”

이오라에게서 몸을 뗀 웰미가 말을 건네자, 그림자처럼 조용히 서 있던 올레이아가 미소를 지으며 고개를 숙였다.

검은 머리에 검은 눈동자, 단정하지만 특별히 인상에 남지는 않는 얼굴. 이오라보다 두 살 위인 시녀는 두 사람과 어릴 때부터 함께 지내온 여성이다.

현재 그녀는 왕태자비 시녀 후보로서, 왕궁의 시녀장과 함께 이오라의 시중을 들고 있다.

그런 올레이아는 웰미를 ‘또 한 명의 주인’으로 여기는 듯, 오르밀라주 후작가의 누군가와 연락을 취하는 것 같았다.

때때로, 이오라에게 웰미가 어떻게 지내는지 소식을 전해주는 것이다.

이오라도, 그리고 서로 말은 안 하지만, 아마 웰미도… 올레이아를 언니처럼 생각하고 있었기 때문에, 그녀의 그런 배려가 기뻤다.

“연구실은 이쪽이야.”

안내하는 동안, 흥미진진하게 연구소의 약초온실과, 주위를 오가는 마도사들을 구경하던 웰미는 연구실 내부를 보고 한쪽 눈썹을 치켜올렸다.

“너무 살풍경하네. 꽃 한 송이라도 놔두면 좋을 텐데.”

“연구소 안은 허가 없는 물품은 반입 금지야.”

이오라도 어지르는 편은 아니지만, 올레이아가 늘 깔끔하게 정리해주기 때문에, 더더욱 그렇게 보이는 것이리라.

이오라는 왕태자의 약혼녀인 동시에 뛰어난 연구자라 특별히 출입을 인정받고 있지만, 실은 외출 한 번을 하려고 해도 신청과 허가가 필요한, 매우 기밀이 많은 시설인 것이다.

대신, 부지 내에서는 전혀 불편함 없이 생활할 수 있도록, 넉넉한 자금과 시설이 갖추어져 있었다.

이 연구실도 넓지는 않지만, 안에는 방이 세 개 있다.

지금 있는 방에는, 대출과 사본 구입이 자유로운 연구자료와 논문으로 가득 찬 책꽂이와, 작업용 테이블과 의자.

옆에 있는 방은, 제약용 설비를 갖춘 약초 보관고이고, 나머지 하나는 원래 직원용 침실이라 침대가 있다.

"그래서 나한테 할 얘기가 뭐야?"

올레이아가 차를 준비하러 나가자, 의자에 앉은 웰미가 다시 말을 꺼내서, 이오라는 표정을 다잡았다.

"오르블랜 후작 영식이 만든 흑정석【복종의 팔찌】에 대한 조사 결과가 나왔어."

"…어땠어?"

"전부 그 사람이 말한 그대로야. 그걸 제거할 수 있는 방법은 없어. 네가 허락하면, 주인의 권리를 다른 사람에게 양도할 수는 있지만…. 분리한 영혼을 넣어놨으니까…."

외부의 마술과 마력에 영향을 받지 않는 흑정석의 성질상, 해주도, 성술에 의한 정화도 통하지 않는다.

분리한 영혼도, 마찬가지로 모든 영향으로부터 단절되어 있었다.

직접적으로, 예를 들어 쇠망치 등으로 파괴할 수는 있지만, 그러면 오르블랜 후작 영식이 죽고 마는 것이다.

"애당초 흑정석은 귀족의 마술을 봉인해 유폐하는 방에 사용되는 광물이라… 외부에서 영향을 미칠 방법이 있었다면 벌써 누군가가 악용했을 거야."

웰미는 심각한 표정으로 눈살을 찌푸리고, 두통을 참는 것처럼 관자놀이를 지그시 눌렀다.

"하여간… 진짜로 바보 같아…."

"힘이 되어주지 못해서 미안해."

"언니 잘못이 아니야. 전부 그 사람의 자업자득이니까."

그래도, 말 한마디로 사람의 목숨을 빼앗을 수 있다는 부담감에서 웰미를 해방시켜주지 못한 것을, 이오라는 미안하게 생각했다.

그리고 마음에 걸리는 일이 한 가지 있다.

"…너에게 위험은 없을 거라고 생각하지만, 그래도 그 사람은 정말로 조심하는 게 좋아."

"언니도 즈미아노 님에 대해 뭔가 마음에 걸리는 점이 있어?"

"에이데스 님과 레오…, 그리고 국왕 폐하께는 말씀드렸지만."

이오라는 국왕 폐하의 허가를 얻었기 때문에, 웰미에게 그 일을 털어놓았다.

"오르블랜 후작 영식은… 그 소동을 일으키기 전, 이 연구소에 잠입했었어."

이오라가, 오르블랜 후작 영식이 그 소동과 관계 있을 뿐 아니라 '진범'이었음을 알게 된 것은 모든 일이 끝난 후였다.

"…정말로 그 사람은 왜 그러고도 단죄당하지 않는 걸까…."

"마수와 마물을 약화시키는 약과 팔찌 외에도, 마술약 자체에 공이 있기 때문이라고 생각해."

"무슨 뜻이야?"

"왕비 폐하께서 피부가 짓무르는 병에 걸리셨던 건 너도 알지?"

"언니가 만든 연고로 말끔히 고쳤잖아. 언니는 역시 대단해!"

웰미는 생글생글 웃으며 말하지만, 이오라는 고개를 가로젓는다.

"…그 연고를 만들 수 있었던 건, 오르블랜 후작 영식이 고안한 마술 약 생성법과, 원재료인 약초가 있었기 때문이야."

"그런 거야?!"

"응. 그 사람이 잠입했을 때, 난 대화를 나눴었어."

※ ※ ※

―【왕태자 전하 약혼 피로연】넉 달 전.

이오라는 왕비 폐하의 피부가 짓무르는 원인을 알아내긴 했지만, 아직 효과적인 약을 만들어내지 못하고 있었다.

연고도, 경구약도 어느 정도 성과는 있었지만, 근본적인 해결책은 아니었던 것이다.

"난감하네…."

원인이, 막강한 마력에 의한 몸의 부담 때문이라는 것은 알고 있다.

게다가 제어를 벗어난 마력을 계속 방치하면, 피부 짓무름뿐 아니라, 자칫하면 주변을 파괴하는 폭주가 일어날 가능성마저 있었다.

막강한 마력에 의한 건강과 안전은, 실제로는 눈동자의 힘과 함께 양쪽 바퀴인 것이다.

많은 일이 그러하듯이, 중요한 것은 균형이다. 귀족 영식뿐 아니라 영애들이 귀족학교에서 마력 제어를 배우는 이유는, 그 피가 진해짐에 따라 마력의 폭발이 다발한 역사가 있었기 때문이다.

―뭔가, 마력을 억제하거나 제어를 보조하는 힌트가 될 만한 게….

그날도 이오라는 늦은 밤까지 약초와 마력 제어에 관한 자료를 살펴보고 있었다.

다행히 연구소 안은 마도등 덕분에 언제나 환했고, 이오라에게는 보라색 눈동자와 막강한 마력, 그리고 과거에 영지 경영과 학업을 병행했던 경험에 더해 신체강화 마술까지 있어서, 수면과 휴식이 부족해도 크게 건강이 상하는 일은 없다.

자신이 가진 모든 혜택을 십분 활용하면서, 테이블 위에 쌓아둔 자료를 훑어보고 있을 때.

"너무 무리하면 쓰러져―."

그렇게, 느닷없이 가까운 곳에서 목소리가 들렸다.

"…누구?!"

이오라는 순간적으로 허리를 펴고, 가슴 앞에서 두 손을 꼭 움켜쥐면서 돌아보았다. 그곳에 서 있는 것은, 흑발에 거무스름한 피부, 맑고 푸른 눈동자를 가진 청년이었다.

"…오르블랜 후작 영식…?"

"앗, 나를 알아―?"

"네."

애당초 이국의 피가 섞인 그의 용모가 눈에 띄기 때문이기도 하지만, 이오라는 기본적으로 한 번 만난 모든 귀족의 이름과 얼굴을 외울 만큼 기억력이 좋다.

"당신이 왜 여기에 있는 거죠?"

이오라는 경계하고 있었다.

원래 이곳은 기본적으로 외부인 출입금지이고, 엄중하게 경비되고 있다.

출입하려면 날짜까지 연구소 측에서 지정할 만큼 보안이 철저하기 때문에, 오르블랜 후작 영식이 이 깊은 밤에 여기 있을 리 없는 것이다.

"아아, 몰래 들어왔어—. 볼일이 좀 있어서—."

아주 간단한 일처럼 말하면서, 이오라가 펼쳐놓은 자료에 흘끔 시선을 던진 그는 천연덕스럽게 웃으면서, 엄청난 말을 입에 담았다.

"여우 왕비의 병은 말이지—. 이 나라의 주요 약초로는 고치기 힘들 거야—. 지금 제국에서 화제가 되고 있는 마술약의 원료에 대해 조사해보면 좋을 것 같아—."

"마, 마술약?"

"너라면 쉽게 조사할 수 있지 않아? 좋은 정보를 가르쳐줬으니까, 내가 여기 온 건 비밀로 해줘—."

오르블랜 후작 영식은 한쪽 눈을 찡긋하며 입술에 손가락을 댄다.

그가 움직이면 그 몸에서 꽃향기 같은 향기가 풍겨서, 이오라는 본능적으로 위험을 감지하고 숨을 참았다.

"…와우, 넌 정말로 우수해—. 아니, 정령의 가호인가…? 아, 이오라의 호위는 '그림자'를 포함해 모두, 잠시만 조용히 있게 만들었어—. 나에 관한 기억도 사라질 테니까, 너만 입 다물어주면, 전부 원만하게 수습될 것 같지—?"

"…제가 순순히 당신 말을 들을 거라고 생각하나요?"

"안 들어도 괜찮지만—."

그가 하고 있는 행위는, 들키면 중죄다.

오르블랜 후작 영식은, 이오라가 노려봐도 전혀 개의치 않는 모습으로.

"그 경우, 웰미가 어떻게 될까—?"

"……!"
"아, 반대로 너를 여기서 죽이는 것도 괜찮을 것 같은데—?"
입으로는 협박을 하면서도, 태도는 전혀 변함이 없다.
위협하는 것도 아니고, 재미있어하는 것도 아닌 그 모습에… 이오라는 뭐라 말하기 힘든 불길함을 느꼈지만, 입술을 깨물고 오르블랜 후작 영식을 노려보았다.
"그, 그 아이를 건드리면…!"
"아하하, 네가 입만 다물어주면 아무 일 없을 거야—."
"…그럼 당신이 여기에 잠입한 목적이 뭐죠?"
"음—."
오르블랜 후작 영식은 고개를 약간 갸웃한다.
"목적이라. 뭘까—? 최종적으로는 웰미를 아내로 맞이하는 것—?"

—뭐?

농담인지 진담인지 알 수 없는 태도에, 이오라는 혼란에 빠진다.
하지만.
"당신에게는 이미 약혼녀가 있지 않나요…? 아니, 다 떠나서 당신이라면 정식 절차를 밟아 청혼할 수도 있을 텐데, 이런 위험한 짓까지 하면서 왜, 그런…."
"음…. 그러면 재미없을 것 같아서 말이지—."

이오라의 의문에, 오르블랜 후작 영식은 태연하게 대꾸한다.

"그리고 약혼녀에 관해서는… 내가 지금 이대로라면, 그녀의 약혼자는 내가 아닌 편이 나을 것 같아서—."

그러더니 그는 몸을 돌리고 손을 흔들었다.

"그러니까 니니나에 대해서는 신경 안 써도 돼—. 갈게—."

마치 산책이라도 나가는 것처럼, 그는 경쾌하게 사라져갔다.

※※※

"그 사람이 언니한테까지 추근거렸어?! 그 바람둥이 자식, 최악이야!"

"그, 그런 이유일까?"

분개한 얼굴로 씩씩거리는 웰미를 보고 조금 당황하면서, 이오라는 고개를 갸웃한다.

"재능 넘치는 약혼녀가 있는데도 나한테 추근거리더니, 급기야 언니한테까지 수작을 부려?! 진짜로 죽여버릴까 보다!"

"웰미…, 말이 너무 거친 것 같아…."

"그러네, 미안해. 으음, 그래서 그 다음은?"

"아, 으응…. 실은 고민했지만, 결국 난 마도경에게 그 사실을 알렸어. 그게… 그 사건으로 이어진 거야…."

이오라는 아까와는 다른 의미에서 눈길을 떨군다.

자신 때문이라고 생각했기 때문에, 웰미가 납치되었다는 말에 피가 더 거꾸로 솟은 것이다.

마도경에게 '오르블랜 후작 영식을 조심하라'는 경고를 하지 않았다면, 웰미가 쓸데없이 위험에 노출되는 일도 없었을 거라고.

"그런 건 중요하지 않아. 오히려 걱정을 끼친 것 자체는 내가 사과할 일이고, 언니가 에이데스에게 말하지 않았다면 즈미아노를 붙잡을 수 없었을 거야."

"웰미…, 하지만."

"실제로 그냥 미끼였을 뿐이고, 난 무사하니까 된 거잖아. …그보다 언니? 그냥 넘어갈 수 없는 이야기가 하나 있던데?"

"그게 뭘까?"

중요하지 않다고 하면서, 화난 얼굴을 하고 있는 웰미가, 손가락을 척 세우더니 이오라에게 들이댄다.

"무리하지 말라고 했는데도, 또 몰래 늦게까지 일하고 있었지!"

"아….."

이야기의 흐름상 무심코 말해버린 것을, 이제야 깨닫는다.

"그런 짓을 하니까, 즈미아노 같은 녀석을 만나는 거잖아!"

"아니, 웰미. 그건 말이지?"

이오라가 시선을 피하자, 웰미는 손가락을 거두고 얼굴을 바짝 들이댄다.

"뭐 · 든 · 간 · 에! 하지 말라고 말하고 있잖아."

"………미안해."

거기에 관해서는 변명의 여지가 없어서, 이오라는 소심하게 어깨를 늘어뜨렸다.

"하여간! …정말로 그러지 마, 언니."

"응, 주의할게."

─가능한 한.

그렇게 속으로 덧붙인다.

웰미는 잠시 미심쩍은 눈초리로 응시하고 있었지만, 이오라는 애매하게 웃으며 얼버무렸다.

한숨을 폭 내쉰 그녀는 갑자기 화제를 바꾸었다.

"뭐, 좋아. 무모한 짓을 한 건 서로 마찬가지니까 넘어가기로 하고. 그래서 결국, 즈미아노의 마술약이 왜 왕비 폐하의 피부 짓무름에 효과가 있었던 거야?"

웰미는 뒤끝이 없는 성격이라, 다시 의자에 앉아 미소를 지으며 흥미진진한 어조로 질문을 던진다. 이러니저러니 해도 그녀도 총명해서, 공부를 싫어하지는 않는 것이다.

이오라도 마음을 다잡고, 자세히 설명하기 시작했다.

"그 마술약의 효능은 정신에 작용한다는 인식이 틀린 건 아니지만, 엄밀히 말하면 '마력의 흐름에 간섭해 사고를 저해하는' 방식이야."

"으음…, 뭐가 달라?"

"사람의 몸에는, 머리와 심장의 원천에서 생겨나는 마력류가 순환하고 있다는 건 알지? 그 마력의 흐름이 강하고 힘찬 사람일수록 강력한 마술을 다루는 소질이 있다는 것도."

"귀족학교에서 귀에 못이 박히도록 들었어. 게다가 건강해지기도 하고?"

"맞아. 하지만 거기에는 조건이 있어. 왕비 폐하의 피부 짓무름은 아마, 마력을 제어하는 눈동자의 기능이 약해진 게 원인이었을 거야."

보통은 눈이 나빠지거나 노안이 되어도, 마력을 제어하는 기능이 약해지는 일은 없다.

　왕비 폐하의 경우는, 아마 어떤 요인이 겹쳐 눈동자의 힘에 이상이 생겨버린 것이다.

　"눈동자의 제어 기능이 약해지면, 마력이 육체에 강한 영향을 미쳐 컨디션 난조가 생기게 돼. 서쪽의 섬나라 왕태자 전하의 약혼녀도, 비슷한 이유로 몸이 약하다고 들은 적이 있어."

　이오라가 마술약 원료로 만든 연고는, 피부를 짓무르게 할 만큼 강한 그 마력류'만'을 억제하는 효능을 가진 것이다.

　대신 효과가 나타나는 동안은, 다룰 수 있는 마술이 약해지지만, 왕비 폐하의 입장에서는 그 자체는 그리 큰 문제는 아니다.

　오히려 마력이 약한 자에게 사용하면 건강을 해칠 가능성이 있는 강력한 약이라, 연고에 관해 앞으로의 과제는 그 점이라 할 수 있다.

　"헤에~, 마력에서 유래된 병이, 알고 보면 꽤 있나 봐?"

　"응. 마력과 눈동자의 균형이 맞지 않아 생기는 증상과 죽음이 생각보다 많다고 생각해."

　이런 사례를 보면, 설사 강한 마력을 가진 평민 아이가 태어난다 해도, 원색에 가까운 눈동자나 금은보라색의 눈동자를 갖지 않는 한, 제대로 성장하기 힘들 거라고 추측할 수 있다.

　"그러니까 그런 사람들을 구하기 위해, 지금은 다른 방향에서도 접근하고 있어."

　"와아, 그건 또 어떤 연구야?"

　"후후, 웰미도 이미 알걸? 그 성검의 복제에 사용된 성백금…. 그걸 마도경과 공동 개발한 이유는,"

　이오라는 거기에 관해서는 조금 으쓱한 기분으로, 웰미에게 웃으며 말한다.

“─눈동자 대신 마력류를 제어하는【정마(整魔)의 팔찌】를 만들기 위해서였어.”

예를 들어, 신성한 힘과 빛의 힘은 원래 제어가 매우 어렵다.

따라서 테레사로나 소포일 경처럼, 신에게 선택받은 사람들만이 다룰 수 있는 힘이지만.

성검이 있으면 ‘빛의 기사’의 힘이 커지는 이유는, 성백금에 마력을 안정시키거나 혹은 제어하기 쉽게 만드는 기능이 있기 때문이 아닐까, 하고 이오라는 생각한 것이다.

“눈동자 대신…?!”

“응, 실제로 시험해 본 사람의 말에 의하면, 마술을 제어할 때의 안정감이 전혀 다르대.”

이오라 자신은 별로 실감할 수 없었지만, 마도경의 말에 의하면 ‘보라색 눈동자의 소유주는 원래 정밀한 마력을 다루는 능력이 차원이 다르기 때문’이라고 한다.

“굉장하다!”

웰미의 눈이 반짝거린다.

이야기 자체에 흥미가 있는 건지, 이오라의 이야기라서 즐겁게 들어주고 있는 건지… 어느 쪽인지는 알 수 없지만, 매우 사랑스럽다.

“조금만 더 다듬어서 완성하면…. 아직은 너무 비싸지만…, 언젠가 고통받는 수많은 사람들을 그 팔찌와 약으로 구할 수 있을 거야. 레오는, 마력부담을 경감하는 성백금의 힘이 전장에서 악용될까 봐 걱정하고 있었지만.”

하지만, 기술은 내버려둬도 진보하게 마련이니까.

자신이 하는 일의 옳고 그름은 알 수 없지만…, 이오라와 마도경이 만들지 않아도, 언젠가 누군가가 만들어낼 거라고, 그렇게 생각하는 마음도 있었다.

"확실히 위험하긴 할 것 같아. 레오도 가끔은 맞는 말을 할 때가 있네."

"웰미도… 그렇게 생각해?"

"생각해. 하지만 언니가 하고 싶다면, 난 말리지 않을 거야."

주저 없이 그렇게 말하고, 웰미는 의미심장하게 눈을 들어 올려다보며 미소를 짓는다.

"만들어도 당분간은 공개하지 않으면 그만 아냐?"

"그래…. 만드는 법을 공개할지 말지는 솔직히 아직 고민 중이지만, 팔찌는 만들 거고, 약의 개발도 계속할 거야."

새로운 기술, 획기적인 기술에는 좋은 면도 나쁜 면도 있지만.

"이 기술로 구원받는 사람이 늘어난다면… 나는 도전해 보고 싶어."

의도하지 않은 쪽으로 사용되어, 마음을 다치고 상처받는 일이 있다 해도.

"나는 언젠가 이 나라의 왕비가 되어, 국민을 위해 살아갈 거니까."

모두가 조금이라도 건강하게 살 수 있도록.

그런 바람과 함께 결의를 말한 이오라에게, 웰미는 황홀한 얼굴로 만족스럽게 고개를 끄덕였다.

"후후…. 그 팔찌 덕분에 불치병이 치료된다면, 언니의 이름도 전 세계에 널리 알려질 거야!"

그 말에 이오라는 갑자기 경직된다.

"으음…, 모두가 기뻐해주는 건 좋지만, 가능하면 그런 건 사양하고 싶어…."

"안 돼! 우리 언니는 아름답고 총명한 최고의 언니란 걸 온 세상 사람들이 다 알아야 돼!"

오히려 앞장서서 알릴 기세인 웰미를 보자, 이마에 식은땀이 배어나온다.

―눈에 띄는 건 싫은데….

그렇게 말해 봤자, '어차피 왕비가 되면'이라는 반박이 돌아올 게 뻔해서 마음속에만 담아둔다.

"아무튼 괜찮아! 무슨 일이 일어나도 결국은 다 잘 풀릴 거야!"

"으음, 무슨 근거라도 있어?"

그렇게 묻자, 웰미는 만면에 미소를 지었다.

"몰라서 물어? 그걸 하는 사람이 언니니까!"

"웰미…, 그건 근거라고 할 수 없어…."

정말이지 웰미의 이 무한 긍정과… 이오라에 대한 무조건적인 신뢰는 대체 어디서 나오는 걸까.

하지만 그녀의 마음 자체는 기쁘니까.

"후후…. 그래, 뭐. 웰미가 믿어준다면, 잘될 것 같기도 해."

이오라는 환하게 미소 지으며 동생의 머리를 쓰다듬었다.

※ ※ ※

그 후, 완전히 수다 삼매경에 빠져, 정신을 차려보니 어느덧 저녁이었다.

데리러 온 에이데스 님에게, 따귀를 때린 일을 이오라는 다시 한번 사죄하고, 웰미는 그와 함께 가벼운 발걸음으로 돌아갔다.

평소와 달랐던 점은 레오도 그와 함께 연구소를 방문했다는 것이다.

"여기는 경비가 상당히 엄중하네…. 설마 왕족한테까지 방문 예약을 요구할 줄은 몰랐어."

에이데스 님이 레오가 기다린다고 알려줘서 서둘러 퇴근 준비를 마친 이오라는, 연구소 안에 들어오지 못한 것을 오히려 감탄하고 있는 그를 보고, 조그맣게 후후 웃었다.

"마도사 협회는 마도경과는 가깝지만, 왕가의 소유물은 아니니까. 어쩔 수 없어."

뛰어난 마도사를 모아놓고 관리하는 일이 많았던 옛날.

생활은 보장되어도 권리는 소홀이 여겨져, 성과물과 연구 실적을 빼앗기거나, 마도의 힘을 멋대로 이용당하는 일이 오랫동안 이어졌다.

그런 상황을 근심한 것이 오르밀라주 후작가였다.

그래서 당시의 후작이 뒷배가 되어, 권력자를 상대로 마도사 보호법을 제정하도록 원로원에 의제로 올린 것이다.

그것이 마도사 협회 발족의 계기가 되었다.

발족 후에는, 마도사들이 직접 자신의 연구 성과에 대한 정당한 대가를 요구하는 교섭을 거듭했다.

당시의 오르밀라주 후작은 협회를 사유화하지 않고, 지원은 행하면서도 제3의 기관으로 확립시킨 것이다.

결과, 각국에 법이 제정되고, 국제 마도 연구소와, 마도사와 마도구에 의한 범죄를 단속하고 유통 관리를 담당하는 마도성이 설립되었다.

오르밀라주 후작가가 국제적인 권력을 갖게 된 이유는 부(富) 때문만이 아니다.

마도사가 왕국군이 아닌 마도성 관할인 것도, 그런 권리 보호의 일환인 것이다.

또한 귀족학교도 처음에는 마도사가 귀족들에게 마력 제어를 가르치는 것이 주였고, 그러다 점차 '이왕 모이는 김에' 하고, 교육시설로 변모해간 경위가 있었다.

설립 배경부터 마도사 협회는 독립된 기관으로서의 위치를 확고하게 유지하고 있는 것이다.

"오르밀라주 후작가는 정말로, 어느 시대에나 왕의 권위를 위협할 만큼 우수하고 성가시군."

"후후, 현 당주도 만만치 않은 분이니까."

"현재로서는 왕가에서 고삐를 잡기는커녕 오히려 잡혀 있고 말이지."

어깨를 으쓱한 레오는, 마차 쪽으로 에스코트하며 별안간 질문을 던져왔다.

"웰미와 보낸 시간은 즐거웠어?"

"응…. 그 아이와 함께할 시간은 좀처럼 내기 힘드니까, 완전히 수다 삼매경이었어."

어렵게 서로의 마음을 확인하고도, 이오라가 너무 바쁜 탓에 지금까지의 시간을 만회하지 못하고 있는 게 조금 안타깝기는 하지만.

"웰미의 이야기도 많이 들을 수 있어서 좋았어."

지금까지 그녀는, 친한 친구를 만들지 않았다.

그것은 이오라 때문이기도 하고, 앞으로의 일을 걱정한 부분도 있었으리라.

"테레사로와 달리스테아 님도 웰미와 친해졌다고 편지를 보내주셨어. 두 사람 다 웰미에게 감사하고 있대."

"…잘됐네."

"기분이 복잡해?"

이오라가 미소를 지어 보이자, 레오는 가볍게 볼을 붉적였다.

"뭐…, 웰미가 친하게 지내는 녀석이 내 소꿉친구라니, 기분이 미묘할 만도 하잖아."

달리스테아 님은 레오의 가장 유력한 약혼녀 후보였다.

귀족학교 시절, 이오라는 자신이 그와 가까워지면서 본의 아니게 그녀의 지위를 빼앗아버린 것을 사과해야 할지 말지 고민한 적도 있었다.

하지만 그런 기색을 눈치챘는지, 그녀가 이렇게 말한 적이 있었다.

『저는 레오니엘 전하를 사모하는 건 아니에요. 신경 쓰지 마세요』라고.

'살롱' 시절, 그녀가 처한 입장을 알았다면, 뭔가 다른 길도 있지 않았을까, 하고 이오라는 생각하고.

"레오는 달리스테아 님이…… 공작의 기대를 짊어지고 있는 걸 알았어?"

"그야 공작은 상당히 노골적이었으니까. 만약 달리스테아 양에게 무슨 일이 생겼다면, 혹은 그녀가 나에게 의논했더라면 어떻게든 도와줬을 거야."

하지만 한 번도 그런 적은 없었다고, 레오는 말했다.

"소꿉친구로서의 정은 있어. 연애감정은 아니지만. 다만 그 녀석은

… 뭐랄까, 언제나 기품 있고자 했으니까.”

“응.”

달리스테아 양은 강단 있는 성격이지만, 감정을 그다지 겉으로 드러내는 타입은 아니었다.

말은 명확하게 하지만, 속마음을 털어놓을 만큼 가까운 상대는 그녀도 없었던 게 아닐까.

“어쩌면 비슷한 성격이라 웰미와 마음이 잘 맞은 걸지도 몰라.”

편지의 내용을 보면, 달리스테아 님은【왕태자 전하 약혼 피로연】이후, 웰미에게 호감을 느끼는 것처럼 보였다.

오늘 웰미에게도 이야기를 들었지만, 앞으로 그녀와 좋은 관계가 될 것 같은 느낌이다.

“난 웰미에게 언제나 도움만 받고 있어. 달리스테아 님 건도, 만약에 내가 나섰다면… 그분은 아마 화내셨을 거야.”

이오라와의 관계가 어떻든 간에, 세간의 눈에 비친 두 사람은 ‘사랑의 라이벌’이었으니까.

동정하는 것처럼 행동하면, 달리스테아 님의 성격상 더 비참한 기분이 되었을 것이다.

“편지에는 트루기스 님에 관한 내용도 있었어. 두 분이 잘됐으면 좋겠다.”

“응, 하지만 좀 의외였어. 트루기스의 취향이 달리스테아 같은 녀석이었다니. 좀 더 얌전하고 다소곳한 스타일을 좋아할 줄 알았는데.”

“…사람은 아마, 자신에게 없는 걸 가진 사람에게 끌리는 것 같아.”

인내심 강한 트루기스 님은, 씩씩한 달리스테아 님에게.

밝고 천진난만한 테레사로는, 진중하고 믿음직스러운 소포일 경에게.

생각이 지나치게 많은 시졸다 님은, 행동력 있는 힐덴트라이 양에게.

칼라도 그 강한 성격을 웃으며 받아주는 세이파르트 님이 아마 싫지만은 않으리라.

"마도경도… 자신이 못 한 일을 해낸 웰미를 사랑하고, 지키고 싶어해. 그래서 그분에게 맡긴 거야. 나의 소중한 웰미를."

이오라는 화를 내는 일이 거의 없다.

화를 낸다는 것은, 뒤집어 말하면 기대한다는 뜻이니까.

마도경은 웰미를 지켜줄 거라 믿어 의심치 않았기 때문에, 그러지 못한 것처럼 보였을 때 화가 터져 나온 것이다.

그때의 분노에는, 자신 때문이라는 마음도 섞여 있었지만, 그래도.

"기대하고 있으니까, 실망하고 싶지 않아."

"이오라는 가끔 무섭더라. 그 대단한 에이데스에게 '실망시키지 마'라고 말할 수 있는 사람은, 난 현재로서는 아바마마와 이오라밖에 몰라."

"어머, 난 에이데스 님만큼 레오에게도 기대하고 있는데?"

마차가 있는 곳에 도착해, 그의 부축을 받으며 발판에 발을 올린 이오라는 생긋 미소를 지었다.

"나를 화나게 만들 수 있는 사람은, 아마 에이데스 님과 당신뿐일 거야."

웰미에게는 기대하지 않는다. 그 아이는 아무것도 생각할 필요 없이 그저 건강하고 자유롭게. 행복하게 살기만을 바라니까.

마도경에게 화낸 것은, 그 사람이라면 웰미를 행복하게 해줄 수 있다고 생각하기 때문이다.

그리고 이오라는, 레오와는 나란히 서고 싶다.

일방적으로 보호하는 것도, 보호받는 것도 아닌, 서로 의지하며 함께 살아가기로 결정한 사람이니까.

"있잖아, 레오."

"응?"

"나는… 빨리 당신과 함께 살고 싶어."

옆자리에 앉은 레오에게, 조금 부끄럽지만 그렇게 말한다.

약혼하고 왕궁으로 거처를 옮겼지만, 아직 살고 있는 궁은 약혼녀용 백련궁으로, 레오가 사는 왕태자용 소양궁과는 떨어져 있는 것이다.

결혼하면 소양궁에 살게 되기 때문에, 함께 있을 수 있는 시간이 더 많아진다.

그러자 레오는 눈을 한 번 깜박이더니, 이내 환하게 웃었다.

"기뻐. 나도 같은 마음이야."

그리고 손을 잡아줘서, 이오라는 레오의 어깨에 머리를 기댔다.

무척 행복한 기분이지만.

―즈미아노 님에겐 이런 식으로 마음을 나눌 상대가 있을까.

문득 그런 생각이 들었다.

※ ※ ※

"웰미."

"응?"

귀가하는 마차 안, 에이데스가 말을 걸어서 옆에 앉은 그를 보자.

그는 어쩐지 의미심장한 표정으로 입꼬리를 올리면서, 등받이에 몸을 기대고 있었다.

"그래서 너의 계획은 성공했어?"

"어머, 들켰나?"

"꽤나 분주하게 움직였으니까. 그 일 이후로 아직 한 달도 안 지났어."

에이데스의 말에, 웰미는 가볍게 어깨를 으쓱한다.

"미끼 건을 받아들였을 때 말한 그대로야. 이로써 언니의 기반 다지기는 끝났어."

다음 대에도 힘을 가질 게 확실한 주류파 귀족들에게, 인맥과 연줄과, 그리고 생색거리도 만들어두었다.

하지만 한 가지 오산이 있다면… 납치 사건 이후, 즈미아노 님의 입에서 모든 정보와 사태의 진상을 전부 들어냈다고 생각했는데.

"즈미아노 님이 언니한테까지 접촉한 줄은 몰랐어. 당신이나 그 사람이나, 거짓말은 안 하지만 진실도 말하지 않는 건 정말이지 성가셔."

에이데스도, 즈미아노 님도 웰미에게 거짓말은 하지 않지만, 묻지 않으면 말하지 않거나, 혹은 물어봐도 침묵하는 선택은 가능한 것이다.

"어디, 돌아오기만 해 봐. 가만 안 둘 테다."

"그건 명분 없는 분풀이야. 녀석이 이오라에게 위해를 가한 건 아니잖아."

"하지만 가능하면 다시는 접근하지 말아줬으면 좋겠어."

언니 주위에서, 위험은 모조리 제거해두지 않으면 안 된다.

즈미아노 님은 짐작컨대, 어떤 상황에 있든 청렴결백하게 살 생각은 아예 없는 인물이라, 필요할 때 말고는 가까이하지 않는 게 상책이다.

웰미가 얼굴을 찡그리고 있자, 뭐가 그리 즐거운지 에이데스가 쿡쿡 웃는다.

"전부 이오라를 위해서인가…. 나는 네가 친구를 사귀길 바랐는데."

"어머, 그게 제일 큰 이유일 뿐이지, 모두 친구는 친구야. 싫은 건 아니니까, 앞으로도 양호한 관계를 구축하고 싶어."

웰미는 살짝 토라진 표정을 지었지만, 참지 못하고 금세 미소를 짓는다.

"후후. 하지만 그건 그거고, 이건 이거야."

웰미는 그 사건 이후, 각각의 관계성을 고려해, 신속하게 행동했다.

―그들에게, 은혜를 베풀어두기 위해.

달리스테아 님을 아끼는, 유능한 차기 당주가 있는 아바컴 공작가.

마찬가지로 차기 당주가 달리스테아 님을 원하는, 군벌의 수장인 델트라테 후작가.

이 두 가문에는 웰미에게 민폐를 끼쳤다는 죄책감과 함께, 달리스테아 님과 트루기스 님의 관계에 다리를 놓아주었다는 은혜를.

시졸다 님이 후계자가 될, 문관을 통솔하는 랑그레이 공작가에는 약혼녀의 요청에 응하는 형태로 생색거리를 하나… 라고 생각했지만, 마보옥을 선물받는 바람에, 연줄이 생긴 정도로 만족해야 될 것이다.

그리고 앞으로 언니의 연구에 필요한 물품을 공급하면서 한층 세력을 키워갈 론다트 상회에는, 언니의 절친한 친구인 칼라 외에도, 웰미 자신의 수하로서 세이파르트 님을 보내놓았다.

"국왕 폐하와 왕비 폐하에게도, 미끼 역할에 대한 사례와, 테레사로

건과, 납치 관련 사죄를 받지 않는 대신, 부채의식을 만들어놨으니까.”

테레사로는 성교회 측에도 매우 중요한 ‘핑크색 머리와 은색 눈동자의 소녀’다.

본인은 전혀 의식하고 있지 않겠지만 장래에는 ‘빛의 기사’인 소포일 경과 함께, 전 세계에 신도를 거느린 거대 조직 안에서 절대적인 권력을 가지게 될 것이다.

게다가 성교회에는, 그 총본산에 테레사로의 스승인 타이글림 전하도 가는 것이다.

테레사로는 달리스테아 님과 마찬가지로, 원래부터도 언니와 가깝게 지낸 모양이지만 이미 안면이 있는 사이라면 앞으로 한층 더, 웰미를 포함해 친교를 쌓아둘 필요가 있다.

마지막으로, 나라의 곡물창고인 오르블랜 후작가.

차기 후작인 즈미아노는 현재 그야말로 웰미의 뜻대로다.

이번에 인연을 맺어둔 자들 중에 가장 성가시고 동시에 가장 믿음직스러운 인물이기도하다.

예상치 못한 일도 몇 가지 있었지만, 거의 모든 게 원만하게 마무리되었고, 동시에―.

―그 모든 일에, 웰미 자신의 입김이 닿아 있다.

장래 오르밀라주 후작가의 안주인이 되어, 앞으로도 전력을 다해 언니를 도울 예정인 웰미의 입김이.

“내가 농락하는 대상이 영식뿐이라니, 뭘 모르는 소문이네. …예전과 달리, 영애들과 고위 귀족들까지 확실하게 농락하려 하고 있는데 말이지.”

그리하여 언니를 사상 최강의 왕태자비로 만드는 것이다.

웰미가 모든 권력자를 언니 편으로 끌어들임으로써.

"네가 그런 식으로 생각한다는 걸 이야기해도, 떠나지 않는 게 친구라는 존재야."

"그럴지도 모르지. 하지만 굳이 말할 필요도 없잖아?"

웰미는 입술에 검지를 대고, 윙크한다.

친구를 사귀라는 것은, 어디까지나 에이데스의 바람.

그 바람을 들어주기 위해 노력은 할 생각이고, 호감 가는 사람도 많이 있지만 어쨌거나 웰미가 인맥을 '언니의 이익'을 기준으로 생각하게 되는 것은 어쩔 수 없는 일이다.

―왜냐하면 옛날부터 그렇게 살아왔으니까.

이제 와서 그 의식은 바뀌지도 않을뿐더러, 바꿀 필요도 없다고 웰미는 생각하고 있었다.

"그리고 한 가지, 아직 해결되지 않은 문제가 있다면… 즈미아노 건, 정도?"

"녀석은 약혼녀를 만나러 간다고 했었지. 그 일 말이야?"

"응, 아마 잘될 거라고는 생각하지만."

웰미의 예상대로라면 그쪽에도 생색은 낼 수 있을 것이다.

언니보다 더 뛰어나다고 하는 의료의 재원에게.

"즈미아노가 처음 나에게 흥미를 가진 건 아마 '마침 알맞았기 때문'일 거야."

"흐음, 때마침 거기에 있었기 때문이라는 뜻인가?"

"응, 그 사람은 나에게 구애했으면서, 정작 자기 약혼녀에 대해서는

‘내가 아닌 편이 나을 것 같아’ 라고 말했어. 그 말은, 약혼녀는 걱정하면서 나는 어찌되든 상관없다는 뜻이잖아?”

스스로 파멸하려 하고 있는, 마침 알맞은 상대.

약혼녀 앞에서 자신을 없애기 위한, 이유가 되는 존재.

“즈미아노가 나에게 관심을 가진 이유는, 그냥 그런 정도였어.”

그는 모순을 안고 있었다.

자신의 파멸을 바라고 폭주하면서, 실은 자신이 죽으면 슬퍼할 상대를 위해, 자신에게 족쇄를 채움으로써 결착을 지으려고 한 것이다.

하지만.

“상처가 나아서, 그녀 앞에서 사라질 이유가 없어졌다면… 그녀를 데리러 가는 게 도리잖아?”

“…상냥하군, 웰미.”

“맞아, 난 관대해. 당신처럼.”

흐흥, 하고 일부러 콧방귀를 뀌어 보인다.

잘못을 저질렀어도, 반성하고 고칠 생각이 있는 상대는 용서를 받아도 된다고 웰미는 생각한다.

예전의 자신과 아바인처럼, 이번 일에서 잘못을 저지른 사람들도 모두.

그것이 언니에게 이익이 된다면 금상첨화라고, 그렇게 생각하고 움직였을 뿐이다.

“너의 사람을 보는 눈과 주도면밀함은 정말로 선명해서 눈부셔.”

즐거운 어조로 에이데스가 그렇게 말했을 때, 마차가 오르밀라주 별저 앞에 도착했다.

“칭찬받으니까 기분이 나쁘진 않네. 사람을 보는 내 눈이 확실한 건 당연해.”

최대한 악녀처럼 보이도록 곁눈질로 에이데스를 흘겨보고 나서.

마차 문이 열리기 전에, 입에 담기 조금 부끄러운 말을 웰미는 그의 귓가에 입술을 대고 속삭였다.

"─왜냐면 난 첫눈에 당신을 선택했으니까."

— 어리석은 자로부터, 과거에 얽은 그대에게 바친다.

단 한 사람을 위한 재원(才媛)

『―니니나, 즐겁지―.』

그렇게 말하며 웃고 있던 그가 없어지고, 벌써 얼마나 지났는지도 알수 없다.

오늘도 방 안에 틀어박혀, 백작 영애 니니나 카르크펠트는 그를 구할 방법을 연구한다.

『있잖아, 니니나.』

그러기 위해 모아온 것들이 이 저택에는 산더미처럼 있었다.

국내외에서 구할 수 있는 모든 약초도 그중 하나.

정신에 효능이 있는 것부터, 육체의 상처 치유를 돕는 것.

즉효성이 있는 것부터, 장기간에 걸쳐 섭취하면 효과가 있는 것, 불법의 경계선에 있는 것까지.

『왜일까―, 요즘 굉장히 따분한 것 같아―.』

서적도, 방 안을 가득 채울 만큼 많다.

정신과 육체에 작용하는 다양한 마술에 대해 기술하고 있는 그것들을, 니니나는 빠짐없이 전부 읽었다.

그리고 떠오른 아이디어를 연구하고, 새로운 수법을 시험하는 동안, 국내 최고의 치유사라는 명성을 얻게 되었지만.

―그의 따분함만은 없애줄 수 없어서.

원인은 알고 있는데도.

자세히 보지 않으면 모를 만큼 흐릿하고 작은, 그 상처 때문이라는 것을. 니니나를 구하려다 벼랑에서 떨어져 생사의 갈림길을 넘나들던 그때… 머리에 입은 상처 때문이라는 것을.

하지만 흉터가 아무리 흐릿해져도, 그의 머릿속에 마력의 실을 뻗쳐 봐도.

『역시 재미없는 것 같아―.』

그의 가짜 미소와 공허한 눈동자만은 변함없어서.

―다른 사람들은 나았는데.

우울증도, 손발 저림도, 안 보이게 된 눈도, 사람에 따라서는 나았는 데.

그에게만은 닿지 않는, 그 무력감을 얼마나 곱씹었던가.

하지만 포기할 수는 없었다.

『네가 살아서 다행이야―.』

벼랑 밑에서 구조되어 올라온 그는, 피범벅이 된 얼굴로 그렇게 말하며 웃고 있었지만….

그날, 그의 마음은 죽어버린 것이다.

―나 때문에. 나 때문인데.

그러니까 손을 움직인다.

머리를 쥐어짠다.

그의 마음을 되찾을 수만 있다면, 하고.

하지만 무엇을 더 시도해야 할지 알 수 없다.

책은, 내용을 줄줄 외울 만큼 읽고 또 읽었다.

지금 있는 약초는 모조리 조합해 보았다.

기록해둔 두꺼운 치유서가 국보로까지 불릴 만큼.

—아아, 찾아야 해.

지금 있는 것으로는 그를 구할 수 없다면, 더, 더, 다른 무언가를.

울어서는 안 된다.

지쳐 있을 시간 따위는 없는데.

지금 이러고 있는 동안에도, 그는 따분함 속에서 죽어 있는데.

『재미있을 것 같은 일이 뭐 없을까—. 응? 니니나.』

그렇게 말하고, 천천히 파멸로 향하는 그가, 그 검은 손에 붙들려 사라져버리기 전에.

니니나는 테이블에 손을 짚고, 고개를 떨군다.

"…즈미아노…."

그의 이름을 중얼거리자.

"불렀어—?"

그렇게, 지금 들릴 리 없는 목소리가 들려서, 니니나는 깜짝 놀라 뒤를 돌아보았다.

"미안해—. 안에 있다고 들었는데, 노크해도 대답이 없길래—."

그곳에 서 있는 것은 이국의 피가 섞인 거무스름한 피부에 흑발, 그리고 푸른 눈동자를 가진 미모의 청년.

열린 문에 기대서서, 손에 붉은색 장미 꽃다발을 들고 있다.

"여전히 방에만 틀어박혀 있구나—. 가끔은 밖에도 좀 나가고 그래,

안 그러면 우울해져—.”

니니나는 그렇게 말하고 빙그레 웃는 그의 팔에.

—불길한 느낌의 팔찌가 끼워져 있는 것을, 보았다.

※ ※ ※

즈미아노는 반년만에 만난 약혼녀를 관찰했다.

간소한 원피스 위에 흰 가운을 걸친 그녀는, 너무 가냘프고 작아서, 머리만 두드러져 보인다. 연두색 머리카락은 영양부족 때문인지 윤기를 잃었고, 실은 얼굴도 예쁜 편인데, 눈 밑의 다크서클과 햇빛을 못 본 창백한 피부가 미모를 가리고 있었다.

투박한 안경 속에는, 은색 섞인 연두색 눈동자.

“더 야위었네—. 밥을 잘 챙겨먹어야지—. ‘라이오넬 왕국의 보물’이라고까지 불리는 두뇌를 가진 치유사가 정작 자기 건강은 안 돌보면 어쩌자는 거야—.”

“그, 그런 건 중요하지 않아…. 그보다, 그 팔찌는 뭐야…?”

“아아, 이거—?”

즈미아노는 아하하, 웃고서 팔을 흔든다.

“미안해—. 바람피운 벌로, 내 손으로 채워버렸어—.”

“…………뭐?”

말문이 막혀버린 니니나에게, 즈미아노는 숨김없이 털어놓는다.

“웰미라는 귀엽고 재미있는 아가씨가 있어서—, 살짝 대시해 봤는데, 오르밀라주 마도경이 총애하는 아가씨라, 보기 좋게 차였어―. 이건 그 미이에게 복종을 맹세하는 팔찌야―."

즈미아노의 약혼녀인 소녀는, 잠시 후, 분노에 차서 주먹을 움켜쥐었다.

"이 바보가!"

성큼성큼 다가와 획! 휘두르는 주먹은, 허약한 그녀의 체력 탓에 너무도 느리다.

재빨리 피하고 나서, 다시 날아오는 주먹을 또 피한다.

"이, 이 나쁜 자식! 피하지 마! 말했잖아! 바보 같은 짓 하지 말라고! 기다려달라고 했는데도! 이 바보!"

"아하하하, 그렇게 화내지 마―."

슬슬 니니나가 넘어질 것 같아서, 그녀의 손을 꽉 붙잡고, 울상이 된 그 얼굴을 들여다본다.

"괜찮아―. 이 팔찌의 주인은 곧 니니나가 될 테니까―."

"하나도 안 괜찮아! 그런 위험한 물건은!"

"오, 보기만 해도 알아? 역시―."

"그런 강력한 저주를 못 알아보는 게 더 이상하지! 지, 지금의 주인이 원하면 당신은 죽는 거 아냐?! 알긴 아는 거야?!"

"미이는 그런 짓 안 해―."

즈미아노는 가볍게 니니나를 품안으로 끌어당겨, 머리를 쓰다듬는다.

"이거, 놔! 한 대, 때, 때려줄 거야…!"

흑, 하고 목을 울리며, 참지 못하고 눈물을 뚝뚝 흘리는 그녀에게, 여전히 미소를 지은 채 즈미아노는 말한다.

"아하하. —즐거워, 니니나."

그러자 니니나는.
그 커다란 눈을 더 커다랗게 떴다.
"조금 쉬었다가, 같이 밥 먹고 밖에 나가자—. 지금 상태로는 마차를 타기도 힘들 테니까, 일단 기운부터 좀 차리고—."
"즈미, 아노…?"
"응—?"
장난에 성공한 즈미아노는, 가슴속에서 끓어오르는 감정을 억누르지 못한 채 미소를 지으며, 니니나를 꼭 끌어안고 귓가에 속삭인다.
"있잖아, 난 지금 즐거워—. 니니나도 나와 함께 즐거운 일을 하자—. 잠시 휴가를 얻었어—. 미이가 너를 만나고 싶대—."
"자, 잠깐만…."
"그거 알아? 왕도에 '핑크색 머리와 은색 눈동자의 소녀'가 나타났어—. 굉장하지—? 어떤 상처도 다 치유할 수 있대—. 그 아이에게 같이 인사하러 가지 않을래? …내 머리의 상처를 그 아이가 고쳐줬어—."
"……!"
니니나의 몸이 경직된다.
그대로 가늘게 몸을 떨면서 다리의 힘이 풀려버린 그녀를, 즈미아노는 옆으로 안고서 배 위에 꽃다발을 놓았다. 망연자실한 니니나를 안고 방을 나오자, 거기에는 그녀의 어머니인 카르크펠트 백작 부인이 서서 … 손수건을 눈가에 대고, 고개를 숙인 채 울고 있었다.
"옛날에 약속했잖아—. 다시 즐거운 일을 즐겁다고 느낄 수 있게 되면, 여기로 데리러 오겠다고—. 그래서 왔어—."
"정, 말, 로…?"

니니나가 떨리는 손을 뻗어, 서늘한 손으로 이마를 어루만지자.

즈미아노는 빙그레 미소를 짓는다.

"손이 기분 좋아—. 이래봬도 난 꽤 서둘러 왔거든—. 그랬더니 좀 더워서—."

거기서, 그녀에게 깜빡하고 안 한 말이 있음을 깨닫는다. 조금 짠 맛이 나는 그 볼에 입맞춤하고 나서, 즈미아노는 말을 이었다.

"—다녀왔어, 니니나."

니니나는.

즈미아노의 목에 두 팔을 휘감고, 울먹이는 목소리로 말한다.

"어, 어서 와…. 즈미아노…."

"응."

귀엽고, 기쁘고… 즐거워서.

그런 것 같은 게 아니라, 진심으로 그렇게 느껴져서.

그 사실에, 기쁨이 더욱 커진다.

니니나를, 확실하게 '사랑스럽다'고 느낄 수 있는 자신을 만끽하면서.

즈미아노는 약혼녀의 몸을, 부서지지 않을 정도로만 힘껏 끌어안았다.

— 다음 권에 계속 —

여러분, 안녕하세요. 이름 없는 숙녀랍니다.
다시 뵙게 되어 진심으로 기쁘게 생각해요.

자, 여차여차해서.

「악역 영애의 긍지」 2권을 무사히 전해드리게 되었습니다!
이 작품은 '일부러 악랄하게 행동하는 영애'를 콘셉트로, 한 권 분량의 스토리를 쓴 이야기였습니다.
'나의 파멸을 대가로, 사랑하는 사람에게 축복을.'이라는 부제는, 그녀의 신념 그 자체라고 할 수 있죠.
2권에서도 그건 변함없어서, 웰미는 언니를 위해 사람들을 속이고, 각 장면마다 일부러 악랄하게 행동합니다.

하지만.
이 이야기를 쓸 때, 작가는 나쁜 버릇을 발동하고 말았습니다.
그것은 바로, '재미있겠는데?' 라는 생각이 들면, 자신의 실력은 생각도 안 하고 일단 그 콘셉트로 쓰기 시작하는 버릇으로.
이번 콘셉트는 '세 명의 악역 영애, 다섯 명의 악역 영식'입니다.
처음에는 '스타일이 다른【악역 영애】셋이 모이면 재미있겠다'라는 생각이었습니다.
왕태자의 약혼녀적인 위치에 있으면서, 주인공에게 그 지위를 빼앗기는 공작 영애.

성녀의 힘을 악용해 사람들을 속속 매료시켜, 하렘을 구축하는 남작 영애.

둘 다, 흔히 보는 악역 영애의 전형이라 할 수 있죠.

그 둘에 웰미를 더해, 세 사람을 함께 등장시키자고 생각하고….

…여기서 끝냈으면 좋았겠지만.

이른바 '단죄극의 악녀와 그 추종자 하렘'이라는 구도를, '거기서 더 빼앗는 웰미'가 재미있겠다고 생각하고… 웰미 옆에 추종자가 생긴 결과, 어떻게 되었는가 하면. 본편에서 보신 그대로입니다.

1권의 관계성과 구도를 답습하면서 새로운 캐릭터를 7명 이상, 에피소드와 함께 등장시킨다는 무모한 도전. 작중에서 교차하는 시계열, 엇갈리는 생각, 하지만 가급적 알기 쉽게.

그리고 어디까지나 '웰미의 이야기'로서 성립시킨다. ……아니, 정말로 이 정도 페이지 내로 마무리한 게 용할 지경입니다….

무사히 전해드리게 되어 안도하고 있습니다. 한 가지 더 이야기하자면, '잘못을 저지르는 것은 악인가?' 라는 부분에 대해서랄까요.

1권의 시점에서는, 웰미도 '목적은 옳지만' 이라는 타입이었습니다.

그녀가 용서받았다면, 가능한 한 다른 사람들도 용서받아야겠죠.

남에게 민폐만 끼친 것뿐이라면 갱생의 여지가 있다, 그런 스탠스로 하고 있습니다. 네.

여차여차해서, 2권의 부제는.

'당신이 마주한 절망에, 악의 꽃으로부터 희망을.'

입니다.
누가 어떻게 절망에 도전해, 어떤 희망을 선사받는가.
이미 읽으신 분들에게는 납득이 가는 마무리였기를 바랍니다.

그건 그렇고!
이번에도 쿠가 후나 선생님은 훌륭한… 정말로 훌륭한 캐릭터 디자인과 일러스트를 완성해주셨습니다!
여러분, 끝내주게 좋지 않나요?! 테레사로는 귀엽고, 그 어릿광대도 비주얼이 꽝장합니다!

그리고 누구보다도, 힐덴트라이 이사 양이죠!

일러스트에 첫눈에 반했습니다. 솔직히 개인적으로는 그녀가 나오는 장면을 늘리고 싶을 정도입니다!
또한 악역 영애의 궁지 만화화 작업도 착착 진행되어, 이번 달 15일에 연재 개시 예정입니다. 스텔라기 스즈카 선생님의 환상적인 원고에, 저는 매회 몸부림치며 오체투지를 하고 있습니다.
후나 선생님의 귀여우면서도 씩씩한 분위기의 웰미와는 또 다른, 웰미가 가진 날카로움과 어둠이 어마무시한 실력으로 표현되어 있어서, 최고입니다!
이쪽도 기대해주세요!
그럼, 다시 만나 뵐 날을 기대하며, 이만 총총!

『악역 영애의 긍지』

2권 발매를 축하합니다!

1권보다 더 다양해진 캐릭터들의 생각이 뒤얽혀,
매우 뜨거웠습니다…!!
즈미아노 군은 읽는 순간부터 이미지가 떠올라,
캐릭터 디자인도 즐거웠지만, 작중에서
가장 그리기 어려운 얼굴이 되어
버렸습니다…(웃음).

久賀フーナ kugafuna 쿠가 후나

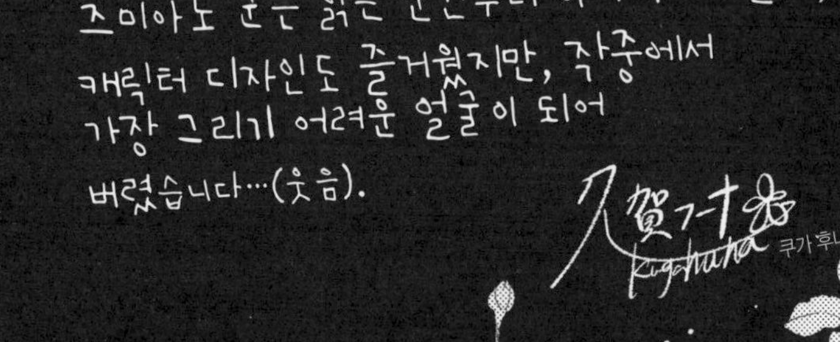

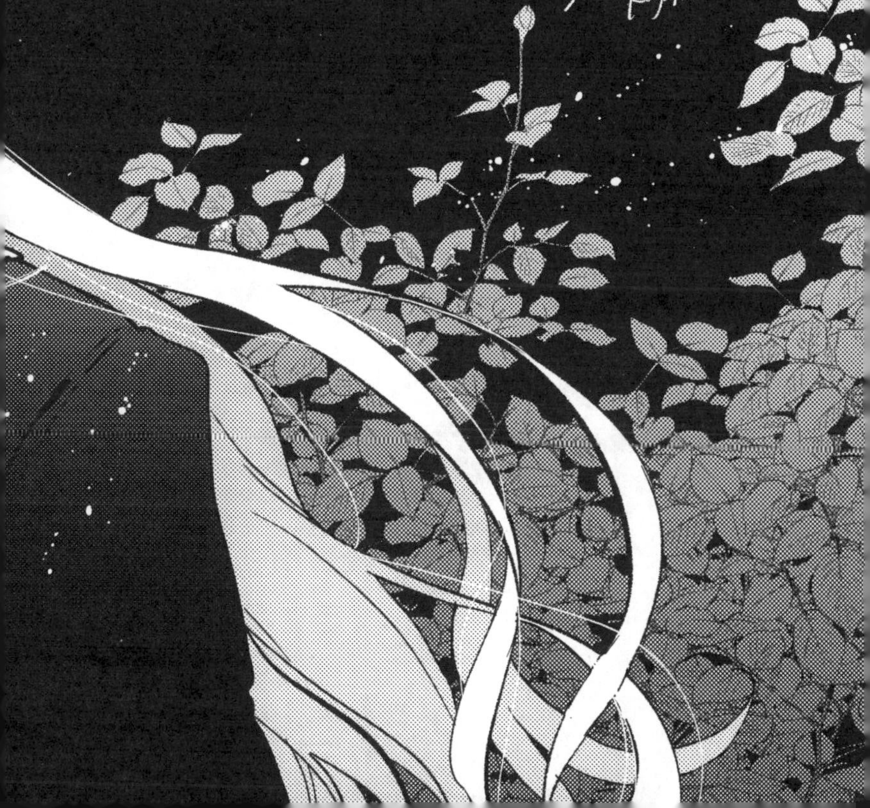

신간 발매 축하합니다!

웰미와 모두의 다음 이야기를,
한 독자로서도 무척 기대하고 있습니다…!

악역 영애의 긍지 2

2025년 4월 15일 초판 인쇄
2025년 4월 30일 초판 발행

저자 · 메리 도
일러스트 · 쿠가 후나
역자 · 장혜영
발행인 · 황민호
전략콘텐츠사업본부장 · 박정훈
책임편집 · 김선림
편집기획 · 신주식 최경민 윤혜림
마케팅 · 조안나 이유진
국제업무 · 이주은 김연
제작 · 최택순 성시원
한국판 디자인 · 디자인 우리
발행처 · 대원씨아이(주)

서울 특별시 용산구 한강로3가 40-456
편집부 : 02-2071-2104 FAX : 02-794-2105
영업부 : 02-2071-2061 FAX : 02-794-7771
1992년 5월 11일 등록 3-563호

http://www.dwci.co.kr/

AKUYAKU REIJO NO KYOJI vol.2
ⓒ2023 Mary=Doe, Kuga Huna/SQUARE ENIX CO., LTD.
First published in Japan in 2023 by SQUARE ENIX CO., LTD.
Korean translation arranged by DAEWON C.I. Inc.
Translation ⓒ2025 by SQUARE ENIX CO., LTD.

한국어 판권은 대원씨아이(주)의 독점 소유입니다.

이 작품은 SQUARE ENIX와 독점계약한 작품이므로 무단복제할 경우 법의 제재를 받습니다.
잘못 만들어진 책은 구입하신 곳에서 교환해 드립니다.
정가는 표지에 명시되어 있습니다.

ISBN 979-11-423-1499-5 04830
ISBN 979-11-423-1028-7 (세트)